I0686027

10,000 Lettres d'impression pour 1 centime.

BIBLIOTHÈQUE POUR TOUS
ILLUSTRÉE
ROMANS, HISTOIRE, VOYAGES, LITTÉRATURE, SCIENCES, ETC.

CHAQUE OUVRAGE COMPLET : 50 CENTIMES.

LA

FILLE A MARIE-ROSE

PAR CH. DESLYS

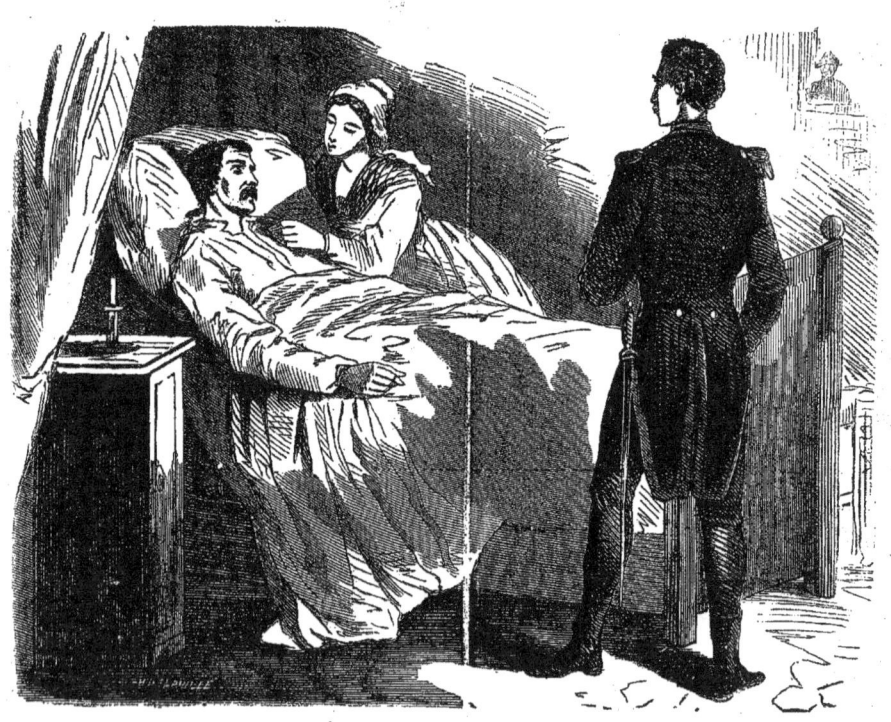

Prix : 50 centimes
60 CENTIMES POUR LES DÉPARTEMENTS ET L'ÉTRANGER.

PARIS
LIBRAIRIE CENTRALE, BOULEVARD DES ITALIENS, 24
ÉCRIVAIN ET TOUBON, 5, RUE DU PONT-DE-LODI. | CHARLIEU ET HUILLERY, 10, RUE GIT-LE-CŒUR.

ET CHEZ TOUS LES LIBRAIRES DE PARIS, DES DÉPARTEMENTS ET DE L'ÉTRANGER.

N° 62. — Publié par J. Lemer.

LIBRAIRIE CENTRALE, BOULEVARD DES ITALIENS, 24

LÉCRIVAIN ET TOUBON, 5, RUE DU PONT-DE-LODI. | CHARLIEU ET HUILLERY, 10, RUE GIT-LE-CŒUR

BIBLIOTHÈQUE POUR TOUS

PUBLIÉE PAR J. LEMER

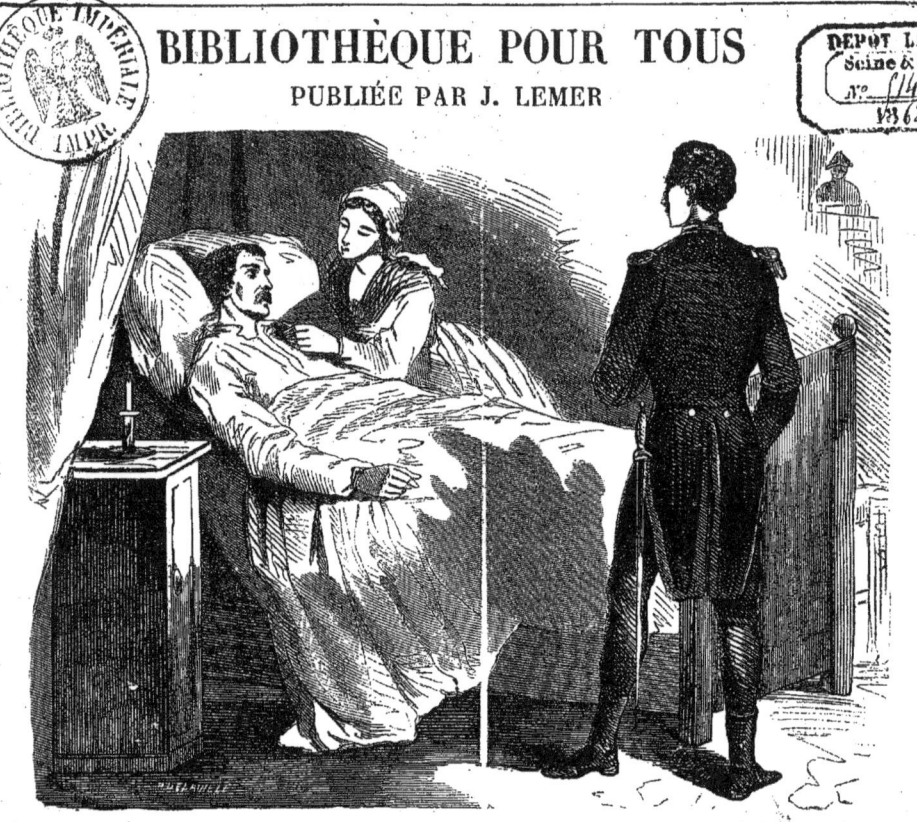

LA FILLE A MARIE-ROSE

PAR CHARLES DESLYS

Saint-Martin-sous-Bois.

C'était le 24 février 1814.

Le canon russe grondait depuis le matin autour de Sens, la vieille cité romaine.

Partout, sur les pentes des coteaux plantés par Brennus, aussi bien qu'à travers les prés reverdissants qu'étoilait déjà la marguerite printanière, partout on courait s'abriter au fond des bois con're la lance des Cosaques.

Puis, lorsqu'eurent disparu les derniers villageois, en chassant devant eux leurs troupeaux effarés, lorsque se furent éteints à la fois et les mugissements et les lamentations, tout demeura silencieux, tout redevint désert.

Excepté cependant au joli hameau de Saint-Martin-sous-Bois qui domine la ville de l'autre côté de la rivière, et sur le rocher à pic duquel le général Alix venait d'envoyer quelques soldats, après avoir dit à l'officier qui les commandait :

— Georges Deshayes, faites-vous tuer là-haut, mais que l'ennemi n'y puisse pas établir une batterie... Adieu donc, mon enfant, sauvez la ville !...

Le général Alix, l'intrépide défenseur de Sens, avait le droit de parler ainsi, car il comptait déjà parmi les vétérans de l'I-liade révolutionnaire, car le sous-lieutenant qu'il envoyait à la mort était un jeune soldat de la dernière levée, un vélite de vingt ans.

De plus, un Bourguignon... un Sénonais, précisément de Saint-Martin-sous-Bois.

Le nouvel officier tira donc l'épée qu'il avait reçue seulement la veille, et s'élança joyeusement le premier vers la cime du mont qui l'avait vu naître.

Ainsi que nous venons de le dire, le village semblait abandonné.

— O mon pays !... soupira le vélite avec une mélancolique amertume. Est-ce donc ainsi que tes enfants se défendent contre l'invasion étrangère ! O ma pauvre France bien-aimée !... alors que toutes les routes devraient être rendues impraticables, tous les passages barricadés dans les montagnes, toutes les sources empoisonnées ou taries, toutes les provisions disparues pour affamer l'ennemi, pour l'anéantir, tous les outils de fer ou d'acier transformés en armes ! Ici surtout, sur la cime de ce coteau, alors qu'à défaut de baïonnettes, les forches et les faulx devraient étinceler au soleil levant derrière chaque quartier de roc... pas un œil vigilant... pas un bras courageux... pas un cœur français... rien... non... rien... rien... personne !...

— Faites excuse, mon officier... présent ! protesta tout à coup une mâle et rustique voix à ses côtés.

— Mont-Thabor !

— Deshayes !

Et les deux patriotes tombèrent dans les bras l'un de l'autre.

Le nouveau venu, Jacques Zacharie, surnommé Mont-Thabor, en sa qualité d'ex-Égyptien, était une sorte de soldat laboureur, à l'intelligence quelque peu épaisse, mais au cœur plein d'une droiture poussée jusqu'au fanatisme. Un Don Quichotte d'honneur. Sa haute taille, son torse, encore robuste à plus de soixante ans, son teint bronzé, son œil saillant et bleu, son crâne ras et son épaisse moustache grisonnante, son front bas et sourcilleux, son allure *carrée par la base*, tout enfin en lui rappelait les vieux Gaulois, ses rudes ancêtres, dont il avait conservé la pureté de mœurs et la fierté guerrière. Rentré sous le chaume natal à la suite de nombreuses blessures qui, désormais, le rendaient impropre au service, il venait de reprendre, dans une armoire depuis seize ans fermée, dans la châsse aux reliques, son petit chapeau à flamme rouge des premières campagnes d'Italie ; il s'était jugé bon du moins à mourir pour la France, sous son vieil uniforme républicain, dont les boutons brillaient comme de l'or à travers sa blouse entr'ouverte.

Georges Deshayes descendait évidemment de la même et belliqueuse race. Mais il avait, dans l'attitude, dans la voix, dans le regard, l'alerte impatience et le fol enthousiasme de la vingtième année. Néanmoins, ce n'était plus tout à fait un paysan. Orphelin dès le bas âge, élevé par le digne pasteur du hameau, il avait appris à raisonner son courage, à ne pas confondre le fétichisme envers un nom que le temps peut changer, avec l'immuable amour de la patrie, cette grande et sainte chose qui ne périt jamais !

Du reste, rien de chevaleresque et de vaillant comme la tenue du jeune vélite dans son bel uniforme tout neuf, rien de doux et de passionné comme l'azur de ses grands yeux aux longs cils, non moins noirs que sa chevelure légèrement crépue, rien de sympathique et d'harmonieux comme la franche voix avec laquelle il ne tarda pas à demander au vieux soldat :

— Père Zacharie, que sont devenus tous ceux de Saint-Martin... Tous les vôtres ?

— Cachés là-bas... dans le bois... sous la grotte aux Hêtres... Moi-même je viens d'y conduire ma femme et ma fille...

— Marie-Rose !

Dans ce simple nom jeté à travers l'entretien par le jeune vélite, frémissant tout à coup, il y avait un poème... le poème d'un de ces amours ingénus et profonds que le bon Dieu fait lentement et mystérieusement fleurir au cœur des paysans.

— Oui, reprit le père de la jeune fille, sans s'apercevoir de rien, — et, mon Dieu, peut-être le naïf amant ne s'en apercevait-il pas davantage. — Oui, mon gars... Et puis, comme j'en sais assez touchant la guerre, pour avoir compris que Saint-Martin-sous-Bois devait être défendu, je m'en suis retourné pour le défendre.

— Tout seul ?

— Tout seul... avec le vieux camarade que voici.

L'héroïque et simple vieillard montrait en même temps son fusil.

Ces deux véritables patriotes, ces deux Français, comme il eût dû s'en trouver alors un million, échangèrent une poignée de main qui valait le serment des compagnons de Léonidas, et se mirent à examiner, avec une vigilante tristesse, la campagne dévastée qu'ils dominaient du haut de leurs Thermopyles.

De tous côtés les arbres à fruits jonchaient la plaine, de tous côtés les sarments éplorés des vignes mortes pendaient aux flancs des collines. Jamais ouragan, soufflé par la colère de Dieu, n'avait ainsi bouleversé le pays. Dans les lointains brumeux de l'horizon, on entrevoyait passer des troupes, en tête desquelles flottait un drapeau qui n'était jamais celui de la France ! Les sainfoins et les blés servaient de campement à des hordes sauvages qui, çà et là, se chauffaient sans discernement avec les troncs à moitié reverdis déjà des jeunes peupliers. Plus près, de l'autre côté seulement de la rivière, la ville de Sens entourée d'un cercle de fer et de feu, la ville de Sens qu'on n'apercevait plus que par intervalles au milieu d'un gigantesque tourbillon de fumée que traversaient incessamment les rougeâtres éclairs de la fusillade et de l'artillerie. Tout à l'entour enfin de ce navrant tableau, la sombre forêt bourguignonne à travers les chênes centenaires de laquelle les dernières rafales de l'hiver soufflaient des gémissements étranges qui dominaient même le bruit du canon, et qu'on eût pu prendre, ce jour-là, pour la grande voix lamentable de la patrie en pleurs. C'était bien triste !

— Comment l'ennemi n'a-t-il pas encore songé à prendre possession de cette hauteur ?... demanda Georges Deshayes après un long silence.

— Patience !... répliqua gravement Charles Zacharie. Nous ne tarderons pas à entendre siffler les balles à nos oreilles. Et tiens... tiens, mon officier... écoute ?...

Le sous-lieutenant se pencha vers le sol, et bientôt entendit, à son tour un piétinement multiple qui gravissait précautionneusement l'éminence.

En un clin d'œil l'alerte fut communiquée aux vélites, et derrière chaque accident du rocher un fusil se braqua prêt à faire feu.

I sera montée.

L'instinct du vieux soldat ne l'avait pas trompé.

Une bande russe s'avançait, sous la conduite d'un grand officier blond, dont l'uniforme brillant attestait la haute naissance.

A l'arrière-garde, et maintenu par les pistolets armés de deux gigantesques Cosaques, marchait un paysan français.

Un homme, d'une quarantaine d'années environ, à la taille déjà voûtée comme celle de tous ceux qui travaillent habituellement à la vigne, à l'épaisse et rétive chevelure d'un châtain roussâtre, à la lèvre pleine d'astuce, au regard faux, au front qui décelait une indomptable ténacité, au nez d'oiseau de proie, à la démarche tenant quelque peu du reptile... un traître !

Une heure auparavant, Pailleux, — cet immonde personnage se nommait ainsi, — Pailleux était venu répondre à l'officier russe :

— La hauteur de Saint-Martin n'est pas gardée, et je connais la seule qui vous raccourcira de moitié le chemin !...

— Si tu dis vrai, cette bourse pleine d'or ?... avait catégoriquement déclaré le gentilhomme moscovite. Si tu nous conduis vers un piège, deux balles dans la tête... En avant !...

Et l'on s'était mis en marche.

Tout alla bien jusqu'aux trois quarts environ de la montée. Mais, au moment d'en atteindre la cime, une vive fusillade arrêta tout à coup les assaillants.

Pris à l'improviste, ils y répondirent à la hâte par quelques balles perdues, sauf une seule, hélas !.. qui vint fracasser l'épaule du père de Marie-Rose.

Puis, laissant derrière eux une longue traînée de sang et de cadavres, les Russes s'enfuirent, en s'abandonnant pour la plupart à la pente de la montagne.

Ponctuels comme la discipline elle-même, les deux Cosaques commis à la garde du guide n'avaient cependant pas lâché Pailleux.

— Je tiens toujours ma parole, lui dit froidement l'officier, tu vas mourir !...

Le traître protesta qu'il ignorait que le rocher fût défendu, et par extraordinaire cette fois il disait la vérité.

Mais tout fut inutile; on lui attacha les mains derrière le dos, on lui banda les yeux..

— Apprêtez armes... en joue...

Le suprême commandement allait retentir

Une bienheureuse diversion vint le retarder pour un instant.

On venait d'intercepter une dépêche du général Alix, lequel ordonnait au sous-lieutenant Georges Deshayes de chercher à rentrer dans la ville, qui, toute ouverte désormais à l'assaut, avait besoin pour le lendemain de tous ses défenseurs.

Cette dépêche se lut à haute voix, non loin de Pailleux.

Aussitôt, et comme frappé d'une inspiration soudaine, il se précipita aux genoux de l'officier russe, en s'écriant:

— Mon colonel !.. mon général !.. mon bon prince !.. confiez-moi cet écrit... et je jure Dieu de vous ramener ici les gens qui sont là-haut, et de façon à ce que vous puissiez les fusiller à votre tour ni plus ni moins que des lapins à l'affût !...

Le jeune boyard réfléchit un instant.

Puis, faisant signe qu'on détachât les liens du condamné :

— Va, dit-il, mais cette fois tiens tes promesses... car je saurais bien te retrouver, je te le jure... et tu sais que Maximilien de Rensdorf a l'habitude de tenir les siennes... va !...

Pailleux ne se le fit pas répéter deux fois, et, saisissant à la fois et la bourse pleine d'or et la dépêche du général Alix, il commença de regrimper à toutes jambes l'escarpement du coteau.

Le jour courait sur son déclin ; du ciel de plus en plus grisâtre tombait tristement une sorte de neige.

Du givre donc sur la tête, de la paille aux pieds dans ses gros sabots, de la fange aux genoux, comme à l'âme, le traître n'en avançait pas moins avec rapidité.

Sur sa route cependant se rencontra d'abord un cadavre, puis un second, plusieurs enfin tombés en croix les uns sur les autres.

A chaque rencontre, Pailleux s'accroupit dans les herbes après avoir regardé d'abord longuement autour de lui : à chaque cadavre, Pailleux retourna les poches de l'uniforme. Pailleux, non moins alertement, s'appropria les anneaux ou les bagues en malmenant au besoin quelque peu les doigts et les oreilles.

Sans compter deux énormes gourdes toutes pleines d'eau-de-vie, dont il se passa vivement les courroies de cuir autour du cou.

Ainsi que les oiseaux de proie, avec lesquels du reste il avait plus d'une ressemblance, ce petit homme flairait de loin les morts !

Cependant, après cette hideuse opération, et sans doute pensant que les dépouilles russes pourraient le compromettre vis-à-vis les compatriotes dont il venait de vendre le sang, Pailleux se mit à tourner le roc en rampant au milieu des broussailles.

Il parvint ainsi sur les derrières du village, échappa à la vigilance de la sentinelle française, et, se glissant toujours inaperçu le long des fumiers et des chaumes, arriva finalement à la porte basse d'une des chaumières les plus délabrées, dans laquelle il ne tarda pas à disparaître sans bruit.

Dans l'un des recoins de l'unique salle de ce taudis, le paysan, plus que jamais sur ses gardes, souleva l'anneau rouillé d'une trappe vermoulue, et allongea une jambe inquiète vers l'escalier de la cave alors plongée dans l'obscurité la plus complète.

Mais, tout à coup, au moment de descendre, il se rejeta vivement en arrière, épouvanté.

Presque en même temps, une tête surgit de l'ouverture béante, puis une main qui s'avança spontanément vers les dépouilles dorées que tenait Pailleux, puis enfin une voix qui ricanait avec une familiarité railleuse :

— Tiens... c'est toi, vieux Grégoire... et avec tout plein de choses qui brillent... Part à deux !

— La Souillotte !.. fit aussitôt Pailleux, en refourrant sa proie sous sa veste avec la vivacité du chat qui ressaisit la souris échappée, mais aussi avec la rage au cœur d'avoir laissé un instant entrevoir et les bijoux et la bourse.

Sans s'émouvoir le moins du monde de l'affreuse grimace du paysan, la paysanne qu'il venait de qualifier du sobriquet peu gracieux de Souillotte acheva, toujours en ricanant, de sortir de la cave.

C'était une sorte de maritorne ronde comme une pomme, joufflue comme un chanoine, membrue, charnue, ventrue, et pour ainsi dire taillée en plein dans un billot de cuisine auquel elle ressemblait pour la finesse de la taille.

On la rencontrait toujours bras nus, jambes nues, le cotillon fort court à mi-proéminence d'un mollet à rendre jaloux l'Hercule de Farnèse, n'ayant pour tout corsage qu'une chemise de grosse toile, attachée ou non par un simple ruban tordu au-dessus de sa gorge largement épanouie, coiffée d'ordinaire d'un mauvais chapeau de paille, sous lequel elle refourrait incessamment sa beaucoup trop longue chevelure d'un noir d'ébène qui poussait en frisottant à la grâce de Dieu ni plus ni moins qu'une touffe d'herbe des champs, souvent un morceau de fromage dans une main, et dans l'autre une miche de pain bis, marchant les bras balants et sans craindre le grand soleil d'août, pour sa peau fraîche et brune, se levant avec le jour et travaillant ainsi qu'un homme jusqu'au soir, mais s'endormant au besoin n'importe où, comme un enfant.

Au demeurant, bonne et philosophique créature, toujours prête à prendre bravement son parti sur toutes choses, à rire aux éclats, à batifoler avec les garçons, à danser quelque frénétique bourrée le dimanche, à brailler quotidiennement à pleins poumons quelque vieille chanson bourguignonne; voire même parfois à fêter Bacchus en cachette. Une simple et franche femelle enfin, une fille de basse-cour comme l'eussent rêvée Rabelais, Rubens ou Molière.

— Que fais-tu là ?.. lui demanda Pailleux, après un silence et d'un ton bourru.

— Hé hé !.. tu l'vois ben... je m'cache ed'peur d'être consommée par les Cosaques.. qui sont pourtant d'ben bel homme, à c'qu'on dit... mais qu'aimions trop la chandelle. Eh ! eh..eh..

Et elle rit.

— Fallait aller avec tout le monde... dans la forêt... mais pas ici... chez moi...

— Chez toi !.. T'es ben venu chez moi... toi... quequ'fois... Eh !.. Et j'ai pensé qu'à charge de r'vanche... Eh !.. eh... eh ! Et elle rit encore, en le poussant du coude au coude.

— Soit... reprit Pailleux, un ton radouci... T'as ben fait. Mais maintenant... va-t'en, tu me gênes !..

— Voyez vous ça... C'est p'tête ben à cause de c'trésor... qu'tu as caché là... dans ton estomac...

— Chut !.. interrompit le paysan effrayé de nouveau... C'est pas à moi... c'est un dépôt... motus...

— Vraiment .. Si c'est un s'cret... j'demandé pus rien... Oh !.. rien de rien... Dis-moi tout seulement à qui qu'c'est... quequ'c'est... pourquoi qu'c'est...

— Curieuse '..

— Dame... on est femme... tu l'sais ben !..

Et elle rit plus fort que jamais.

— Allons... allons... va-t'en !... reprit Pailleux avec un geste des moins galants.

— Quequ'c'est ? s'écria tout à coup la Souillotte, en cl'gnant de l'œil et du doigt vers les gourdes qui pendaient ostensiblement sur la poitrine du détrousseur de cadavres.

A ce geste, à ce regard, il entrevit aussitôt le moyen de se débarrasser de la malencontreuse et gourmande femelle...

— Ça... fit-il, avec une affriandante grimace... c'est de l'eau-de-vie !...

— De l'eau-de-vie !...

Un éclair en même temps traversait l'œil un peu verdâtre de la Souillotte.

Et elle reprit vivement :

— Ça n'est pas du dépôt... ça. Part à deux... hein... part à deux !...

— Oui, consentit le Pailleux, en lui passant avec non moins de vivacité les deux courroies autour du cou. Oui... c'soir même... mais pas ici... j'y ai affaire tout seul et tout de suite... Cours m'attendre dans le bois...

— Où sont l'sautres ?...

— Non... Au carrefour de l'Affût, d'où l'on découvre tous les environs... mais... où personne ne vous voit... va, bonne bête, va !...

— Pourquoi... comment... mais...

Loin de répondre à la nouvelle avalanche de questions qu'il prévoyait, Pailleux empoigna la Souillotte par les deux épaules, la fit pivoter plusieurs fois sur elle-même en la poussant toujours vers la porte, et finit par la jeter brusquement au dehors.

Mais elle ne s'en fâcha nullement.

Docile comme une chienne bien dressée, la *bonne bête* s'assura cependant au préalable que les deux précieuses gourdes contenaient autre chose que de l'eau claire.

Puis, prenant ses sabots à deux mains, elle partit au galop vers la Croix de l'Affût.

Quant à Pailleux, une fois seul dans *sa salle*, il ferma les verrous, courut à la trappe, descendit dans la cave, démasqua certaine cachette derrière des plâtras et des futailles, enfouit avec une hideuse joie ce qu'il ajoutait ce jour-là à son trésor, rétablit et referma le tout avec les plus minutieuses précautions, puis, la dépêche du général Alix à la main, s'avança ouvertement dans le village.

— Qui vive ?... ne tarda pas à lui crier une sentinelle.

Pailleux demanda le sous-lieutenant Georges Deshayes.

— Il est auprès de l'ancien qui a reçu un atout, répliqua le jeune fifre du détachement, un Parisien.

Et le traître entra sans hésiter dans la maison du blessé.

Marie-Rose.

C'était une belle fille de dix-sept ans, rose et fraîche comme son nom, blonde, avec de grands yeux bleus et de longs cils noirs, d'une haute taille pleine de simple élégance, surtout d'une adorable chasteté de vêtements, d'une presque puritaine pudeur d'allure et de physionomie, telle, en un mot, qu'elle rappelait le type divin qu'a donné l'art à sainte Geneviève de Paris, cette céleste patronne des paysannes et des bergères !

Conduite par son père au fond des bois, mais après une respectueuse résistance, Marie-Rose avait entendu la fusillade dans la direction de Saint-Martin, Marie-Rose avait sollicité de sa mère éperdue l'autorisation de s'avancer précautionneusement jusqu'à la lisière de la forêt, Marie-Rose arriva dans sa chaumière précisément à l'heure où l'on venait d'y rapporter le vieux soldat couvert de sang.

— Ma fille ! n'eut que le temps de murmurer Zacharie.

Puis il s'évanouit, sur cette même couchette de chêne où était née Marie-Rose.

De l'autre côté se tenait Georges Deshayes.

Les deux jeunes gens échangèrent un regard; puis, dans le cœur de l'un et de l'autre à la fois, on ne songea plus qu'au blessé.

Quoique bien jeune encore, le sous-lieutenant venait de traverser assez de champs de bataille, pour déjà reconnaître au premier coup d'œil que la blessure était fort grave.

Et personne pour extraire la balle, personne pour arracher peut-être cet homme à la mort!

— Bah !... fit le vieux soldat en revenant à lui, c'est la quinzième... j'en ai vu bien d'autres !

— Consentez à rejoindre les gens du village, proposa Deshayes, quatre de mes soldats vous porteront dans le bois.

— Non, refusa Zacharie ; on pourrait dire que la commune de Saint-Martin s'est enfuie tout entière devant l'étranger. Je reste quoi qu'il arrive, l'honneur le veut !

— Que votre fille au moins retourne auprès de sa mère, reprit Georges.

— Mon père est blessé, ma place est ici, répondit Marie-Rose avec le même sentiment de simplicité romaine.

Chez ces deux vaillantes natures, le devoir était si profondément enraciné, que le jeune soldat sentit aussitôt qu'il serait inutile d'insister davantage.

En ce moment, du reste, le petit fifre parisien vint annoncer qu'un messager du général demandait à parler au sous-lieutenant.

Georges sortit pour aller au devant de Pailleux.

Durant ce temps, la jeune fille pansa d'instinct la blessure de son père.

Deshayes ne tarda pas à rentrer, et dit avec une anxieuse tristesse :

— Un ordre m'enjoint de retourner à Sens, mais j'hésite. vraiment à vous laisser seuls ainsi tous les deux.

— Le pays avant tout, déclara formellement Zacharie, il faut obéir. Mais comment pourrez-vous arriver jusqu'à la ville ?

— Le messager, répondit Georges, s'offre à nous conduire par le chemin qu'il vient de traverser, et dont il répond.

— Vous tâcherez de nous envoyer un chirurgien pour mon père, murmura Marie-Rose à demi-voix.

— Allons, commanda le sous-lieutenant au petit fifre, va prévenir les camarades qu'ils se tiennent prêts. Et pas de bruit... pas d'hésitation... pas de plaintes...

— Le soldat français ne se plaint jamais que de la soif! riposta malicieusement le gamin de Paris.

— Si les Cosaques allaient venir, disait pendant ce temps-à Georges à Zacharie. Si Marie-Rose...

— Chut !... interrompit le vieux soldat en jetant un regard vers sa fille.

Puis, à haute voix et s'adressant à elle :

— Mon enfant, ajouta-t-il, cours au cellier, et remonte à boire à ceux qui vont mourir pour la défense du pays. Du reste, ce sera peut-être autant de moins pour les Cosaques...

Marie-Rose aussitôt disparut, escortée par le fifre parisien, qui, sous sa moustache naissante, souriait triomphalement au succès de sa carotte militaire.

— Georges, reprit le blessé sitôt qu'il se retrouva seul avec le sous-lieutenant, je comprends ce que vous allez me dire, je sais que Marie-Rose est belle, et je connais tous les dangers de la guerre...

— Zacharie !...

— Soyez sans crainte cependant, et passez-moi deux pistolets chargés qui sont là... dans cette armoire... Merci... Je les place sous mon chevet... et je vous jure qu'ils ne la flétriront pas vivante !

— Grand Dieu !...

— Silence !... Et maintenant, adieu, mon ami... Que l'empereur sauve la France !

Un instant après, le jeune vélite s'éloignait pour rejoindre ses soldats; mais sur le seuil même de la cour de la ferme, il se rencontra face à face avec Marie-Rose, qui s'en revenait à la maison, sa cruche vide sur l'épaule, ainsi qu'une vierge antique.

Les deux jeunes gens s'arrêtèrent ensemble, et durant un instant demeurèrent silencieux, la main sur le cœur l'un et l'autre et le regard baissé.

— Marie-Rose... commença Georges enfin, avec une tendre mélancolie dans la voix, voilà deux années que je suis parti comme soldat... deux années que j'ai couru le monde à travers la fumée des batailles... mais sans jamais cesser un instant de songer à vous... Marie-Rose... tandis que je ne vous oubliais pas loin du village... pensiez-vous également à l'absent... Marie-Rose?...

— Georges, répondit la jeune fille avec un attendrissement profond, nous avons été élevés ensemble par votre oncle, le vieux pasteur du hameau... on se raillait de nous alors parce que nous courions toujours rien que nous deux tout seuls dans les prés. Comment voulez-vous que j'aie pu ne pas me ressouvenir sans cesse du compagnon de mon enfance, de l'ami de mes jeunes années?...

— Oui... Marie-Rose... Mais vous étiez presqu'un enfant, lors de mon départ du village, mais vous ignoriez tout ce que Georges emportait en son cœur de tendresse pour vous!... Et maintenant... oh!... tenez... nous ne sommes ni d'un état ni dans un temps où l'on fait des phrases... Marie-Rose, je vous aime!...

Après ces derniers mots, prononcés de l'âme et le regard perdu dans les cieux, il y eut un long silence rêveur.

— Georges, répondit enfin la jeune fille d'une voix profonde et légèrement tremblante, lorsque la mort plane sur tout un pays, les jeunes filles de ce pays ont le droit de dire la vérité tout entière à quiconque les interroge avec la voix du cœur... Je vous aime, Georges!...

Entre ces deux primitives et nobles natures, il n'y eut pas un baiser, chose banale en pareille circonstance et toujours quelque peu païenne... Non, on se donna loyalement la main, cette pudique et franche chose!

Puis, le jeune soldat reprit avec une émotion contenue :

— Si je survis aux désastres de la patrie, je reviendrai pour que vous soyez ma femme, Marie-Rose.

— Georges, si je suis vivante, je vous attendrai...

— Oh! s'écria l'officier des vélites avec le poétique élan d'un superstitieux enthousiasme : Quand bien même resterait mon corps sur un champ de bataille, mon âme reviendrait... voyez-vous bien, Marie-Rose... chanter quelque nuit sous votre fenêtre ce vieux noël bourguignon, que si souvent ensemble nous avons chanté jadis... vous savez?

> Près de toi que toujours aimera,
> Sur la terre ou sur l'onde,
> Fût-ce de l'autre monde,
> Je reviendrai.

La jeune fille ne cessait de pleurer en écoutant l'accent honnête et quelque peu mystique de ce bon jeune homme, plutôt fait pour l'existence des champs, pour le calme de la solitude que pour la vie hasardeuse du soldat, pour le tumulte des armes, mais qui cependant obéissait aussi sans murmure à la voix du devoir et de l'honneur.

Lorsque cependant il arriva vers le milieu du naïf refrain qui leur rappelait à tous deux de si chers souvenirs, elle ne put s'empêcher de redire à mi-voix avec lui les deux derniers bouts-rimés :

> Fût-ce de l'autre monde,
> Je reviendrai!

La nuit descendait alors sur la colline, et semblait vouloir envelopper à la fois les deux amants dans ses molles vapeurs grises.

Illusion ou réalité, ils crurent voir poindre à la fois deux étoiles jumelles dans le ciel noir.

Georges alors tira de son doigt une modeste bague d'argent, du centre de laquelle saillissait une petite croix.

— Voici, murmura-t-il en même temps, l'unique héritage de mon oncle le pasteur. C'est une sainte relique, bénie à Rome... elle doit préserver de tout malheur qui la porte!...

Le sous-lieutenant finissait à peine, que déjà la paysanne tirait de son sein un petit chapelet d'ébène, et le lui tendait en disant :

— Cette croix me vient de la même source; portez-la pour l'amour de moi, Georges, elle vous portera bonheur.

Simples anneaux, modestes crucifix, rustiques bijoux d'argent ou de cuivre, fleurs des champs plus pauvres encore, mais échangées avec la même foi, que d'autres vous préfèrent l'or ou les diamants et vous raillent... moi, je vous respecte avant tout et je vous aime!...

— Nous sommes fiancés devant Dieu! conclurent d'une même voix Georges Deshayes et Marie-Rose, en étendant tous les deux vers le ciel la main qui restait libre à chacun.

En ce moment, le petit détachement commandé par Des hayes défila devant la ferme.

Il fallait se séparer... qui sait... peut-être pour toujours!

Le sous-lieutenant essuya à la dérobée une larme, et se mit à la tête de ses vélites.

La paysanne resta seule sur le seuil, immobile et pensive.

Mais, sitôt que le dernier soldat se fut abîmé au revers du coteau, elle s'élança jusqu'à la rampe du rocher pour voir disparaître peu à peu son fiancé dans la brume.

Depuis déjà quelques secondes elle ne pouvait plus l'apercevoir, et cependant elle était encore là.

Lorsque tout à coup, vers le bas de la colline, une terrible fusillade illumina sinistrement le crépuscule.

— Georges!... s'écria douloureusement Marie-Rose; et, toute épouvantée, elle s'enfuit auprès de son père.

Le village envahi.

Ainsi que sans doute on vient de le deviner, Pailleux avait cette fois admirablement réussi dans sa mission infâme.

Durant la descente de la colline, il s'était tenu prudemment à l'arrière-garde.

Il se laissa tomber au premier coup de feu, rampa jusqu'à un angle que formait l'escarpement et, pelotonné comme un hérisson, roula d'un tout autre côté jusqu'au bord de la rivière.

Avant, néanmoins, de prendre cette direction, à la lueur de la fusillade, il avait aperçu Georges Deshayes tomber en le regardant, il avait entendu Georges Deshayes lui jeter ce seul mot, au moment sans doute de mourir :

— Judas!...

Certes, Pailleux était sceptique, ainsi que l'est, du reste, une bonne moitié des paysans, l'autre moitié donnant dans l'excès contraire, car c'est le propre de toutes les classes incultes de ne jamais savoir se créer, en quoi que ce soit, des sentiments ou des opinions intermédiaires.

Mais il faisait nuit, mais il n'y avait plus que des morts dans ce lieu désert, mais on n'entendait au milieu du silence que le pétillement de la fusillade et que la grande voix du canon.

Tout cela vous grise un peu, surtout lorsqu'on est un lâche.

Pailleux eut donc peur, Pailleux s'enfuit donc en entendant ses oreilles bourdonner, ainsi qu'un écho vengeur :

— Judas!... Judas!!...

Rien d'envahissant comme une semblable hallucination,

alors qu'elle enflèvre une brute nature comme celle de Pailleux.

Il courut au hasard... plus fort bientôt... plus fort encore...
et sans cesse entendant le vent qui sifflait dans les arbres, la
neige froissée par son pas haletant, les chiens qui hurlaient
dans la nuit, les rares toscins au lointain, le canon, la fusillade,
les moindres clameurs confuses... tout enfin, lui crier, et
toujours :

— Judas !... Judas !!!... Judas !!!...

Combien de temps cela dura-t-il? Pailleux lui-même n'aurait pu le dire. Il était perdu... il était ivre... il devenait fou.

Enfin, et bien distinctement cette fois, il entendit à ses côtés
le gros éclat de rire de la Souillotte.

Sans trop savoir comment, Pailleux se trouvait arrivé à
son rendez-vous du carrefour de l'Affût.

Il était évident, du reste, que la Souillotte n'avait pas perdu
son temps toute seule, et que l'une des deux gourdes avait
été visitée plus d'une fois par elle, en attendant Pailleux.

— A boire ! — demanda-t-il brusquement, sitôt qu'il se fut
un peu reconnu.

— Eh... eh... eh... fit la Souillotte d'un air de béatitude
hébétée.

Et elle lui passa la gourde pleine.

Pailleux y colla sa lèvre ardente, et but jusqu'à perdre respiration.

Après quoi, il regarda du côté de Saint-Martin.

Le canon y dardait en ce moment ses grands éclairs rougeâtres ; sur la hauteur, sans doute, les Russes venaient d'établir une batterie dont ils achevaient de foudroyer la ville.

— Eh... eh... eh !... faisait derrière lui la Souillotte, t'es pas
gai à c'soir, Pailleux. C'est pas comme moi... j'ai toute la fête
du pays qui me danse et qui me chante dans l'cœur... ohé
donc !

— C'est pas étonnant... t'es grise.

— Dame... il fait une si fameuse froidure... eh... et puis, c'est
de l'eau-de-vie cosaque. Eh... eh... Bois-en donc itou... Eh...
eh... eh !...

— C'est juste... Tiens... au fait... à ta santé

Les deux gourdes trinquèrent.

Mais, tout en buvant, Pailleux, du coin de l'œil, guignait la
Souillotte.

Écarlate, épanouie, rutilante, la grosse paysanne n'était pas
dépourvue d'une sorte de beauté plantureuse ; elle ressemblait
à ces bacchantes des Kermesses flamandes qui se trouvent
dans tous les coins ombrés des tableaux de Teniers.

Affriandé par cet aspect, un peu gris déjà lui-même, Pailleux vint s'asseoir auprès de la Souillotte, et se renversa anacréontiquement en arrière, tout en cherchant à lui prendre la
taille.

— A bas les pattes ! riposta-t-elle aussitôt, avec un geste à
l'avenant. Tu sais que je badine... mais v'là tout... Eh... eh...
ah...

— Soit ! consentit Pailleux avec une narquoise grimace.
Soit... badinons... mais buvons ?...

— Du riquiqui cosaque... plutôt cent fois qu'une... A ta
santé... eh... eh !...

La Souillotte riait toujours.

Mais, une heure après les deux gourdes entièrement vidées,
ar extraordinaire elle ne riait plus !

Et debout, à quelques pas de là, Pailleux la laissant pleur-
nicher dans le coin de son tablier de toile écrue, s'adossait
contre le tronc d'un hêtre, afin de ne plus s'occuper que de
la hauteur de Saint-Martin.

— La batterie vient de s'éteindre... calculait en même temps
le traître. C'est peut-être ben que la ville se rend... M'sieur
Max de Rensdorf me doit un peu ça... Il m'a payé... c'est

vrai... mais enfin... après la moisson, est-ce qu'il ne reste pas
ordinairement quelque chose à glaner... Heim, Pailleux...
heim ?...

Comme poussé peu à peu par cette idée, le misérable cessa
de s'appuyer contre le hêtre, et finit bientôt par se mettre en
marche.

Mais l'ivresse se développa tout à coup au grand vent, l'i-
vresse de l'alcool qui lui rendait, en la doublant, l'ivresse de
la peur.

Croyant donc subir de nouveau la flagellation vengeresse,
Pailleux reprit sa folle course, mais cette fois, néanmoins, en
ligne droite, car des grands feux allumés sur l'emplacement
de Saint-Martin le guidaient dans la nuit.

Pailleux ne tarda donc pas à arriver au village.

Après avoir fait jouer la batterie jusqu'à la nuit close, les
vainqueurs jouissaient outrecuidamment de leur facile victoire.

S'empâtant, s'enivrant, se chauffant à ces grandes flambées
nocturnes, tous ces barbares à mine étrange avaient je ne sais
quel aspect fantastique, infernal.

Judas Pailleux trembla plus fort que jamais, et se jeta au
hasard dans la première porte entr'ouverte qu'il referma vivement sur lui.

C'était une sorte de vaste grange, dont les profondeurs
étaient encore garnies de foin, mais dont le devant, balayé
comme un salon, présenta tout à coup à l'œil ébloui de Pailleux une table superbement éclairée, et, sur cette table, un
pâté de lièvre, un chapon rôti, trois bouteilles de vin de Champagne, etc., etc.

Un seul couvert, du reste ; une seule chaise.

Et personne.

Or, Pailleux se sentait grand'faim, surtout grand'soif.

La tentation était forte.

De plus, notre homme était encore tellement ivre, qu'il ne
savait pas trop ce qu'il faisait, qu'il était complétement incapable de réfléchir.

Machinalement donc, et comme magnétisé par les bouteilles, il finit longuement par tomber assis sur la chaise, par
attaquer à la fois et la terrine et la volaille, par faire sauter
tour à tour les trois casques d'argent.

Un quart d'heure environ se passa ainsi.

Alors seulement, Pailleux crut entendre un bruit de pas et
de voix qui s'approchait de la porte de la grange.

Il courut au trou de la serrure, il y prêta tout à la fois et
l'œil et l'oreille.

Un officier russe, ce même officier auquel s'était vendu
Pailleux, s'avançait en gourmandant avec violence quelques-
uns de ses Cosaques qui, ne trouvant plus de fagots sous leurs
mains, venaient d'allumer deux ou trois maisons pour se
chauffer avec.

Les incendiaires, évidemment, cherchaient à calmer leur
chef, en lui montrant la grange, où son souper l'attendait.

Son souper... mais il avait disparu !

De plus, et déjà, le boyard semblait furieux.

Quelque abruti qu'il fût en ce moment, Pailleux comprit
néanmoins qu'une immédiate rencontre n'aurait rien de bien
avantageux pour lui.

Il rebondit donc en arrière, et se précipitant dans le foin,
s'y blottit non moins alertement qu'un renard dans son terrier.

Maximilien de Rensdorf n'entra pas cependant immédiatement dans la grange qui lui servait de quartier général.

Non... car au moment même où il rouvrait la porte, on vint
l'avertir d'un second attentat qu'il fallait empêcher à l'heure.

Loin de nous la pensée de vouloir nous appesantir sur le
désolant tableau d'un village envahi par les Cosaques.

Voici simplement ce dont il s'agissait :

Dans les premiers instants de l'occupation du plateau, l'ennemi n'avait songé qu'à faire manœuvrer ses canons, tant il
supposait le village entièrement désert.

Plus tard, lorsque le feu se fut éteint, on pilla, on fouilla, on dévasta de fond en comble les premières maisons qui se trouvaient malheureusement autour de la batterie.

Celle de Zacharie était située par bonheur à l'autre bout du village.

De son lit de souffrance, le vieux soldat entendit donc retentir presqu'à ses oreilles le fracas haletant du canon.

Puis, une heure plus tard, les sauvages clameurs des Cosaques, qui massacraient jusqu'aux derniers poussins des basses-cours, qui se taisaient du feu avec les armoires pleines de linge, cette si chère richesse du paysan... qui effondraient tous les tonneaux à fin de boire plus facilement à même.

Agenouillée près du lit, et d'une main contenant à grand'peine son père, Marie-Rose pria ferveusement durant toute cette heure terrible.

Pauvre jeune fille en pleurs! elle espérait encore que le torrent dévastateur passerait à côté de sa chaumière bénie par Dieu!

Mais voilà que tout à coup un effroyable tumulte fait irruption dans la cour de la ferme, voilà que bientôt enfin une horde sauvage apparaît sur le seuil de la cour.

Zacharie aussitôt se dressa sur son chevet, ses deux pistolets à la main.

Un Cosaque déjà s'était élancé vers la jeune fille, et cherchait à l'enlacer dans ses bras.

Le vieux soldat fit feu de la main droite, et le profanateur tomba.

Ses dignes acolytes reculèrent d'abord, puis, remis de leur première terreur, se ruèrent indifféremment à la fois et sur les deux créatures vivantes et sur tous les objets inanimés qui se présentaient à leur aveugle rage.

C'en était fait de Zacharie... c'en était fait de Marie-Rose!

Lorsque le chef prévenu à temps, lorsque Maximilien de Rensdorf survint à son tour.

Un seul mot russe, prononcé d'une voix tonnante, suffit pour faire reculer jusqu'à la muraille tous les misérables, interdits et tremblants.

Il ne resta plus au milieu de la chambre que Zacharie auquel le danger de sa fille venait de communiquer momentanément la force de se redresser pour la défendre, que l'officier russe et que Marie-Rose à ses pieds.

Il la contempla longuement et étrangement, durant le premier silence qui succédait comme par magie à cette scène de tumulte.

Puis, se tournant vers ses soldats ou, pour mieux dire, vers ses esclaves:

— Emmenez chez moi cette jeune fille, commanda-t-il impérieusement, elle m'expliquera ce qui vient de se passer elle-même, et malheur à celui d'entre vous qui aura méconnu mes ordres!

Epouvantée moins encore par cette singulière décision que par le regard qui l'accompagnait, Marie-Rose fit un pas en arrière.

Maximilien de Rensdorf, par un geste, qui pour être moins grossier que celui du simple Cosaque, n'en était peut-être pas plus dangereux encore, Maximilien de Rensdorf voulut retenir la jeune fille en même temps par la main et par la taille.

Un pistolet chargé restait à Zacharie.

Il le tira sur l'officier russe, dont la balle effleura le visage.

— Ah! fit le gentilhomme du Nord en portant la main à sa joue ensanglantée. Ah! c'est ainsi... Qu'on entraîne cette jeune fille... j'ai dit... obéissez!

Une seconde lutte eut lieu, dont le résultat, hélas! était certain, durant laquelle se rouvrit la blessure du vieux soldat, qui tomba sans mouvement sur le carreau.

Un instant après, Marie-Rose était laissée seule dans la grange appropriée pour servir de campement à Maximilien de Rensdorf.

Il ne tarda pas à y entrer à son tour, en refermant derrière lui la porte au verrou, en s'avançant à pas lents vers la jeune fille.

Quelque innocente qu'elle fût, instinctivement, Marie-Rose devina sa pensée dans ses yeux ardents.

Sans s'abaisser cependant à la prière ou à la ruse, Marie-Rose se laissa dignement tomber à genoux, et semblable aux vierges martyres des cirques antiques, pour toute défense elle présenta la petite croix d'ébène que venait de lui donner Georges Deshayes.

Mais, ainsi que ses Cosaques, l'officier russe était ivre...

Mais Marie-Rose était si belle!

. . . .

Où l'on trouve ce qu'on...

Lorsque Marie-Rose revint de son long évanouissement, elle eut d'abord peine à se souvenir.

Puis, cachant dans ses frémissantes mains son visage empourpré tout à coup:

— O mon Dieu!... s'écria-t-elle avec désespoir, heureusement que vous seul connaissez mon déshonneur!...

Elle se croyait bien seule, la pauvre enfant!...

Néanmoins, un ricanement railleur lui répondit.

Marie-Rose releva vivement la tête.

Personne.

Mais le foin commençait à s'agiter confusément à la surface.

Epouvantée, la jeune fille s'élança hors de la grange.

Le jour allait poindre, les quelques masures incendiées achevaient de lancer leurs dernières flammes, les Cosaques avaient entièrement disparu, les habitants du hameau se hasardaient peu à peu à rejoindre leurs chaumières dévastées.

Marie-Rose courut à la maison paternelle.

Zacharie était toujours étendu sans mouvement dans la chambre.

Simone, sa femme, venait d'arriver auprès de lui.

Marie-Rose embrassa sa mère, puis l'aida vivement à secourir le blessé.

Le vieux soldat ne tarda pas à reprendre connaissance.

Sa première pensée fut pour Marie-Rose.

— Remercions Dieu, répondit la jeune fille avec une légère rougeur au front, il veillait à la fois sur le père et sur sa fille!

— Mais ces barbares, reprit Zacharie qui se ressouvenait peu à peu, mais cet officier russe, mais cet enlèvement!...

Marie-Rose hésitait.

— Soyez donc paisible, père Zacharie... répliqua tout à coup du seuil une voix étrangère... j'étais là... moi!...

Tous les yeux se levèrent en même temps vers l'endroit d'où partait cette réponse.

C'était Pailleux, qui poursuivit effrontément:

— Et j'ai protégé... j'ai défendu... j'ai sauvé Marie-Rose!...

— Toi... fit le vieux soldat d'un air d'incrédulité dédaigneuse... M'est avis cependant que tu n'es guère brave?

— Si on peut dire!... se récria superbement Pailleux. C'est-il pas moi qui, au péril de mes jours, ai porté la dépêche du général Alix à ce pauvre Georges Deshayes, que j'ai vu tomber et mourir sous mes yeux! En v'là du courage... Quant à ce qui concerne mam'selle Marie-Rose, demandez-le plutôt à elle-même, demandez-y donc!...

La jeune fille allait confondre le misérable.

Pailleux tout à coup se prit à ricaner.

C'était ce même ricanement qu'elle venait d'entendre tout à l'heure sous le foin agité de la grange.

— O mon Dieu!... pensa-t-elle donc avec une soudaine et secrète terreur. O mon Dieu... je suis perdue... Cet homme sait tout.

Et elle ne répondit pas.

Ce silence passant pour une attestation, Zacharie remercia Pailleux, en le priant de considérer désormais la maison de Marie-Rose comme la sienne.

Quelle était dès lors l'intention de Pailleux ? Nul n'eût pu le deviner encore. Zacharie était le plus riche paysan du village ; Pailleux, l'un des plus pauvres, allait manger et boire à bouche que veux-tu dans cette ferme où régnait le gros luxe campagnard. En apparence, c'était là toute son ambition.

Les jours se passèrent : il devenait de plus en plus assidu auprès de Marie-Rose, tantôt l'importunant de ses sottes galanteries, tantôt la poursuivant de ce rire narquois, qui restait entre eux un secret, et qui toujours répondait au plus sensible du cœur de la jeune fille.

Du reste, depuis cette époque fatale du 24 février 1814, une révolution complète s'était opérée chez Marie-Rose. Plus de gaîté, plus d'espoir, plus de jeunesse ! En quelques jours, les couleurs de son teint avaient pâli, son regard était devenu triste, sa démarche inquiète, son attitude incessamment embarrassée. Elle fuyait son père si bon pour elle, elle évitait sa mère qui l'aimait tant, elle ne se plaisait plus que dans l'isolement et dans les larmes. Ses nuits étaient sans sommeil, ou bien l'épouvantaient de cauchemars affreux.

Tant de souffrances devaient rapidement altérer sa physionomie ; elle devint bientôt si pâle, si languissante, si méconnaissable de ce qu'elle ét it avant l'invasion, que tout le monde enfin s'en aperçut au village, mais sans que personne devinât encore la véritable cause de cette attristante transformation, de ce dépérissement étrange.

— C'est la perte de Georges Deshayes, disait-on ; elle aimait le beau sous-lieutenant, pauvre Marie-Rose !

La jeune fille, sans aucun doute, avait amèrement pleuré la disparition de son ami d'enfance, la mort plus que probable de son fiancé.

Mais tel n'était pas le motif de son désespoir muet et sombre, de sa morne et douloureuse agonie.

Non... Le crime du 24 février portait ses fruits... depuis déjà plus de deux mois Marie-Rose avait senti qu'elle était mère !

Terrifiante vérité !... Si le vieux soldat l'apprenait un jour, peut-être se compromettrait-il en voulant poursuivre l'infâme ?... Peut-être tuerait-il sa fille, plus à plaindre cependant qu'à blâmer ?... A coup sûr il en mourrait et de colère et de honte !...

Voilà ce que se redisait sans cesse Marie-Rose, et à force de se le répéter, elle en vint au remords de n'être pas morte de son déshonneur, au repentir de n'avoir pas tout d'abord demandé vengeance au vieux soldat, presqu'à la conviction de se considérer comme coupable !

Oh ! oui, les habitants du village avaient bien raison... pauvre Marie-Rose !

Plus d'une fois elle se pencha sur le rebord du puits, sur la berge de la rivière, prête à se laisser tomber, résolue à mourir.

Puis, elle se rejetait en arrière avec épouvante, puis elle s'écriait en se tordant les bras de désespoir : ·

— Et mon enfant !... Je ne le peux pas... je ne le dois pas... je ne le veux pas !

Dans ces moments-là, oh ! elle en arrivait à presque remercier le ciel de ce que Georges Deshayes ne reparut pas au village. Pour le noble jeune homme, mieux certes valait être tombé au champ d'honneur, que revenir au pays pour y succomber lentement sous le chagrin et sous la honte !

A ce navrant souvenir, Marie-Rose s'enfonçait au plus obscur du bois, au plus désert des campagnes, et là elle tombait à genoux, elle priait avec ferveur, elle murmurait au milieu de ses sanglots :

— O mon Dieu !... vous qui savez combien mon père est

aveugle et sourd en fait d'honneur, vous qui pouvez lire au fond de mon âme, protégez-moi contre moi-même ! inspirez-moi, mon Dieu ! sauvez-moi !

Souvent alors, dans le sillon ou dans le taillis voisin, un ricanement lui répondait, le ricanement encore de la grange au foin, toujours le même ricanement qui s'acharnait sans cesse à ses pas.

Puis elle apercevait de loin Pailleux qui lui criait en passant :

— Ben vot' serviteur tout dévoué... mam'selle Marie-Rose !

Quel était donc le projet de cet homme ?

Un jour enfin Zacharie essaya d'interroger sa fille, mais soit que par trop de rudesse il augmentât ses terreurs au lieu de faire naître sa confiance, soit que la jeune fille eût fermement résolu de ne rien dire à son père dont elle connaissait le rigorisme absolu, elle garda obstinément le silence, et s'éloigna sans même verser une larme.

Deux autres mois s'écoulèrent ainsi.

D'heure en heure semblait augmenter encore le mal mystérieux de Marie-Rose.

La maison était bien triste !

Hormis Pailleux, personne cependant ne soupçonnait la vérité.

Mais il est peu de peines secrètes pour l'œil vigilant des mères. Simone commença bientôt à pressentir vaguement l'état de sa fille, et tremblante surtout de la secousse qu'une semblable révélation porterait au cœur de son mari, elle résolut de la prévenir du moins en allant à sa fille, puisque sa fille s'obstinait à ne point venir à elle !

Donc, par une matinée de juillet, elle monta réveiller Marie-Rose, et lui dit :

— L'orage menace pour tantôt, ma fille... et nous avons des trèfles coupés sur la colline... viens aider avec moi les faneurs.

— Je me lève, mère, répliqua la jeune fille, qui descendit bientôt, et jeta la fourche de bois sur son épaule.

Les deux paysannes se mirent en route.

Simone était une véritable femme de la campagne, routinière et calme, peu élevée d'esprit, n'ayant aucune étendue dans la tête, mais aimant sa fille, et respectant au-delà de toute imagination son mari.

A peine faisait-il jour. Le ciel, d'un bleu tendre, s'assombrissait à l'horizon de quelques grises vapeurs. Une vive brise d'été courait sur les cultures déjà jaunissantes. Personne encore aux champs. Nul autre bruit que la chanson du grillon et de l'alouette. La nature semblait s'éveiller dans toute sa sérénité solitaire à chacun des pas des deux paysannes matinales ; la campagne s'animait d'un doux éclat à mesure que montait le soleil.

Arrivées au sommet de Saint-Bon, la fille et la mère contemplèrent avec un grave recueillement le magnifique spectacle qui se déroulait devant elles, et bien qu'incapables l'une et l'autre d'en analyser toutes les mystérieuses beautés, elles n'en ressentirent que plus vivement peut-être l'harmonieux et sublime ensemble de cet imposant réveil.

Simone s'aperçut enfin que deux intarissables larmes coulaient silencieusement des yeux bleus de Marie-Rose, et, semblables aux ruisseaux d'avril, inondaient son visage extrêmement pâle.

Elles étaient toutes les deux alors assises sur le gazon.

La mère prit doucement les mains de sa fille, et après quelques secondes d'amère rêverie :

— Marie-Rose, débuta-t-elle, est-ce que le beau soleil qui se lève là-bas ne te fait pas plaisir à voir ?

— Non, mère !... répliqua la jeune fille après un long soupir. Une seule chose me plaît à cette heure, c'est la solitude qui nous entoure.

— La solitude !

— Oui, mère... je voudrais être toujours toute seule.

— Comme les méchants donc, ma fille ?

— Non, ma mère, comme les malheureux !

Ici, la pauvre enfant essaya de retenir ses pleurs.

— Marie-Rose, reprit Simone avec une émotion dont elle ne pouvait plus se rendre maîtresse, Marie-Rose, il n'y a ici que le bon Dieu et ta mère qui te voient et t'écoutent... le bon Dieu pour qui le cœur n'a pas de secret... une mère, ça devine bien vite les tourments de son enfant qu'elle aime !

— Mes tourments, fit Rose, je ne me suis jamais plainte ?

— Eh ben... non... ma bonne Marie... non... c'est moi qui me plains, c'est nous qui nous plaignons, ton père et moi. Oui... nous nous plaignons à Dieu d'abord, qui permet que not' fille si sage, si belle, si rieuse autrefois, ait présentement des chagrins, des peines telles qu'on la voit changer pour ainsi dire de minute en minute. Ne dirait-on pas que tu as commis quelque grand crime préjudiciable à quelqu'un ? En vérité, tu n'es guère raisonnable de te mettre dans l'état où te voilà

— C'est vrai, répondit Rose avec simplicité, que je n'ai commis ni crime ni dommage envers personne !

— J'en suis bien sûre, mon enfant ! Pourtant tu es bien triste, et je me plains encore de ton manque de confiance envers tes parents. Tu nous caches tes tourments comme à des étrangers dont on se méfierait, dont on aurait peur. Tu as cessé de nous sourire. Avant-hier, hier même, tu as évité de nous parler. Demain, tu éviteras sans doute notre présence. Où ça s'arrêtera-t-il, mon bon Dieu ! Voilà ce qui nous inquiète, et ce qui doit te troubler toi-même. Ton père m'a dit cette nuit : L'enfant nous boude et nous fuit, faut tâcher de savoir lesquels sont coupables les uns envers les autres, ou de la fille ou des parents. Si c'est nous, nous nous dépêcherons bien vite de lui demander pardon ; si c'est elle... on capitulera... mais d'abord qu'elle s'explique. Voyons, ma fille, nous ne sommes que nous deux ici. Aurais-tu cent fois tort, que je ne t'en défendrais pas moins contre la colère de ton père. Explique-toi donc... ouvre-moi ton cœur. C'est pas la curiosité qui me fait parler ainsi, tu le sais ben... c'est l'intérêt ben naturel et ben tendre que ta mère porte à son enfant !

— Oui... ma mère... oui... je le sais.

— Et tu te tais pourtant... Voyons, Marie... réponds... As-tu peur ou honte ?

— J'ai honte et peur, ma mère !

— Peur de qui ? se récria la vieille paysanne, en pressant avec énergie les deux mains de son enfant.

— De mon père... qui me tuera de colère et qui mourra de chagrin... si je lui avoue ma honte !

— Quelle honte ?... Allons... je t'en prie... parle ?

Marie-Rose ouvrit, comme pour tout avouer, sa bouche frémissante.

Puis, éclatant tout à coup en sanglots :

— Je ne pourrai pas, s'écria-t-elle, je ne pourrai jamais !

— Qu'est-ce donc, mon enfant, qu'est-ce donc ?

— Je vous le dirai, ma mère.

— Quand ça, Marie ?

— Plus tard !... plus tard !...

Et, s'enfuyant à l'autre bout de la pièce de trèfle, Rose se prit fiévreusement à faner.

Simone se leva à son tour, et marchant jusqu'à l'autre bout du champ, de crainte d'affoler sa fille, elle se mit en pleurant à l'ouvrage.

— Psit !... psit !... siffla-t-on en ce moment de la lisière du bois.

La vieille paysanne releva la tête et reconnut Pailleux.

— Tiens... c'est toi... mo bon garçon ? fit-elle avec amitié car depuis le prétendu service du 24 février, c'est ainsi qu'o traitait ce nouveau commensal de la ferme.

— Chut ! fit le rusé paysan d'un air mystérieux.

— Pourquoi ça ?... demanda Simone à voix basse.

Pailleux rampa vers elle le long des traînées d'herbes et avec une hypocrite condoléance :

— Ça se voit donc maintenant, que vous avez tout deviné ? murmura-t-il à demi-voix. Heim !... n'est-ce pas que ça se voit ?

— Quoi donc ? interrogea ingénuement Simone.

Pour toute réponse, Pailleux fit des deux mains un geste arrondi tout à l'entour de sa taille, et significativement cligna de l'œil vers Marie-Rose, dont la silhouette se dessinait toute droite et de profil sur les nuées grises.

La vieille paysanne regarda vivement sa fille et jeta un cri perçant.

Elle avait compris.

— Silence donc ! dit Pailleux, qui, non moins leste qu'un écureuil, disparut aussitôt sous le plus proche taillis. Silence ! mère Simone, et ayez l'air de ne pas avoir l'air !

La jeune faneuse, en effet, s'était retournée vers sa mère ; mais la voyant actionnée de plus belle à l'ouvrage, elle crut avoir mal entendu, et se remit également à la besogne.

Alors Pailleux attira de l'œil Simone vers la lisière de la forêt.

La pauvre mère obéit à la hâte, et s'empressa de lui demander :

— Tu sais donc tout... toi ?

— Oui... mère Simone... et depuis quatre mois encore... mais je n'osions pas...

— Va, maintenant... je t'écoute.

Et, palpitante d'angoisses, le front ruisselant d'une sueur glacée, la vieille paysanne s'adossa contre le tronc d'un chêne.

En quelques mots, Pailleux raconta toute l'histoire de la grange.

C'était plus que, dans ses suppositions les plus hardies, n'avait osé jamais entrevoir Simone.

Elle resta donc muette, immobile, béante, et comme pétrifiée par un aussi grand malheur.

— Si c'était le fait d'un quelqu'un du pays, reprit cauteleusement Pailleux après un silence, y aurait peut-être ben encore de la ressource ?

— Oui... oui... murmura Simone avec l'accent du plus grand désespoir... mais avec un étranger, avec un ennemi... Oh ! je connais mon homme, c'est sa mort et celle de notre enfant !

— Attendez donc... et ne vous mettez pas comme ça l'âme à l'envers. C'est pas tant seulement pour vous désespérer que je sommes venu ici... c'est que j'avais trouvé un moyen...

— Un moyen de calmer Zacharie ?... C'est possible !

— Attendez... que je vous dis. Si, n'étant pas fautif de la chose... un quelqu'un aimait assez mam'selle Marie-Rose, pour s'en déclarer l'auteur... Un quelqu'un du hameau... vous comprenez ben ?

— Ah ! s'écria Simone, Georges eût fait cela !

— Georges Deshayes est mort ! répondit Pailleux avec une visible contrariété, et en même temps avec une satisfaction non moins évidente.

Puis, reprenant son insinuante circonlocution :

— Mais, fit-il bonassement, il y en a peut-être ben un autre ?

— Un autre !...

— Oui... et que je connais ben encore...

— Qui donc ça ?

— Eh !... pardine... moi...

— Toi... Pailleux !

— Moi-même... car je sais mieux que personne que mam'selle Marie-Rose est innocente de son malheur... et qui plus est, je l'aime fameusement en secret depuis ben longtemps !

— Mais elle ?

— On finit toujours par estimer celui-là qui vous rend l'honneur... surtout lorsqu'on a des parents comme le père Zacharie !...

— Il a raison, mon bon Dieu !... ne put s'empêcher de reconnaître la pauvre mère, bien éloignée, hélas ! de s'apercevoir qu'elle allait livrer son enfant.

— Malheureusement, recommença Pailleux avec plus de finasserie que jamais, malheureusement vous êtes riches... moi, pauvre... et peut-être ben que vot'homme ne voudrait pas...

— C'est vrai ! interrompit Simone de nouveau abattue. Plus d'espoir !

— Peut-être ben encore que si...

— Explique-toi ?

C'est là précisément où voulait en venir Pailleux. Aussi distilla-t-il dans la réponse suivante la quintessence de sa diplomatie instinctive :

— J'ai vu le coupable... l'officier russe, vous savez ben... il avait des remords... A preuve que je l'ai entendu qui murmurait en s'en allant : c'te méchante action m'en portera malheur pour tout le reste de la campagne ! De plus, il paraît cousu d'or, et m'a l'air au fond d'un bon jeune homme...

— Eh ben... eh ben... tu me fais mouri...

— Eh ben... si j'allais le trouver tout de suite... si j'en obtenais comme qui dirait un avantage à condition de réparer son crime... si je revenais riche aussi, moi... durant mon absence mère Simone, me promettriez-vous de disposer tout doucement mam'selle Marie-Rose... Vous comprenez, n'est-il pas vrai... Heim ?

La vieille paysanne hésitait.

— Il y va de l'existence de vot' fille et de celle de vot' mari ! insista Pailleux avec une sorte de solennité.

— Pars, répondit enfin Simone, et que le bon Dieu te fasse réussir. Cette fois, tu nous auras sauvés pour tout de bon !

— Et mam'selle Marie-Rose sera ma femme ? précisa le misérable, qui osa ajouter encore :

— En conscience, je le mérite... car c'est une belle action que je m'en vais *consumer* là !

— J'y ferai mon possible, je te le jure ! répondit l'aveugle paysanne en étendant la main vers le ciel.

Pailleux savait que la femme de Zacharie était une femme de parole.

Il n'en demanda donc pas davantage, et laissant à dessein la mère avec la fille.

— A bientôt donc ! conclut-il en disparaissant à la course à travers le bois. J'emporte vot' promesse, mère Simone... A bientôt !...

Une heure plus tard, il arrivait devant sa masure, autour de laquelle rôdait la Souillotte depuis le lever du soleil.

Habitude assez étrange, du reste, que depuis la nuit du 24 février semblait avoir pris la grosse et insouciante villageoise.

— Eh !... eh !... eh !... ricana-t-elle du plus loin qu'elle l'aperçut. Te voilà donc enfin, monsieur le matineux... Où vas-tu ?

— Dis donc... est-ce que ça te regarde ?

— Eh !... eh !... eh !... non... mais...

— Je veux ben te le dire cependant... je pars pour Paris.

— Pour Paris... eh !... eh !... eh !... Comment fais-tu donc pour te séparer de la Marie-Rose ?

— Jalouse !

— Eh !... eh !... eh !... ma fine, y me semble que j'en aurais le droit... et peut-être ben que je n'ai pas tort...

— D'la Marie-Rose ? fit Pailleux en reprenant son air diplomatique. Allons donc... Est-ce qu'on peut songer seulement à la Marie-Rose ?

— Le fait est, ricana la Souillotte, que depuis quéque temps elle n'engraisse guère.

— Au contraire... osa plaisanter Pailleux.

— Comment ? interrogea vivement la Souillotte.

Pailleux se pencha vers son oreille, et y jeta un mot.

— Bah ! fit la rougeaude paysanne, tout ébaubie. Et de qui donc ?

— Sais pas ! répondit effrontément Pailleux. Mais, chut !... C'est un secret qui doit rester entre nous deux... Chut !...

Tout en faisant cette recommandation, Pailleux savait parfaitement que la Souillotte n'aurait rien de plus pressé que d'aller répandre ce grand mystère chez toutes les commères du village.

Mais ceci entrait encore dans son plan.

Quant à lui, il revêtit à la hâte ses plus présentables habits, il se coiffa d'un chapeau bolivar affreusement rougi sur les bords, il s'encorna la tête dans un monumental faux-col, et sans oublier ni les bottes fortes, ni le parapluie de cotonnade écarlate, ces deux superlatifs de l'endimanchement champêtre, il se mit pédestrement en route vers la capitale.

ROUGE OU NOIRE.

L'entreprise était certes bien hasardeuse.

Mais on a déjà dû reconnaître dans Pailleux une persistance à toute épreuve, une inflexible ténacité.

Sur la route de Paris, cependant, on rencontrait à chaque étape des détachements de toutes nations qui regagnaient la frontière.

Bien d'autres étaient partis déjà.

Pourquoi le régiment de l'officier, à la recherche duquel notre paysan senonais s'aventurait sans indication aucune, n'aurait-il pas été de ceux-là ?

D'ailleurs, la route du retour, pour l'armée russe, c'était la route du nord.

Bien d'autres donc eussent rebroussé chemin.

Mais Pailleux croyait à son étoile, il ne s'arrêta qu'à Paris.

Que d'autres décrivent s'ils le veulent la ville sacrée en proie aux Barbares, les arbres de nos boulevards mâchurés par les chevaux allemands ou slaves, les grands feux allumés toute la nuit le long de nos quais déserts, le gigantesque campement du Champ-de-Mars et des Champs-Élysées, dans les ruelles des faubourgs les duels sans nombre où tout ce qui portait un noble cœur essayait de venger en détail la patrie, tandis qu'au contraire, vers le centre ruisselant de mille feux, toute la valetaille mâle ou femelle se prostituait impudiquement à l'or de l'étranger !

Ma plume se refuse à décrire cet affligeant tableau, mon cœur encore plus que ma plume !

Qu'il vous suffise donc de savoir qu'aussitôt après avoir dépassé la barrière, Pailleux reconnut avec joie des uniformes à peu près semblables à celui que portait l'officier russe dans la grange de Saint-Martin-sous Bois.

A cette vue, notre paysan endimanché accéléra sa marche vers le Palais-Royal.

Maintenant encore, il y a là sans doute quelque invisible aimant qui, tout d'abord et d'une invariable façon, attire tout provincial débarqué nouvellement à Paris.

Le hasard évidemment protégeait Pailleux.

A peine débouchait-il dans le jardin, qu'il aperçut un attroupement vers la galerie de Valois.

Au milieu de cet attroupement, un Cosaque qui cherchait à s'enfuir, une montre à la main.

Derrière ce Cosaque, un horloger qui criait : au voleur !

Un officier russe enfin, qui, passant par là, s'enquit de la cause de tout ce tumulte, marcha gravement vers le soldat interdit, le fit s'agenouiller avec un seul mot, et lui brûla, sans autre forme de procès, la cervelle.

Or, dans cet exécuteur si rigide de la discipline, Pailleux, dès le premier coup d'œil, avait reconnu Maximilien de Rensdorf.

Il laissa néanmoins s'écouler la foule, suivit en silence le gentilhomme moscovite, et l'accostant enfin chapeau bas a quelques pas de là :

— Ben des compliments, monseigneur, débuta-t-il sans le moindre trouble, ni dans la voix, ni dans l'esprit. Voilà ce qui s'appelle faire respecter les bijoux de Paris... Mais il en est d'autres ben plus précieux encore dans les campagnes... l'innocence de nos filles... Que feriez-vous donc à celui qui aurait volé de ces bijoux-là ?...

Pailleux ne s'était pas trompé en disant que le profanateur de Marie-Rose avait emporté le remords en son cœur.

Maximilien de Rensdorf s'arrêta tout à coup, rougit jusqu'à la racine des cheveux, et après avoir longuement regardé celui qui l'apostrophait ainsi comme pour se souvenir :

— Je vous ai vu aux environs de Sens ? dit-il enfin.

— A Saint-Martin-sous-Bois, précisa Pailleux. Un pauvre village de Bourgogne dans lequel existait avant que vous n'y passiez, voici tantôt quatre mois, une jeune et jolie fille, ben honnête, ben souriante, ben heureuse... et qui pleure maintenant... et qui se dessèche ni plus ni moins que les feuilles en novembre... et qui va mourir, parce que vous l'avez tuée, monsieur Maximilien de Rensdorf !..

— Moi !... moi !...

Et le trouble de l'étranger augmentait à vue d'œil.

— N'essayez pas de dire que non, reprit impitoyablement le Sénonais. Dans la grange que vous savez ben... il y avait du foin, n'est-ce pas vrai... et dans ce foin que qu'un de ma connaissance...

— Après vous et cet homme, s'écria le gentilhomme russe, eh! mon Dieu... qui le sait ?...

— Tout le village bentôt... y compris votr' enfant... car elle va être mère !...

— Mère !...

Et, pleurant un instant de faiblesse, ce noble cœur repentant se voila le visage.

Quant au paysan, il enfonça son bolivar sur sa tête, ses deux mains dans ses poches, et il attendit.

— Voyons? interrogea Maximilien de Rensdorf après un silence. C'est la jeune fille qui t'envoie, n'est-il pas vrai? Que puis-je pour elle?

C'est ici qu'il fallait de la diplomatie.

Pailleux se montra digne de lui-même, et tout en se donnant la plus intéressante apparence, il exposa clairement ce qu'il appelait son noble sacrifice.

— Ainsi, demanda le Russe avec un air de doute, ainsi cette jeune fille t'aime?

— Nous étions fiancés !... répliqua sans rougir l'imposteur, en feignant d'essuyer une larme.

— Soit !... conclut Maximilien de Rensdorf.

Et il tira son portefeuille.

Pailleux fit semblant de baisser les yeux, mais il regardait avidement en dessous...

Par malheur, Paris vengeait en ce moment le reste de la France en écorchant sans pitié ses vainqueurs.

Dans le portefeuille en cuir de Russie, il ne restait plus qu'un billet de mille francs.

— Ce serait ben maigrelet? ne craignit pas de murmurer Pailleux.

— Suis-moi !... commanda le boyard, en entrant dans la galerie sans attendre la réponse.

Les deux hommes ne tardèrent pas à disparaître dans une maison, qui portait en caractères de feu le numéro 113.

Au premier étage de cette maison, on exigea que Pailleux laissât son superbe bolivar, ce qui le contraria très fort,

Néanmoins, il ne quitta pas d'une semelle la trace de son guide.

Au-delà de cette porte à laquelle on abandonnait son chapeau, s'ouvrait une vaste salle resplendissante de lumières.

Au milieu de cette salle, une longue table recouverte d'un tapis vert, sur lequel allaient et venaient des tas d'or.

Tout à l'entour, des visages ou rouges ou livides, mais indistinctement torturés, ou par l'allégresse ou par le désespoir.

Vers le centre, quatre messieurs si bien mis que Pailleux les aurait pris pour des notaires, s'ils n'eussent manœuvré d'étranges râteaux.

C'étaient les croupiers de la roulette.

On a depuis fermé les maisons de jeu, mais on s'empresse à la bourse, mais l'agiotage commence à passionner les moindres marchés de céréales de la province, car on ne décrète pas malheureusement la suppression d'un vice!

— Rouge... pair... impasse !... criait flegmatiquement l'un des croupiers au moment où Maximilien de Rensdorf s'approchait du tapis vert.

Il jeta le billet de mille francs sur la noire.

Puis, indifférent à ce qui se passerait, il parut tomber dans une rêverie amère, après avoir dit à Pailleux :

— Quand tu trouveras que ce sera suffisant... ramasse!

Il est de ces heures où l'on se sent certain de gagner.

Au milieu d'un inqualifiable silence, la même impassible voix bien ôt cria :

— Noire !

Un autre monsieur en cravate blanche doubla le billet de mille francs.

La bille d'ivoire tournait déjà de nouveau sur la roulette de cuivre.

— Noir encore !

Il y eut quatre mille francs à l'avoir de Pailleux.

— Toujours noire !

Huit mille francs.

Pailleux était superlativement doué de l'instinct de l'argent, il avait déjà compris le jeu.

Aussi désormais, écarquillant les yeux, suant à grosses gouttes, soufflant comme un bœuf, il avançait et retirait ses mains convulsivement crispées.

Durant ces fiévreuses hésitations, deux autres fois la cravate blanche proclama :

— Noire !

— Trente-deux mille francs !... cria le paysan ébloui à l'oreille du gentilhomme toujours impassible. Trente-deux mille francs !...

— Ramasse !... répondit froidement Maximilien de Rensdorf. Pailleux se précipita sur le tapis vert, au moment où la bille allait s'arrêter pour la sixième fois.

Une seconde encore, et il gagnait soixante-quatre mille francs.

Un autre tour de plus, et il perdait tout,

— Pas de chance! rugit Pailleux avec une sourde colère, qui fit assez mal augurer à l'étranger de l'avenir de Marie-Rose.

Néanmoins, le rapace villageois ployait voluptueusement les trente-deux billets de banque qu'il allait empocher sans la moindre façon.

— Un instant, fit le Russe avec gravité, tout ne serait pas réglé convenablement ainsi...

Et prenant des mains de Pailleux la somme tout entière, il passa dans la salle voisine, s'assit devant une table sur laquelle se trouvait ce qu'il faut pour écrire, et demanda au villageois qui l'avait suivi tout effaré :

— Comment se nomme le plus honnête notaire de Sens?

— Maître Jolivard.

— Bien.

Le boyard alors enferma les trente-deux billets de mille francs dans une première enveloppe, sur laquelle il écrivit :

— Pour être remis, le jour seulement du mariage, à l'époux de Marie-Rose.

Puis le paquet, soigneusement cacheté, disparut sous une seconde enveloppe, qui ne tarda pas à porter cette adresse :

— A maître Jolivard, notaire à Sens.

Ces prudentes dispositions une fois prises, Maximilien de Rensdorf sortit de la maison de jeu, marcha toujours escorté du paysan jusqu'à un bureau de poste, y jeta la lettre, donna quelques louis à Pailleux, et disparut en lui disant :

— Voici pour ton retour... Pauvre jeune fille!... Fais en sorte qu'elle ne me maudisse plus, et qu'elle soit heureuse!...

Pailleux resta seul devant le bureau de poste, la bouche non moins béante que la boîte aux lettres.

Un instant, il avait espéré mieux.

Non pas qu'il dédaignât le moins du monde Marie-Rose. Loin de là. Elle était belle, fille unique, riche... tout cela convenait très fort à Pailleux.

Mais le notaire de Sens avait ordre de remettre les trente-deux mille francs à l'époux de Marie-Rose.

Or, quel époux?

La lettre du Russe ne mentionnait aucun nom.

Pailleux comptait bien, à la vérité, sur l'influence maternelle de Simone, sur les bavardages de la Souillotte qui le servait sans s'en douter, sur tous les incidents qui, durant son absence, avaient dû survenir à Saint-Martin-sous-Bois.

Néanmoins, il pouvait fort bien avoir tiré les marrons du feu pour un autre; néanmoins rien ne prouvait que le mari auquel on remettrait les trente-deux mille francs, ce serait Pailleux.

— Encore une partie à jouer, résuma-t-il résolûment; encore rouge ou noire? Mais je me sens en veine... allons-y donc vivement. . et le tout pour le tout !...

Cette fois encore, Pailleux ne se trompait pas; il allait également gagner à cet autre jeu de hasard qui s'appelle le mariage.

Donc, impatient d'en finir et nanti des quelques napoléons de l'officier russe, il prit bravement le coche de Sens, et ne tarda pas à se trouver de retour à Saint-Martin-sous-Bois.

Comme la nuit du 24 février, en arrivant au village, il trouva la Souillotte blottie toute tremblante dans sa masure.

— Qué que t'as donc ?... demanda Pailleux d'un air épanoui.

— C'est ta faute aussi, riposta penaudement la Souillotte, c'est ce grand secret que tu m'avais tant recommandé de ne point dire...

— Et donc tu n'as rien évu de plus chaud que de parler..

— A ma voisine tant seulement...

— Qui l'a répété à son voisin...

— Et ainsi dè suite...

— D'un bout de la commune à l'autre bout...

— Tant et si ben... qu'hier soir... ça est enfin revenu à l'oreille du père...

— Ah... ah !

— Qui s'a mis dans une fureur à faire sauter toute la maison...

— Très-ben...

— De quoi... Très-bien... Mais la pauvr' fille et sa mère s'en sont ensauvées c'matin à la Croix-de-l'Affût... tu sais ben...

— Oui... après...

— Après... le père Zacharie s'a mis à ma poursuite... afin de remonter, comme il dit, à la source de la chose, — et moi, tu comprends, je me cache aussi.

— Pas du tout... Faut aller lui demander pardon... Faut tout lui dire, y compris et surtout que la Simone est au carrefour de l'Affût avec la Marie-Rose...

— Mais...

— T'as pas besoin de comprendre... tiens... voilà de quoi t'acheter dès quand la fête un beau cotillon neuf à raies rouges...

Et Pailleux lui mit un louis dans la main.

La Souillotte regarda préalablement la pièce d'or avec des éblouissements dans les yeux, puis la frotta du coude et des manches, puis la noua dévotieusement dans un coin de son mouchoir à carreaux.

Mais sans pour cela bouger encore.

— Va donc... va, bonne bête!... lui disait narquoisement Pailleux.

Alternativement poussée par les deux épaules, déjà presque dressée dès cette époque à l'obéissance passive, la Souillotte partit enfin dans la direction de la ferme.

Pailleux la suivit en tapinois, afin de tout observer à l'écart.

Ainsi placé, il ne tarda pas à voir ressortir le vieux soldat, qui, furieux et sa carabine à la main, était vainement contenu par la Souillotte.

— Elle est forte tout d'même, ricana à part lui Pailleux, et ben qu'en prenant le plus long, j'n'arriverai pas le dernier au carrefour de l'Affût !...

Et il s'élança à travers le bois.

En effet, les deux pauvres femmes étaient là, terrifiées, palpitantes, et se serrant convulsivement l'une contre l'autre, comme pour mourir du moins ensemble.

Bien qu'affolée par l'étrange position où la jetait l'aveugle puritanisme de son mari, la Simone comprenait bien que sa fille était plus à plaindre encore qu'elle-même, la Simone cherchait à la rassurer par tous les moyens imaginables, la Simone parlait de Pailleux afin de lui laisser entrevoir du moins une espérance.

Tout à coup le vieux soldat apparaît devant elles, et couchant en joue Marie-Rose :

— Malheureuse! s'écrie-t-il d'une voix éperdue. Tu vas payer de ta vie la honte que tu jettes sur moi!...

Mais déjà Pailleux s'est précipité au devant de Marie-Rose, mais déjà Pailleux s'écrie à son tour d'une voix suppliante :

— Grâce, père Zacharie... Grâce pour elle... C'est moi seul qui suis fautif !...

— Toi!... fait le vieillard stupéfait en laissant retomber l'arme fatale.

— Moi-même, — ajoute Pailleux en feignant de pleurer. — Moi, le père de l'enfant !...

Et il se précipite aux genoux du vieux soldat.

Mais la jeune fille va s'y élancer à son tour, mais Marie-Rose indignée va confondre héroïquement tant d'impudence.

— Georges est mort, lui jette rapidement Simone à l'oreille, Pailleux n'agit que par dévoûment, et tu nous sauves tous en ne le démentant pas!

— Eh bien ?... demande depuis un instant Zacharie.

Marie-Rose s'avance à pas lents pour répondre, regarde longuement les deux vieillards auxquels un pieux mensonge rendrait peut-être le bonheur, Marie-Rose va parler enfin !

Mais tout à coup, brisée par tant d'émotions, elle tombe évanouie dans les bras de sa mère.

— J'apporte trente-deux mille francs en mariage! hasarde Pailleux, qui vient de lire sur la physionomie du fermier que l'évanouissement de Marie-Rose est considéré comme une affirmative réponse.

— Soit !... consent enfin le pauvre père attristé. Soit... elle sera sa femme !...

Ivre de succès, Pailleux embrasse frénétiquement la main du vieux soldat.

Quant à la Souillotte, elle est restée de là, immobile, béante, stupide et murmurant tout ébaubie :

— Eh ben !... et moi ?... C'est donc pour ça qu'il me faisait jaser... Comme il m'a mise dedans... Ah ! le gueux !...

Une noce Sénonaise.

Dans beaucoup de pays, le mariage est une charmante et poétique fête.

Il n'en est pas ainsi dans la Bourgogne, surtout dans le Sénonais.

D'abord, incompréhensible coutume, durant toute la matinée du grand jour, à la mairie ainsi qu'à l'église, la mariée reste habillée de noir.

Peu importait d'ailleurs à Marie-Rose... Ne gardait-elle pas moralement le deuil de son bonheur à jamais perdu !

Pailleux jouait cependant son rôle d'amoureux discret et désintéressé avec un admirable machiavélisme, avec une tartuferie qui ne se démentait pas.

D'un autre côté, Marie-Rose voyait ses parents presque heureux, surtout sa mère ; elle se sentait donc au cœur cette douce et calme émotion que donne le sentiment de tout sacrifice accompli.

Aussi, lorsqu'au matin, la musette criarde annonça la nombreuse escorte du mari, la mariée descendit, sinon souriante, du moins en apparence parfaitement résignée.

Musiciens en tête, longs rubans au vent, rires et chansons sur la ligne, on passa gaîment de la municipalité à l'autel.

Là, tout s'accomplit dans le recueillement habituel, dans le plus religieux silence.

Mais en ressortant de l'église, le vacarme champêtre recommença de plus belle.

Au milieu de la place même, une table, suivant l'usage, avait été dressée.

Sur cette table, deux seuls couverts.

Entre les deux, une soupière fermée de son couvercle.

Pailleux et Marie-Rose s'assirent, afin de donner à tout le hameau la burlesque représentation de la première soupe de ménage.

Ordinairement, il échoit à la mariée quelque indécent objet, quelque allusion grossière qui provoque sur toute la place une retentissante fanfare de vociférations et d'éclats de rire.

Mais Pailleux veillait à tout ; la soupière ne contenait que des fleurs des champs.

Il y eut un murmure de désappointement chez la majorité de la noce.

Marie-Rose sut gré à son mari de cette attention délicate, et, se plaçant entre son père et sa mère, elle reprit le chemin de la maison, sans même avoir versé une larme.

— Mauvais présage ! grommelaient les commères sur le passage du cortège...

En effet, presque toujours fort émues, les mariées villageoises gémissent énormément au retour de l'église, et l'on augure de leur félicité à venir en raison de l'abondance des pleurs qui tombent de leurs yeux plus ou moins rouges.

A la porte de la ferme, nouveau cérémonial sénonais.

La musette ayant de nouveau repris son allure joyeuse, le marié se place au dernier rang de tous les invités qui défilent deux par deux devant la jeune épouse, qui se tient toujours entre son père et sa mère, à droite du seuil de la maison.

A chaque invité, jeune ou vieux, qui passe en rentrant au logis, l'un ou l'autre des deux grands-parents demande à sa fille :

— Ma fille... c'est-y celui-là que ton cœur déï (désire) ?...

— Non, répond la mariée, ce n'est pas celui-là que mon cœur déï !

Et lorsqu'après vingt ou trente questions et réponses identiques, lorsque passe à son tour le marié :

— Ah !... s'écrie la mariée... ah ! le voilà celui que mon cœur déï.

Et elle se précipite sans façon dans les bras de l'épouseur qui l'embrasse comme un enragé, au milieu d'un ignoble concert de refrains obscènes à faire rougir les populations les plus grossièrement païennes des faubourgs de nos grandes cités.

Qu'on vienne donc maintenant encore nous vanter la poétique innocence des villages, où presque toutes les filles sont déjà mères lorsqu'elles approchent de l'autel, où les mœurs et les paroles ont, pour ainsi dire, l'exhalaison des plaines nouvellement fumées après un jour d'orage !

O Florian !... ô Grandisson !... où êtes-vous ? O Virgile !

Pailleux sut cependant encore éviter cette dernière infamie à Marie-Rose.

Au moment de défiler à son tour, il s'empressa de lui prendre la main et de la faire entrer dans la maison après un respectueux baiser sur le bout des doigts.

Décidément Pailleux savait comprendre sa femme, décidément Pailleux était un mari avec lequel on pouvait entrevoir un honorable et tranquille avenir.

Inutile d'ajouter que les gens de la noce ne partageaient nullement cet avis. De la pudeur, de la retenue, de la galanterie... fi donc !... Décidément, le nouvel époux était un monsieur qui n'avait aucune gaîté dans l'esprit, aucune élégance dans les façons, aucune habitude du monde !

Quant à Marie-Rose, quoique encore bien désolée au fond de l'âme, elle sentait peu à peu néanmoins se calmer son épouvante, elle avait comme une imperceptible lueur d'espérance au cœur !...

Le tour de la robe blanche était venu cependant.

Toutes les jeunes filles de la noce montèrent avec madame Pailleux dans la chambre nuptiale, afin de présider joyeusement à la toilette du repas et du bal. Marie-Rose se laissa parer, se laissa pomponner en silence.

Seulement, lorsque la demoiselle d'honneur attacha le bouquet à la ceinture de la mariée, une larme tomba des yeux bleus sur les blanches fleurs d'oranger.

Cette larme-là, c'était la part de Georges Deshayes !

L'ange des amours perdues dut la recueillir tout doucement pour la lui reporter au ciel.

Quant à la jeune épouse, plus pâle que la mousseline légère qui l'enveloppait, elle redescendit dans la salle du festin.

La noce se donnait à la ferme même de Zacharie.

Car, suivant l'imprudente coutume des paysans, le beau-père et la belle-mère venaient d'abandonner tout ce qu'ils possédaient à leur fille ou plutôt à leur gendre.

Ils demeuraient à la ferme, mais rien ne leur appartenait plus. Ils étaient chez Pailleux.

Sacrifice immense, renoncement presque général, nous répétons, mais qu'on accepte ordinairement sans murmurer au village, mais que Zacharie et Simone avaient offert d'eux-mêmes, et sans la moindre crainte pour l'avenir.

Aussi, le repas fut-il assez gai. Simone croyait en Pailleux, Zacharie voyait son honneur à couvert, et pour le vieux soldat, c'était tout.

Quant au marié, outre les trente-deux mille francs de Maximilien de Rensdorf, outre la fortune de Zacharie, il commençait à s'apercevoir que Marie-Rose était une fort jolie fille. Les compliments et les plaisanteries de ses voisins, le petit-bleu du crû avec lequel, depuis le matin, sa position le forçait à trinquer sans cesse, la joie surtout d'avoir si complètement réussi, tout cela finissait par singulièrement lui monter à la tête. Il se frottait gaillardement les mains, il lançait de temps en temps des regards fripons vers sa femme, il devenait aussi bruyamment joyeux que les autres, il déposait déjà son masque de Tartufe et laissait voir enfin le visage enluminé de l'épouseur bourguignon, la vraie face du vrai Pailleux.

Les gens de la noce ne l'en considéraient que comme plus charmant ; Zacharie et Simone ne pouvaient trouver en cela que rien de fort naturel ; mais Marie-Rose... oh !... Marie-Rose recommençait à frissonner jusqu'au plus profond de son cœur.

Ce fut donc avec un véritable soulagement qu'elle vit se terminer enfin le repas.

Contrainte d'ouvrir le bal, elle se laissa guider plutôt qu'elle ne dansa durant deux ou trois contredanses.

Puis, désireuse d'un peu de solitude, elle profita d'un instant de grand tumulte, pour s'esquiver dans le verger de la ferme.

Les garçons de la noce voulurent la poursuivre, afin de la ramener au bal.

— Laissez, dit Pailleux, elle s'apprivoisera bien tout à l'heure... Ça me regarde

On applaudit à ce trait de bon goût, et l'on se trémoussa de plus belle en oubliant momentanément l'héroïne de la fête.

Libre donc de rêver en silence, Marie-Rose s'avança lentement jusqu'au bout du verger, lequel n'était séparé que par une simple haie de la grande route.

Elle allait néanmoins revenir sur ses pas, lorsque tout à coup, par-dessus cette haie, une main s'avança qui lui présentait une lettre.

En même temps une voix inconnue lui disait :

— Pour vous seule... lisez !

Puis le bras disparut, et la jeune femme, un instant épouvantée, n'entendit plus que le bruit d'un pas rapide qui s'éloignait dans la nuit.

Que pouvait renfermer ce mystérieux billet ?...

Pour une paysanne de cette époque, Marie-Rose, heureusement, avait reçu quelque éducation : elle savait lire.

S'empressant donc de regagner un petit escalier qui s'ouvrait derrière la maison, elle monta sans bruit dans la chambre nuptiale.

Cette chambre, c'était celle que la veille encore occupaient Zacharie et Simone. Les deux vieux paysans avaient tout donné, tout, jusqu'à la couchette de leurs jeunes amours, jusqu'au lit où était née Marie-Rose !

La fenêtre était ouverte, la lune éclairait la nuit étoilée.

Sans recourir à une autre lumière, la jeune femme écarta vivement les rideaux, et brisa le cachet.

La lettre était signée Maximilien de Rensdorf.

L'étranger repentant avait obéi à une sorte de défiance envers Pailleux. Il écrivait à Marie-Rose, pour lui demander à elle-même respectueusement pardon ; il l'instruisait, pour plus de sûreté, de la somme reçue, à condition qu'on réparerait son crime, il lui apprenait que l'homme auquel on venait de l'unir s'était vanté d'être aimé d'elle.

Pailleux avait donc menti, menti à son père et à sa mère, menti surtout à elle-même, qui avait pu croire à du dévoûment, et qui se voyait la dupe d'une révoltante spéculation !

Une telle révélation, en un tel jour, à une telle heure, c'était horrible !

— O mon Dieu !... sanglota Marie-Rose, en tombant agenouillée près de la fenêtre. O mon Dieu, n'était-ce donc pas assez de malheurs ! O Georges Deshayes, toi qui es là-haut maintenant... toi qui m'as promis que ton âme reviendrait murmurer ici même, dans la nuit, la chanson de nos jeunes années... prie pour moi, Georges... demande à Dieu qu'il protége Marie-Rose... ou redescends du ciel pour la défendre !

Tout à coup, et comme pour repondre à cette évocation suprême, une voix s'éleva dans le lointain, une voix qui chantait :

Près de toi que toujours aimerai,
Sur la terre et sur l'onde,
Fût-ce de l'autre monde,
Je reviendrai !

Minuit sonnait en même temps à l'horloge du village.

Stupéfiée, haletante, éperdue, Marie-Rose se rejeta vivement en arrière, et croyant à l'erreur d'un rêve, elle écouta, la tête inclinée vers le sol.

La voix s'approchait en devenant plus distincte encore :

Fût-ce de l'autre monde,
Je reviendrai !

Folle d'espérance et de courage, Marie-Rose se releva d'un bond, courut à la fenêtre, et le corps penché en dehors, elle regarda.

A travers les arbres du verger, qu'inondaient en ce moment les rayons argentés de la lune, une forme indécise encore s'avançait.

Et la voix chantait toujours.

Comme femme et comme paysanne, Marie-Rose était deux fois superstitieuse.

— Est-ce toi ?... s'écria-t-elle d'un accent effaré. Est-ce toi, Georges Deshayes... ou plutôt n'est-ce pas ton ombre !...

Dans la chambre nuptiale.

— C'est moi !... répondit le lieutenant des vélites en s'accoudant sur le rebord de la fenêtre, car effectivement c'était bien lui. C'est moi, Marie-Rose. Les Russes m'ont jeté d'abord dans le fourgon des morts... puis dans une charrette de blessés. C'est ainsi que je me suis trouvé reconduit jusqu'au-delà du Rhin... Deux mois se sont passés pour moi dans le délire, deux autres mois dans la captivité... Enfin, j'ai pu fuir, reprendre le chemin de la patrie, du village... et me voici !

— Vivant... Il était vivant ! s'était écrié déjà Marie-Rose, en se reculant avec un effroi mêlé de désespoir.

Georges Deshayes se méprit sur le sentiment qui faisait frémir sa bien aimée, et, s'appuyant sur le rebord de la fenêtre, il sauta légèrement dans la chambre, et vint tomber aux genoux de Marie-Rose, en poursuivant avec une voix qui semblait chanter du plus profond de sa poitrine :

— Bien d'autres n'auraient pas survécu à une telle blessure... Mais Dieu, qui avait marqué nos deux âmes pour s'aimer et se confondre... le bon Dieu m'a permis de m'élancer jusqu'ici de la tombe pour te dire : Je t'aime encore, Marie-Rose, m'aimes-tu toujours !

— Malheureux ! put-elle répondre enfin. Malheureux... regarde-moi... mais tu ne devines donc rien... regarde !

Et, de ses frémissantes mains, elle froissait sa robe de noce, elle arrachait tour à tour et son voile blanc et sa blanche couronne

— Mariée ! fit alors Georges Deshayes avec stupeur. Elle est mariée !

— Aujourd'hui même !

— Mais qui donc... Qui ?

— Pailleux.

— Le traître qui nous avait attirés dans un guet-a-pens... Le misérable qui m'a livré, qui m'a vendu aux Cosaques !

— Moi aussi, j'ai été vendue !... sanglota amèrement Marie-Rose. Moi aussi j'ai été livrée... et d'une façon infâme encore !

— Comment... mais comment ?

D'abord la jeune femme entr'ouvrit la bouche pour répondre.

Puis, elle se voila le visage, empourpré tout à coup.

Puis, se ressouvenant enfin du billet de Maximilien de Rensdorf, elle le tendit à Georges en détournant la tête, et lui dit :

— Voilà qui te répondra pour moi... lis !

De plus en plus étonné, le jeune homme saisit la lettre, et la plaça sous un rayon de la lune.

Tandis que, de ses regards ardents, il dévorait cette triste justification, la pauvre jeune fille, à son tour, tombait en même temps peu à peu agenouillée devant lui.

— Ah!... ne tarda pas à gémir douloureusement Deshayes, en laissant retomber ses deux bras abattus.

Il y eut entre les deux amants, séparés à jamais, un affreux silence.

Silence bientôt interrompu par les aigres accords de la musette, qui ramenait le marié triomphalement à la chambre nuptiale.

Georges releva la tête.

Dans ses yeux pleins de larmes, il y avait une nouvelle question.

— Tu ne comprends pas tout encore ! reprit follement Marie-Rose. Eh bien... là... là... cache-toi, Georges... et écoute !

Déjà elle l'avait poussé vers l'alcôve, déjà elle venait d'en refermer les rideaux sur lui.

On frappait à tour de bras à la porte, jusqu'alors fermée en dedans.

Marie-Rose alla tirer les verrous.

Poussé, tiraillé, bousculé par toute la noce, Pailleux, ivre-mort, roula plutôt qu'il n'entra dans la chambre.

Puis, la porte se referma sur les deux nouveaux époux, aux frénétiques éclats de rire de tous les conviés, à la dernière et burlesque aubade de la musette qui finit par s'éloigner et s'éteindre peu à peu dans le lointain.

— Eh ! eh ! eh ! ricana stupidement le marié qui cherchait a s'avancer en trébuchant vers sa proie. Eh... eh... ben ! une bonne nuit, madame ma femme !

Mais elle l'écarta par un geste hautain, et d'une voix vibrante de mépris :

— Monsieur, lui demanda-t-elle superbement, combien vous a-t-on payé pour l'ignoble comédie qu'à notre union vous nous avez fait jouer à tous ?

Un instant le misérable, qui croyait tout ignoré, fut abasourdi par cette question inattendue.

Puis, prenant son parti gaîment, et avec un geste cynique :

— Trent -deux mille francs, avoua-t-il effrontément. C'est un joli denier... Dame... on a de la finesse... ou votre famille n'auriez su tirer argent de la chose. Mais moi, pas si bête... je vous ai joliment manœuvré ça en tapinois... faut pas m'en vouloir de n'vous avoir rien dit... Vous n'en avez pas moins votr' part... Soyez donc gentille avec votre époux... puisque grâce à lui, madame Pailleux, nous sommes riches !...

— Est-ce assez de honte !... murmura douloureusement Marie-Rose.

— J'vous en veux pas !... reprit Pailleux d'un air aimable. C'est pas votr' faute à vous... je le savons mieux que personne, puisque j'étais sous le foin de la grange à Colas. Et Dieu sait que vous avez supplié, menacé, pleuré... que vous vous êtes défendue ni plus ni moins que la France... à laquelle on a fait comme à vous, sans comparaison. C'est les malheurs de la guerre... j'peux ben en jurer... ah mais !

Une seconde fois, et même encore que par la lettre de l'officier russe, Marie-Rose était justifiée aux yeux de Georges Deshayes.

Se dégrisant peu à peu, le misérable ajouta encore :

— J'ai dit au boyard que vous m'aimiez... c'est vrai... mais ça viendra... J'ai persuadé à la Simone que je vous épousais par pur attachement, ça m'vient déjà... j'ai convaincu l'père Zacharie que j'étais fautif du passé, tout l'monde le croira à perpétuité... Ainsi, ni vu ni connu... La noce est partie... nous v'là seuls tous les deux... Eh... eh... eh... et j'suis votr' mari... Par ainsi...

— Jamais!... interrompit dignement Marie-Rose, en repoussant Pailleux qui voulait l'enlacer dans ses bras, et qui s'en fut trébucher jusqu'à l'autre bout de la chambre.

Il y eut à ce moment une imperceptible agitation dans les rideaux de l'alcôve.

— Jamais ! répéta Pailleux tout abasourdi. Il me semble pourtant que monsieur le maire et monsieur le curé...

— Qu'importe !... interrompit encore Marie-Rose. Tout cela vous assure de l'argent... celui de cet homme et le mien... beaucoup d'argent... C'est tout ce que vous désiriez... N'en demandez donc pas davantage, et sortez à l'instant de cette chambre pour n'en jamais repasser le seuil... que ce soit bien convenu entre nous... car cela sera... je vous le jure !...

— Oh mais !... oh mais !... fit Pailleux qui trouvait sa femme plus belle encore dans la colère que dans la tristesse, et qui la dévorait de loin des yeux.

— Commandez en maître dans cette maison, puisqu'elle vous appartient maintenant, poursuivit dignement et résolùment Marie Rose. Respectez la vieillesse de mon père et de ma mère, qui se sont démis en votre faveur de tout ce qu'ils possédaient... Plus tard, laissez-moi élever cet enfant qui portera votre nom, seul lien qui nous unisse : voici votre part, voici la mienne. Hormis cela... vous m'entendez bien, monsieur... jamais rien de commun entre nous... jamais !

— Pourquoi... mais pourquoi donc ?.. osa demander le misérable, auquel cet arrangement n'allait pas du tout, et qui commençait à se fâcher en dedans.

— Parce qu'en trahissant votre pays, vous avez fait assassiner Georges Deshayes que j'ai mais... que j'aime encore... et que vous êtes un infâme!... répliqua énergiquement Marie-Rose en le contraignant à reculer sous le feu de son regard. Parce qu'en livrant aux Cosaques ce village, vous m'avez livrée vous-même au déshonneur, et que vous êtes un infâme ! Parce qu'après nous avoir trompés tous, ce matin, à l'église, vous avez trompé Dieu, et que vous êtes un infâme !...

Rien d'indigné, rien d'imposant, rien de solennel comme Marie-Rose, prononçant cette méprisante et vengeresse apostrophe.

Un instant, Pailleux subit l'irrésistible domination de cette haute et fière vertu.

Mais il était excité par l'ivresse, par le désir, par le sentiment de son droit.

Il se redressa donc peu à peu, se raffermit sur ses jambes, s'avança à son tour vers la jeune femme, et pantelant, exaspéré, terrible ainsi qu'un satyre en furie :

— M'en aller ! rugit-il d'une voix qui n'avait plus rien d'humain. Oh !... mais non... mais non... vous êtes à moi... vous êtes belle... et je vous veux !

— Georges ! s'écria Marie-Rose, en se précipitant dans l'alcôve, dont les rideaux retombèrent en se refermant sur elle.

— C'te bêtise !... ricana Pailleux, en la poursuivant avec rage. Faut pas mort... Oh... oui... appelle-le, ton amoureux... va... je ne crains que les vivants... et à moins qu'il ne ressuscite tout exprès pour l'empêcher d'être bel et bien madame Pailleux...

En même temps, il écarta violemment les rideaux de l'alcôve.

Georges Deshayes lui apparut alors, debout, pâle, les bras croisés sur la poitrine, et les yeux étincelants.

Pailleux crut voir un fantôme, et bondit à reculons jusqu'à la fenêtre, à la rampe de laquelle il se cramponna des deux mains, fiévreusement rejetées en arrière.

— Obéis à l'arrêt de Marie-Rose, commanda le spectre d'une voix profonde, ou, je le jure par Dieu, c'est toi qui seras mort!

Et les bras toujours croisés, immobile, grave, il s'avançait lentement vers Pailleux.

L'esprit égaré déjà par la passion, par la colère, par l'ivresse, le misérable, superstitieux d'ailleurs comme il a été dit, se renversait peu à peu devant cette foudroyante apparition, se penchait de plus en plus épouvanté en dehors.

Il perdit enfin l'équilibre, et tomba lourdement dans le verger.

— Grand Dieu !... murmura Marie-Rose prête à s'affaisser à demi évanouie sur la couchette. Grand Dieu !... Georges... Qu'avez-vous fait ?

— Marie-Rose ! s'écria Georges en s'élançant vers elle, éperdu de douleur et d'amour.

Mais avant que le jeune homme n'eût seulement effleuré les chastes plis de sa robe blanche, la jeune fille se releva vivement, et d'une voix pleine de vertueuse pudeur :

— Ni à lui, ni à vous... articula-t-elle seulement... Je suis la femme de cet homme... Georges... j'appartiens désormais tout entière à mon enfant et à Dieu !

Le jeune homme à ces mots fit un pas en arrière, passa la main sur son front comme pour en chasser les dernières hallucinations mondaines, s'inclina respectueusement devant celle qu'il avait tant aimée, et répondit enfin avec calme :

— Vous avez raison, Marie... nos amours ne sont pas de ce monde... Pour les âmes déçues, pour les cœurs brisés, pour les avenirs sans espérance... il est encore un refuge ici-bas... Oui, vous avez raison, et ce refuge, c'est Dieu !

— Que voulez-vous dire, Georges ?

— Vous le saurez un jour peut-être... Voici le gage de nos fiançailles terrestres... Voici votre croix, Marie-Rose !...

— Georges, voici votre anneau d'argent !...

Et ils se rendirent en silence la bague et le crucifix du 24 février.

— Qui sait ? reprit mélancoliquement Marie-Rose. Nous les échangerons peut-être de nouveau et prochainement dans le ciel !

— On s'y retrouve, quand on s'est aimé sans espoir ici-bas ! reprit sur le même ton le jeune officier.

— C'est là seulement que nous pouvons être unis... heureux !...

— Adieu donc, Marie-Rose !...

— Adieu, Georges... Adieu !...

Ce fut tout.

Sans même oser regarder une dernière fois la paysanne en pleurs, le jeune vélite éperdu se précipita vers la fenêtre, sauta dans le verger, repoussa du pied le corps de Pailleux qui obstruait son chemin, et courut tout d'une haleine jusqu'à la haie.

Seulement, au moment de la franchir, il se retourna pour jeter un suprême regard vers la maison.

Debout, dans l'encadrement lumineux de la fenêtre, Marie-Rose élevait au-dessus de sa tête le modeste chapelet où pendait la petite croix.

Georges Deshayes contempla durant quelques secondes cette ombre ainsi sanctifiée.

Puis, poussant un soupir déchirant, il disparut dans la nuit !

Le Pâtureur de nuit.

Pailleux cependant était loin d'être mort.

Étourdi par l'épouvante et par la boisson, peut-être aussi par sa chute, il n'avait éprouvé qu'un simple évanouissement qui bientôt était devenu du sommeil.

Rien de plus probable même qu'il n'eût ainsi dormi jusqu'au lendemain matin, sans le passage d'un assez singulier troupeau, et de son berger, non moins étrange.

A savoir, la bande des chèvres au père Claude Fou.

Cet excentrique personnage était un vieux bonhomme aux pittoresques haillons, à la barbe sauvage, au grand feutre écorné, venant on ne savait d'où, logé dans une misérable hutte sur la limite indécise de trois ou quatre communes, de façon à ce qu'on ne pût jamais savoir à laquelle il appartenait positivement; en conséquence, ne payant pas d'impôts, insoucieux de toute loi, ennemi de toute oppression, passionné pour l'indépendance.

Le père Claude Fou avait pour compagnes quatre ou cinq chèvres, avec lesquelles il descendait chaque matin à Sens, afin d'y vendre, en sonnant, leur lait par les rues.

Après quoi, tant qu'il lui restait quelques liards, il traînait de cabarets en cabarets, buvant partout plus que de raison.

Parfois même, le soir, on le trouvait étendu dans quelque carrefour, et ronflant comme un bienheureux au coin d'une borne, avec ses quatre ou cinq chèvres qui bêlaient d'un air éploré à l'entour.

Pauvres bêtes !... Elles eussent dû être bien maigres, car leur propriétaire, éternellement altéré, n'avait pour les nourrir que la glane, généralement contestée, des divers communaux stériles, dont il se vantait tour à tour ou se refusait obstinément d'être le citoyen.

Mais la nuit, presque toutes les nuits, car jamais le père Fou ne dormait régulièrement, il menait à la sourdine son troupeau dans les meilleurs pâturages, parfois même dans les gras vergers des environs.

C'est de là qu'on l'avait surnommé le pâtureur de nuit.

Bon enfant du reste, alerte et gai, rêveur et doux, mais sententieux et railleur en diable, jeteur de sorts au dire des méchants, sorcier tout bonnement et diseur de bonne aventure au gré des naïfs garçons et des crédules fillettes.

Ce soir-là, comptant sur la noce pour éloigner toute surveillance de la ferme à Zacharie, sitôt que les dernières rumeurs et les dernières clartés s'y furent éteintes, il conduisit ses biques au ventre creux dans le verger même où venait de tomber l'épouseur de Marie-Rose.

Grande fut la surprise du vieux berger, en reconnaissant Pailleux.

Plus grande encore fut la surprise de Pailleux en revenant à lui dans les bras du vieux berger.

— Père Fou ! s'écria-t-il presque aussitôt d'un air ahuri. Vous qui savez tant de choses, père Fou, croyez-vous aux revenants ?

— Qui sait ? répliqua le grand vieillard avec un ricanement sarcastique. Qui sait, j'en suis peut-être un moi-même !

Rien de fantastique alors comme le prétendu sorcier, à demi plongé dans l'ombre et dans les filtrations de la lune à travers les branches, avec ses grands haillons, bizarrement agités par le vent de la nuit, avec les quatre ou cinq paires de cornes qui dansaient autour de lui dans les herbes.

Pailleux frissonna jusqu'à la moelle des os.

— Dites donc ? reprit l'ironique chevrier, tout en s'appuyant sur sa grande houlette de frêne. Dites donc, monsieur le marié... m'est avis que vous la passez joliment fraîche, la première nuit de vos noces !

— Oui... oui... balbutia Pailleux d'un air en apparence indifférent. Oui, j'ai voulu faire un tour au clair de lune, et je me suis endormi, comme on prétend que ça vous arrive quelquefois, père Claude, à la belle étoile !...

— Que voulez-vous... monsieur Pailleux... l'ivresse est la consolation des pauvres ! — Vous v'là riche maintenant, et qui plus est l'époux d'une jolie femme... ça ne vous est plus permis comme au temps de la Souillotte, monsieur l'mari de Marie-Rose !

— La Souillotte !... répéta Pailleux étonné, tout en regardant le pâtureur de nuit.

— Oh !... je sais tout, moi ! ricana le grand vieillard en montrant ses dents blanches.

— Allons, reprit après un silence le nouveau propriétaire, qui se sentait de plus en plus embarrassé sous le regard scrutateur de Claude. Allons... je vais rejoindre ma femme... Bonne nuit !

— Bonne nuit pour vous-même, monsieur le marié... Si ça se peut ! Quant à nous, nous sommes certains de la passer fameuse ici... moi et mes biques !...

A cet aveu sans façon, Pailleux se retourna vivement vers le pâtureur de nuit, et, remis tout à coup par l'instinct de la propriété :

— Ici ? gronda-t-il sévèrement. Mais ce n'est point un communal, le savez-vous bien, père Fou ?

— Oh ! oh !.. fit narquoisement l'étrange chevrier. Oh ! c'est pas le père Zacharie qui me chicanerait pour quelques brins d'herbe de son verger.

— Le père Zacharie... possible ? Mais rien ne lui appartient plus maintenant... Tout est à moi !...

— Tout ?

Et le vieux sorcier se prit à rire de rechef de son rire silencieux.

— Claude Fou !... s'écria Pailleux dont commençait à s'échauffer la bile. Savez-vous que je pourrais fort bien vous faire un procès ?...

— Un procès ? répliqua bonassement le berger railleur, soit... Mais alors je serai contraint de dire tout haut, devant les juges, que le verger de votre beau-père a remplacé pour vous le lit de la chambre nuptiale, et que je vous ai trouvé ronflant sous la fenêtre, à trois heures du matin, la première nuit de vos noces !

— Trois heures du matin !... fit Pailleux tout déconcerté.. Allons... allons... n'en parlons plus... père Fou... Il est grand temps de rentrer... vous avez raison... et je rentre.

— Bien du plaisir, monsieur le marié !

Pailleux s'était engagé déjà dans le petit escalier ; il se guida tant bien que mal dans les corridors de la ferme, il atteignit enfin la chambre de Marie-Rose.

La porte était fermée en dedans.

Frappant, grattant, appelant tour à tour avec prière, ou avec fureur, mais cependant toujours à voix basse, afin de ne pas donner l'éveil à la malignité des gens de la maison, il passa dans l'ombre vingt mortelles minutes sans obtenir même l'honneur d'une réponse.

Puis, grelottant, morfondu, furibond, ne sachant où se blottir sans être deviné pour le reste de la nuit, il se décida finalement à redescendre dans le verger.

Mais, à la dernière marche de l'escalier, il se retrouva face à face avec le père Claude, qui lui riait sataniquement au nez.

— Encore vous !... fit Pailleux avec l'impuissante rage d'un homme complètement abattu.

— Plaignez-vous-en... repartit sans s'émouvoir le moins du monde le vieux berger. Je vous attendais... pour ne pas vous laisser passer tout seul le reste de la plus belle nuit du mariage...

— Tout seul... voulut nier Pailleux.

— Faut prendre votre parti, monsieur le mari pour de rire... Bien décidément la porte de la chambre de Marie-Rose restera fermée pour vous, comme plus tard la porte du paradis... à perpétuité !

Voyant, et désormais croyant qu'on ne pouvait rien cacher au pâtureur de nuit, Pailleux résolut du moins de s'assurer son silence, et lui donnant quelques pièces de monnaie :

— Père Fou..! supplia-t-il d'un air penaud... gardez-moi le secret ?

Un instant le vieillard hésita devant cette aumône, et comme se parlant à lui-même :

— Le secret ? murmura-t-il lentement. Jamais je n'ai trahi un secret... et cependant pour moi les champs des alentours n'ont pas de mystères... oui... mais pour moi seul ! A quoi bon révéler les faiblesses, les ridicules, les crimes même de

l'humanité ? Ça ne la rendrait pas meilleure, et ce serait moins drôle... En voici un de plus sur mes tablettes, voilà tout.. Pourquoi faire le fier... Il y en a tant d'autres déjà... tant qui ne paraissent pas ce qu'ils sont, tant qui ne sont pas ce qu'ils paraissent... Amen !...

Et, comme philosophique conclusion de ces énigmatiques paroles, il empocha la menue monnaie de Pailleux.

Puis, revenant à son ton habituel, et prenant le marié par le bras :

— Allons, poursuivit l'étrange vieillard... Allons, venez... vos dents claquent le froid et la fièvre... vous êtes abruti par le vin et par le mécontentement... vous avez besoin de quelqu'un qui vous console, qui vous soigne... et je vais vous conduire vers la seule amitié qui ne vous faillira jamais !...

Incapable de résister en ce moment, ne sachant plus ce qu'il faisait, malade non moins de tête que d'estomac, Pailleux se laissa guider comme un enfant.

Les deux hommes sortirent donc de l'enclos, et, précédés par les chèvres qui gambadaient en bêlant comme au sabbat, ils s'avancèrent dans le village, complètement désert et silencieux à cette heure.

Tout à coup, au détour d'une ruelle tortueuse, Pailleux entrevit une lueur rougeâtre dans les ténèbres, et fiévreusement il tressaillit.

— N'ayez donc pas peur, murmura le sorcier. C'est la lampe d'une étable dans laquelle veille quelqu'un qui m'attend pour lui guérir sa vache malade... quelqu'un de votre connaissance... entrons.

Et il poussa Pailleux devant lui.

Au milieu de l'étable, à peine éclairée par une mèche fumeuse, et la tête appuyée sur le ventre d'une vache languissamment étendue dans la paille, une femme à demi sommeillait.

— La Souillotte !... fit aussitôt Pailleux.

La grosse fille entr'ouvrit la paupière, écarta ses cheveux ébouriffés, et bâilla longuement.

— Souillotte !... dit le pâtureur de nuit. voilà ton amoureux, dont sa femme ne voudra jamais, et que je te ramène.

Pailleux eut un mouvement de dépit, un regard de reproche.

— Oh !... fit Claude, vous pouvez tout dire à la Souillotte... C'est celle-là qui vous aimera toujours !

Et, les laissant seuls, il emmena la vache malade au dehors.

L'époux éconduit avait besoin, en effet, de soulager son cœur ; il s'assit également dans la litière, et raconta tout.

— Là... c'est ben fait ! s'écria la Souillotte encore à moitié endormie. Oui... très-ben fait... v'là ce que c'est que d'avoir voulu devenir le père d'un enfant qui n'est pas de toi... j'en suis sûre... tandis que tu pourrais... et que tu devais au contraire...

— Hein ! fit Pailleux en relevant la tête vers la Souillotte, qui venait de s'arrêter tout à coup, et qui rougissait en baissant les yeux.

— Dame !... reprit-elle, cependant bientôt... dame, je ne t'en avais rien dit pour te ménager une surprise, et plus tard je me suis tue, tant j'étais contre toi colère... Mais que veux-tu... le carrefour de l'Affût m'a porté malheur !...

— Comment... tu serais ?...

— Absolument comme la Marie-Rose !

A cette catégorique révélation, Pailleux se redressa tout à coup, ravivé, songeur, et tellement effrayant de visage, que la Souillotte épouvantée se renversait involontairement en arrière.

— Le carrefour de l'Affût, grondait-il en même temps, le regard en feu et le sourcil en travail. C'était bien la nuit de l'invasion... la nuit du 24 février... la même nuit... oui... c'est possible... c'est résolu... ça sera !

2

Et, comme soudainement inspiré, Pailleux semblait avoir conçu quelque sombre et terrible machination.

— Tais-toi!... murmura la Souillotte en lui montrant de loin le père Fou qui ramenait la vache à l'étable. Je ne sais pas ce que tu complotes... Pailleux... mais tais-toi... si le pâtureur de nuit allait nous jeter un sort!

— Un sort? conclut tour à tour Pailleux avec une joie sauvage et une indomptable haine... Eh! que m'importe le sorcier... que m'importe le diable lui-même! Rien n'empêchera ce que je veux... as pas peur, la Souillotte... tu n'auras plus lieu de te plaindre... Ce sera notre enfant à nous qui sera riche... et toi, Marie-Rose... tremble à ton tour... car j'ai trouvé le moyen de me venger... et je me vengerai!...

Nuit de Novembre.

Le lendemain, et les jours qui suivirent, Pailleux ne fit semblant de rien.

— Ma femme est souffrante, avait-il dit seulement à son beau-père, et, pour la laisser se rétablir plus à son aise, je m'en vais prendre la chambre dont nous étions convenus pour Simone et pour v... s. Il reste une pièce vacante à côté du grenier... Vous savez ben?... c'est un peu sombre... mais bah!... vous êtes un vieux soldat... à la guerre comme à la guerre... En attendant mieux, ça va-t-il?

Zacharie avait abdiqué; sans murmure, il monta d'un étage ses dieux lares.

— Il fera ben de la froidure ici pour les rhumatismes que t'as rapportés de tes campagnes? observa tristement Simone.

— C'est plutôt à craindre pour toi, mon vieux camarade de lit, répliqua tendrement l'ex-Égyptien; et le travail des champs lègue à la vieillesse à peu près autant de duretés que la guerre. D'ailleurs, nous finissons seulement juillet... Et puis, as-tu remarqué combien cet arrangement-là semblait faire plaisir à notr' fille?

— Oui... oui... conclut Simone. Et pourvu que Marie-Rose soit heureuse...

C'était là l'argument sans réplique; on ne parla plus de rien.

D'un autre côté, cependant, le gendre avait pris toutes les clefs de la maison, le gendre serrait étroitement l'argent, et Dieu sait qu'il n'en laissait guère ressortir du bahut, car dès cette époque, la plus sordide avarice commençait à se manifester chez le paysan enrichi.

La jeune femme ne mit aucun obstacle aux envahissements successifs de son mari; contente qu'il ne réclamât aucun autre droit, elle le laissait maître absolu quant au reste.

L'aisance cessa donc peu à peu de régner à la ferme, et le pauvre ne tarda pas à en désapprendre le chemin.

Tenus à distance, à peine nourris, surveillés comme des forçats, les paysans employés à l'exploitation perdirent promptement la rieuse familiarité des heureux jours; ils devinrent taciturnes, maigres et haineux.

La chose passa même en proverbe, et, pour désigner une fille pâle, un garçon mal-venant, une bête efflanquée, on s'accoutuma à dire, à Saint-Martin-sous-Bois:

— C'est de la ferme à Pailleux!

Du reste, de quoi se seraient plaints les domestiques? Le strict nécessaire paraissait à peine à la table des maîtres; jamais ni la chanson ni le sourire!

Tout cela fut bien triste pour Zacharie et pour Simone, eux jadis si gais, si généreux, si renommés à la ronde pour leur franche et large hospitalité!

Mais ils étaient chez Pailleux. Et Marie-Rose ne se plaignait pas.

En revanche, chez le nouveau fermier, il fallait que tout le monde, même le beau-père et la belle-mère, travaillât comme des mercenaires.

— Tous ceux qu'on emploie vous volent... alléguait sans cesse Pailleux. On n'est jamais si ben servi que par soi-même... Après le maître, il ne reste plus rien à glaner... Plus on économise, plus on amasse... Ça coûte déjà tant d'argent pour se nourrir soi-même!...

Et tant d'autres axiomes à l'usage des avares.

Du reste, il donnait lui-même l'exemple. Toujours le premier levé, le dernier au lit toujours, ce tyran domestique travaillait de l'aube au crépuscule avec une incroyable activité.

— J'ai tant d'charges! allait-il répétant en tout lieu, sitôt qu'il lui fallait délier les cordons de sa bourse.

Et Dieu sait que Zacharie et Simone lui rapportaient plus qu'ils ne coûtaient, les deux humbles vieillards!

Marie-Rose elle-même, Marie-Rose, malgré son état, gagnait largement sa maigre nourriture.

En août, vint la fête du pays.

À cette époque, chaque année, l'usage était que toutes les villageoises aisées portassent une robe neuve.

Là Simone n'y avait jamais manqué.

Un soir, au souper, Marie-Rose crut de son devoir de le rappeler à Pailleux.

— Dans ma position, moi, je n'en ai pas besoin cette année, hasarda-t-elle timidement, mais ma mère...

— Bah!... bah!... interrompit-il en changeant l'entretien. J'porte la même veste depuis dix ans, et j'espère ben la porter dix ans encore. Tout ça, c'est des folies du temps jadis. L'drap s'use et les étoffes aussi... Faut mieux acquérir d'la terre!

La veille, en effet, Pailleux venait de s'arrondir de son premier quartier.

Le lendemain, rencontrant aux champs son mari, Marie-Rose voulut revenir à la charge.

— Plaignez-vous... j'vous le conseille... repart Pailleux avec un sourire tout particulier. Si j'amasse... ça n'est-y pas pour *notre* enfant?

La pauvre mère rougit et n'insista plus.

— D'ailleurs, dit encore en s'éloignant Pailleux, ils doivent avoir des économies?

Des économies!... Mais pour arrondir davantage encore la dot de leur chère fille, Zacharie et Simone n'avaient absolument conservé que leur pièce de mariage!

Habitués donc aux mille petites douceurs de la vieillesse aisée, pressentant bien que Marie-Rose n'avait pas plus d'argent qu'eux-mêmes, ne voulant pour rien au monde en demander à leur gendre, Simone et Zacharie souffrirent en silence bien des privations qui sont de grands chagrins à soixante ans!

Quelque absorbée qu'elle fût dans son isolement, dans la triste et mystérieuse existence qu'elle voulait cacher à tous, Marie-Rose aimait trop son père et sa mère pour ne deviner rien, pour ne rien voir.

Sitôt qu'elle eut conscience de cet état de choses, elle sentit enfin se révolter son âme; elle alla hautement et fièrement trouver son mari.

C'était la première scène, c'était, pour ainsi dire, le premier tête-à-tête entre les deux époux.

Pailleux la laissa dire jusqu'au bout, puis d'un ton froid et railleur:

— Vous ne vous souvenez donc plus, demanda-t-il, de ce que vous m'avez dit le soir de nos noces?

— Quoi donc, monsieur?

— « Vous aurez l'argent... tout l'argent. C'est votre part... n'en demandez pas davantage. » Voilà ce que j'ai accepté... je n'ai que ça... c'est vrai... mais je prétends en jouir à ma façon, et j'en jouis!

— Monsieur!...

— Voulez-vous être ma femme pour de bon... Oh! ce sera bien différent alors... Alors... voulez-vous?

L'ardente lueur d'une cynique espérance traversait en même temps l'œil voilé de Pailleux.

Par cela même peut-être qu'il en était plus obstinément rebuté, il était évident que cet homme nourrissait contre sa femme un secret et violent amour tout prêt à s'enflammer à la moindre étincelle.

Cette fois encore, Marie-Rose n'y répondit que par un geste résolu d'éloignement et de dégoût.

— Non! fit Pailleux avec une rage haineuse. Non toujours, n'est-ce pas? Eh ben!... moi aussi... non!

— Mais cependant!...

— Vous voulez que je n'aime que l'argent... je l'aime avec passion... et cette tendresse-là me fait trouver que vot' père et vot' mère me coûtent déjà bien assez cher comme ça... Des robes neuves, des friandises... Allons donc... Je ne veux pas... et je suis le maître!...

Puis, apercevant Zacharie qui, sans doute, avait entendu les derniers mots, il ajouta avec intention :

— C'est comme pour le logement... La récolte a été forte cette année, et j'aurais ben besoin d'augmenter le grenier de la chambre qu'ils y occupent... Mais j'ose pas le leur faire entendre... Et cependant, tout contre la porcherie, il y a un grand cellier ben propre, ben sain, ousqu'on pourrait percer une ouverture, et qui ferait une ben jolie retraite pour des vieux...

— Il suffit, monsieur... interrompit Zacharie que Pailleux avait fait semblant de ne pas voir. Demain matin, nous serons logés à côté de vos porcs.

— A vot' aise, beau-père... quoique vous soyez chez moi, je n'veux contrarier personne !

Le lendemain, en effet, le vieux soldat déménageait de nouveau.

— L'eau suinte des murs, observa cette fois encore Simone ; il fera ben humide ici cet hiver ?

— Qu'importe ? répliqua Zacharie. J'ai ben autre chose maintenant qui me trouble l'âme.

— Quoi donc, notr' homme ?

— J'ai sentiment que notr' fille n'est pas heureuse...

— Ah !

Et l'on ne songea plus au logement.

Mais, dès la fin d'octobre, le vieux soldat souffrit affreusement de ses blessures, mais Simone commença de ressentir dans tous ses membres des douleurs aiguës.

Bien qu'attristés, bien que brisés, bien qu'humiliés sans cesse dans l'affreuse position qu'ils s'étaient créée eux-mêmes par leur renoncement irréfléchi, les deux vieillards avaient encore du moins la suprême consolation de vivre dans la chaumière qui les avait vus naître, de voir chaque jour et d'embrasser aux heures des repas leur fille.

Ce dernier bonheur allait prochainement leur manquer.

Voici comment.

Pailleux était une de ces natures qui s'attellent immédiatement au char de tout vainqueur.

Sitôt la Restauration, on l'avait vu devenir royaliste enragé.

On devine aisément ce qu'était resté Zacharie.

Chaque jour, à table, le gendre prenait un malin plaisir à exalter ce que détestait le beau-père, à le blesser à tout propos dans ses plus chères idoles.

Il y eut entre eux de violentes disputes.

— Mieux vaut gagner notre pain chez autrui ! s'écria certain jour le vieux soldat à bout de patience. Mieux vaut aller mourir sous un toit étranger !

— Que ça ne soit pas moi qui vous en empêche ? riposta aimablement Pailleux. Liberté tout entière, père Zacharie... N'vous gênez pas. J'ai même à vot' service mon ancienne maison... C'est pas cossu. Mais j'm'y suis ben porté durant quarante ans !

— Soit! consentit impatiemment le vieux soldat. Soit... demain...

— Non... bientôt... mais pas encore! refusa Pailleux avec un empressement étrange.

Depuis le jour des noces, en effet, l'ex-masure du nouveau richard restait hermétiquement et mystérieusement fermée.

La Souillotte avait complètement disparu depuis la même époque.

L'automne passe vite aux champs; c'est peut-être la saison où l'on travaille le plus fort.

Novembre arriva bientôt.

Le temps approchait où Marie-Rose allait avoir recours à La Rude, espèce de prêtresse de Lucienne, qui présidait à toutes les naissances du canton, voire même à celles des bêtes à quatre pattes.

C'était une pauvre et maigre diablesse, grande et sèche comme un échalas, à la figure osseuse et plate, un peu rousse, un peu louche, au long cou surtout rougeoyant et ridaillé comme celui des dindons.

Vers la fin octobre, on remarqua que Pailleux lui rendait souvent visite ; une fois même on prétendit l'avoir vu qui lui mettait de l'or dans la main.

Vint enfin la nuit du 27 novembre.

Nuit d'hiver déjà, sombre et neigeuse nuit, à travers laquelle ventaient des gémissements sinistres.

Vers la dixième heure, enveloppé dans une ample roulière dont il se masquait le visage, Pailleux sortit mystérieusement de son ancienne demeure, et marmotta ces quelques mots dans sa cravate brodée de givre :

— Presqu'en même temps... mais la première... A merveille !

Et il se dirigea par des chemins détournés vers le logis de La Rude.

Une heure après, et toujours usant des mêmes précautions, il rentrait avec elle dans la masure.

Quelqu'un qui passa tout contre, crut entendre des cris.

Vers minuit enfin, et cette fois sans paraître vouloir se cacher en rien, Pailleux rentra à la ferme, toujours escorté de La Rude, qui semblait porter quelque chose dans sa mante, et qui murmura tout bas :

— J'ai peur !

— Pas d'risques? repartit Pailleux sur le même ton. Couches et langes, tout est pareil, tout est marqué au même chiffre. Allons!

Et ils entrèrent tous les deux.

Prétextant de son émotion, le père resta dans une sorte de soupente où il tenait ses écritures, et où La Rude se glissa furtivement durant quelques secondes avec lui.

Quelques minutes plus tard, Marie-Rose devenait mère.

Prête à retomber évanouie, elle n'eut que le temps d'entrevoir son enfant, et de lui jeter autour du cou le chapelet rendu par Georges.

— Je vas débarbouiller le mioche, dit La Rude, et par la même occasion le montrer au papa !

Et elle disparut une seconde fois dans la soupente de Pailleux, à l'oreille duquel elle jeta vivement ces quatre mots :

— Une petite fille aussi !

— De mieux en mieux ! riposta-t-il avec une joie contenue.

Presqu'aussitôt La Rude remonta le poupon, et prétextant un autre accouchement qui la réclamait dans les environs, elle se retira sur-le-champ.

Mais, après s'être une troisième fois faufilée dans la soupente à Pailleux, mais en paraissant, ainsi qu'à l'arrivée, cacher quelque chose sous sa mante.

Puis, au lieu de se diriger ainsi qu'elle venait de le dire

vers un village des alentours, elle redescendit au contraire le coteau jusqu'au bord de l'Yonne, elle remonta la rivière jusqu'au pont, elle s'engagea dans le faubourg de Sens, et ne s'arrêta enfin que sur le trottoir complétement désert d'un vaste bâtiment de sinistre apparence.

Au milieu de la muraille de ce bâtiment, pendait la chaînette d'une cloche.

Tremblante et de peur et de froid, La Rude sonna.

Quelque chose aussitôt tourna dans la muraille, qui s'entr'ouvrit dans un espace d'un pied carré, et qui présenta un petit matelas.

Sur ce lit mystérieux, La Rude posa un enfant.

Pauvre petite créature, qui se prit tout à coup à crier, comme pressentant le triste sort auquel on condamnait son innocence abandonnée !

Car ce berceau hasardeux, c'était le tour... car cette sombre maison, c'était l'hospice des Enfants-Trouvés !

La Rude allait clocher de nouveau, pour que le mécanisme discret retournât l'enfant vers l'intérieur de l'hospice.

Lorsque tout à coup elle sentit se trémousser contre ses jupes comme les cornes d'une légion de diablotins, lorsqu'elle aperçut devant elle une grande ombre noire qui se redressait en trébuchant contre la borne voisine.

Aussitôt, et sans prendre le temps d'agiter la sonnette, sans même oser regarder derrière elle, La Rude s'enfuit à toutes jambes, et disparut ainsi qu'une chouette effarouchée dans la nuit.

. . . .

À cette même heure, Marie-Rose revenait à elle, demandait la pauvre petite créature qui semblait devoir être son unique consolation dans la vie, la couvrait de baisers et de larmes, entr'ouvrait le maillot marqué par elle-même, et recherchait en vain le crucifix qu'elle venait de passer une heure auparavant au cou de sa fille.

La Simone parcourut toute la maison, le regard incliné vers le sol.

Le tendre talisman, le cher chapelet ne se retrouva pas.

— Ma fille !... gémit alors Marie-Rose avec un amer pressentiment au cœur. Ma pauvre petite fille, ils ont égaré la sainte relique sous la protection de laquelle je t'avais mise en naissant ! O mon Dieu... mon Dieu... faites que ça ne lui porte pas malheur !...

Deux Mères.

Les relevailles de Marie-Rose furent longues.

La pauvre jeune mère avait été tellement affaiblie par le chagrin !...

Pailleux en profita pour consommer l'exil de Zacharie et de la Simone.

Exil, disons-nous, et le mot n'est pas trop dur, car on ne saurait se figurer jusqu'à quel point le paysan tient à la chaumière où il est né, où il fut enfant, jeune homme, époux, père, vieillard heureux !

Ce fut donc une terrible révolution pour les parents de Marie-Rose, un coup d'autant plus douloureux qu'ils durent le supporter le sourire aux lèvres, tant ils appréhendaient que les yeux de leur fille ne pénétrassent la profondeur de leur désespoir mortel.

En arrivant dans la nouvelle demeure imposée par monsieur Pailleux, Simone et Zacharie tombèrent assis en face l'un de l'autre, et jusqu'au milieu de la nuit restèrent là, immobiles, atterrés et pleurant en silence.

Cette demeure eût-elle été un palais, un palais mitoyen de leur ancienne maison, ce n'en eût pas moins été un changement regretté, pénible, maudit.

Mais ils se voyaient relégués, déportés tout à l'autre bout du hameau, hors même de la vue de leur ancien verger, dans un recoin rocailleux et désert qui s'appelle la Côte-aux-Loups, dans l'une des plus tristes et des plus sombres masures de Saint-Martin-sous-Bois.

Nous l'avons dit plus haut, Pailleux était pauvre.

— De qui descendait-il ? d'où venait-il même ? On l'ignorait, ou du moins à peu près.

Il y avait une vingtaine d'années environ que Pailleux était apparu pour la première fois à Saint-Martin à la suite d'une de ces bandes de moissonneurs lorrains que chaque août ramène en Bourgogne, et qui remontent vers le nord aussitôt les blés dans les granges.

Soit qu'il eût à redouter dans sa province natale les conséquences de quelque méchante affaire, soit qu'en se dépaysant il voulût se soustraire à la contraire à la conscription républicaine, Pailleux avait fait naître une occasion de rester.

Garçon de ferme par ci, journalier par-là, artisan de tous les métiers suivant l'occurrence, il avait fini par être adopté tant bien que mal par le village qu'il avait pris pour nouvelle patrie.

Mais sans exciter de bien vives sympathies, sans une amitié, à l'exception peut-être de la Souillotte, malheureuse créature comme lui sans famille, comme lui d'humeur vagabonde et sauvage.

A cela près toutefois, que celle-ci dépensait étourdiment tout le peu qu'elle gagnait en un jour, que celui-là, bien au contraire, épargnait liard par liard sur les choses les plus indispensables de la vie des champs.

L'avarice, au village, passe pour presque vertu ; Pailleux commença donc de gagner en considération, tandis que la Souillotte perdait davantage encore.

Un jour enfin arriva où le *Lorrain* (tel était le sobriquet de Pailleux) put réunir cent écus, *acquéri* la masure de la Côte-aux-Loups, devenir propriétaire.

Il y eut des gens qui, ce jour-là, l'appelèrent *Môsieur* Pailleux !

Tout le monde, néanmoins, y compris l'acquéreur lui-même, pensa que cette importante acquisition serait son bâton de maréchal.

Mais, dans les natures obtuses et couardes du genre de celle de Pailleux, il s'opère parfois, vers la quarantième année, des transformations étranges, de soudains épanouissements du cerveau, qui trompent souvent, ou qui du moins étonnent ceux qui croient mieux les convaincre.

Un beau jour, à une heure dite, tout à coup, une idée scintille devant leurs yeux, et les guide ; une route, invisible aux autres hommes, leur apparaît ; ils s'élancent avec l'impulsion de la fatalité, ils marchent en écrasant impitoyablement tout ce qui se rencontre sous leurs pas ; ils arrivent, et l'on est tout surpris de retrouver à la place du paysan misérable et abruti de la veille une notabilité champêtre, à la place du citadin déjà deux ou trois fois *fruit sec* une des puissances du jour.

Mais que d'insensibilité dans ces cœurs tout pleins de fiel ! Que de dissimulation haineuse et féroce ! Que de vengeances distillées goutte à goutte sur l'humanité tout entière qui leur a trop longtemps refusé leur fauteuil au soleil.

Pailleux était un parvenu de cette trempe.

Le 24 février 1814, l'esprit du mal lui avait dit à l'oreille :

— Voici un coin de ta patrie que les Russes achèteraient à prix d'or.

Et il avait vendu Saint-Martin-sous-Bois !

Quelques heures plus tard, sous le foin de la grange, la même voix avait ajouté :

— Voici un crime dont tu dois tirer profit !

Et il était allé trouver à Paris le comte Maximilien de Rensdorf.

Un instant contrarié par l'envoi des trente-deux mille francs au notaire de Sens, il n'avait pas tardé à entendre de nouveau son démon familier :

— Bah! Epouse pour tout de bon Marie-Rose, et avec la somme tu auras la ferme, et avec la ferme une fort jolie femme !

Nous avons vu comment *le Lorrain* en était arrivé à ce mariage.

Mais, à partir de ce dernier triomphe qui acheva de lui donner confiance en lui-même, à partir de la nuit des noces qui multiplia cette confiance par toute la haine naissante qu'il commençait de ressentir contre sa femme, Pailleux n'eut plus besoin des conseils de la voix du mal, et déjà, dans l'étable de la Souillotte, ce fut de sa propre inspiration qu'il se dit :

— Voici un enfant qui est le mien... qui sera le mien... Quant à l'autre qui va naître, quant à celui de Maximilien de Rensdorf et de mademoiselle Marie-Rose, quant à cet étranger qui hériterait de tout ce que j'ai su déjà acquérir, de tout ce que je me sens capable de gagner encore... Cela ne sera pas! Non... non... jamais ! Les deux femmes accoucheront presque en même temps... il sera facile de... Oui... oui... Allons trouver La Rude !

Moyennant une somme longuement débattue, la sage-femme consentit, sans peine d'ailleurs, à la substitution des enfants.

Mais, le jour même où les deux petites filles vinrent au monde, le Lorrain faillit se briser contre un obstacle sur lequel il n'avait certes pas compté.

La Souillotte.

Lorsque La Rude voulut lui prendre son enfant pour l'emporter en toute hâte dans le berceau de celui de Marie-Rose, la Souillotte se mit tout à coup à vouloir retenir la pauvre petite créature avec une énergie tout à fait en dehors de sa débonnaire nature.

Il fallut que Pailleux s'accroupît à côté d'elle dans la paille, et plusieurs fois à l'oreille lui répétât :

— Ton enfant n'aurait pas de nom... ton enfant serait misérable... il sera mon héritier ainsi... il sera riche... c'est-à-dire heureux !... D'ailleurs, tu ne l'abandonnes pas, tu n'y renonces pas pour cela... Bien au contraire... tu seras près de lui comme si de rien n'était... tu le verras toujours... toujours !

A ce dernier mot seulement, la Souillotte desserra les bras, et se rendormit sur la couchette que depuis vingt-quatre heures elle occupait, à l'insu de tout le village, dans la masure de la Côte-aux-Loups.

Avant de refermer les yeux, cependant, elle avait enveloppé Pailleux d'un regard étrange.

Pailleux ne daigna faire aucune attention à ce regard, et cette fois encore se crut le maître absolu de la situation.

Mais, deux jours plus tard, au moment où Pailleux venait de s'asseoir dans la chambre de Marie-Rose, attiré qu'il était dès le matin par le désir d'embrasser sa petite fille, pour laquelle il commençait à se sentir déjà l'une de ces folles tendresses que les caprices de la nature font éclore dans les plus stériles cœurs de père, la Souillotte parut inopinément sur le seuil.

— Tiens! fit Pailleux, qui ne put se défendre d'une sorte de tressaillement instinctif. Tiens... bonne bête... c'est toi ? Que viens-tu faire ici ? M'est avis que personne ne t'y a mandée ?

— En effet... fit Marie-Rose plus encore étonnée que son mari, car c'était la première fois que cette fille, qui jouissait, comme nous l'avons dit, d'une assez mauvaise renommée, mettait les pieds à la maison.

La Souillotte ne s'émut nullement de cet accueil peu encourageant, et avec ce même air bonasse auquel elle devait le sobriquet amical dont l'honorait Pailleux, mais lentement et en appuyant sur chacun des mots :

— Monsieur sait bien cependant, répondit-elle, qu'il m'a engagée comme servante pour tout faire à la ferme, mais surtout pour prendre soin de la petite que voilà, attendu que madame Pailleux est bien trop faible pour remplir tous les offices d'une mère...

Marie-Rose protesta vivement par un geste vers le berceau.

Vers ce berceau aussi, la Souillotte fit un pas, une main sur son cœur, pour en comprimer les battements, le corps chancelant, le visage affreusement pâli, mais plus encore par les émotions qu'elle étouffait en elle, que par les suites d'une couche que plus que jamais personne ne devait soupçonner au hameau.

Pailleux commençait à se retourner de ci et de là sur sa chaise.

— Trop faible pour être mère... moi... moi! s'écria Marie-Rose révoltée.

— Mais non ! voulut protester Pailleux en se relevant à demi. Non... ce n'est pas moi qui...

La Souillotte ne le laissa pas achever, et avec ce même regard qu'il avait trop dédaigné au moment où La Rude lui enlevait son enfant, cet enfant qui était là maintenant, dans le berceau au-dessus duquel Marie-Rose croyait étendre son bras maternel.

— Monsieur Pailleux veut-il donc que je répète ce qui s'est dit entre nous il y a deux nuits, fit-elle, à la masure de la Côte-aux-Loups?

Pailleux se redressa tout debout, et plongea son œil gris dans l'œil vert de la Souillotte.

La Souillotte soutint imperturbablement ce regard aigu comme un stylet.

Il était évident qu'une transformation aussi s'était opérée chez elle, que la maternité avait spontanément épanoui son cerveau, que ce n'était plus *la bonne bête* de la Croix-de-l'Affût, mais bien une femme désormais, une mère avec laquelle il allait falloir compter.

— Eh bien ? demanda bientôt Marie-Rose, instinctivement inquiète du grand silence qui venait de se faire tout à coup dans la chambre.

Pailleux ne répondit rien ; mais, saisissant le bras de la Souillotte, il l'entraîna vivement au dehors.

Que se passa-t-il entre eux ? Nul ne saurait le dire.

Une heure après environ, Pailleux reparut chez sa femme, tournailla deux ou trois fois par la chambre, et finit par dire entre ses dents :

— Décidément il nous faut ici quelqu'un. La Souillotte restera comme fille de ferme.

— Soit, répliqua Marie-Rose. Mais je vous en préviens, monsieur, personne entre ma fille et moi... personne!

— Faudra voir ? conclut le Lorrain, comprenant qu'il allait se heurter à une résolution non moins énergique que celle par laquelle il venait sans doute d'être vaincu, à une volonté non moins maternelle que celle de la Souillotte. Faudra voir ?

Et il sortit.

Presque derrière ses talons, rentra la Souillotte.

Marie-Rose dormait, ou du moins semblait dormir.

L'enfant aussi.

La Souillotte d'abord parcourut toute la chambre d'un regard rapide. Puis, retenant son souffle, glissant sur la pointe des pieds, elle s'approcha de la barcelonnette d'osier.

Déjà sa tremblante main entr'ouvrait les petits rideaux verts, déjà ses yeux ardents plongeaient dans le berceau, lorsque le bras de Marie-Rose s'étendit tout à coup au-dessus de l'enfant endormi, et repoussa presque brutalement la Souillotte.

— Que venez-vous faire ici ? demanda-t-elle en même temps d'une voix impérative et brève. Que voulez-vous ?...

— Rien, répliqua la Souillotte en s'asseyant, après avoir réprimé un premier élan de colère. Rien...

Il y eut un silence.

Les deux femmes, les deux mères s'entre-regardèrent.

Bientôt l'enfant s'éveilla, pleurant.

— Pauvre petite ! s'écria la Souillotte en bondissant vers le berceau.

— Elle a soif, fit en souriant Marie-Rose, qui prit aussitôt l'enfant dans ses bras et lui donna le sein.

La Souillotte aussi avait eu un premier mouvement pour dégrafer son corsage, mais se souvenant aussitôt, non-seulement qu'il ne lui était pas permis d'allaiter son enfant, mais encore qu'elle ne devait pas même paraître lui avoir donné le jour, elle referma son fichu avec une crispation de rage, et s'en fut appliquer son front brûlant à la vitre contre laquelle elle pleura.

Pauvre créature! Si, presque à son insu, Pailleux l'avait faite sa complice, elle payait déjà bien chèrement sa part de complicité!... Pauvre mère! si l'éclosion de ses entrailles avait du même coup fait épanouir sur son cerveau, cette intelligence jusqu'alors prisonnière, cette force nouvelle allaient du moins être purifiées par la douleur!

Le lendemain matin, au jour naissant, lorsque se réveilla Marie-Rose, la Souillotte promenait déjà l'enfant par la chambre, en le berçant dans ses bras avec toutes sortes de délicatesses maternelles.

— Encore?... fit Marie-Rose à demi courroucée

— Toujours! répliqua d'abord, avec une sauvage résolution, la Souillotte.

Mais changeant de ton tout à coup, et s'agenouillant au milieu de la chambre avec l'enfant toujours dans ses bras :

— J'en aurai si grand soin!... supplia-t-elle avec des sanglots. Ne me grondez pas, madame, et laissez-moi vous aider un peu.. Elle est si gentille, la petite... et moi aussi je l'aime tant!

Il y avait une si profonde humilité dans l'attitude de la Souillotte, une si poignante souffrance dans sa voix, une si évidente sincérité dans son regard, que Marie-Rose sentit se fondre toute sa colère, et que ce fut avec douceur cette fois qu'elle reprit sa petite fille des mains de la Souillotte, en lui disant :

— C'est bien, ma fille, c'est bien... nous verrons... Et si vous êtes aussi attentive que vous le paraissez... Je comprends bien qu'on aime ma fille... allez! Elle est si belle déjà! Mais moi... voyez-vous bien... moi, je suis sa mère!

La Souillotte n'avait entendu que les premiers mots, et se jetant sur les mains de Marie-Rose, elle les avait follement embrassées.

Cette demi-promesse qu'elle venait de recevoir, ce *nous verrons* de Marie-Rose, n'était-ce pas l'assurance de voir à toute heure son enfant, de le toucher, de le porter, de le soigner, de l'aimer comme une simple servante, il est vrai, mais tout à son aise du moins au fond du cœur?

Aussi, chose étrange! bien loin de ressentir une haine jalouse contre sa rivale légitime, préférée même, la Souillotte se dévoua corps et âme à Marie-Rose, et, dès le lendemain de son installation à la ferme, elle se mit en quatre pour lui être agréable en quelque chose.

Elle en agissait de même, du reste, à l'égard de Pailleux. Depuis le premier entretien qu'elle avait eu avec lui, depuis le pacte secret qui sans doute avait été passé entre eux, la nouvelle servante s'était mise vaillamment à l'œuvre. Levée toujours la première, toujours la dernière au lit, travaillant sans relâche, tantôt à ceci, tantôt à cela, ne se permettant d'autre repos, d'autres distractions, d'autres fêtes que les moments où elle allait *aider sa chère maîtresse* dans le doux accomplissement des devoirs de la maternité, la Souillotte eût pu être citée en exemple à toutes les filles de ferme, car elle besognait réellement comme quatre.

De plus, elle avait oublié de demander des gages.

— C'est tout bénéfice, pensait Pailleux, qui du reste avait d'autres motifs encore d'être intérieurement satisfait de la Souillotte.

A la voir ainsi se trémousser, s'activer, s'éreinter aux plus durs travaux des champs, et cela dès le surlendemain de la

substitution de la mesure de la Côte-aux-Loups, jamais personne n'eût soupçonné que quelques jours auparavant cette alerte et vaillante créature était devenue mère.

Sous ce rapport, les paysannes et les servantes stupéfieront toujours les dames de la ville.

Mais Marie-Rose!... la pauvre Marie-Rose avait tellement souffert depuis près de dix mois, tellement pleuré, tellement langui, que ses relevailles furent plus prolongées encore que celles des plus délicates princesses.

Le premier mois, elle dut garder le lit, par rigoureuse ordonnance du docteur.

Puis, janvier seulement arrivant, il lui fut défendu, durant le second mois, de franchir le seuil de sa chambre.

Février fut bien rude cette année-là ; la neige couvrit obstinément la terre, et le vent du nord fut à craindre même pour les plus robustes poitrines.

Marie-Rose fut suppliée de ne pas sortir encore, et par son père et par sa mère qui venaient la visiter longuement chaque jour, et par Pailleux, qui semblait vouloir se donner les airs d'un mari prévenant, mais qui, en réalité sans doute, avait quelques secrètes raisons pour éloigner sa femme de la nouvelle demeure des vieillards. Elle fut suppliée surtout par la Souillotte qui, durant ce douloureux hiver, soigna jour et nuit sa jeune maîtresse ni plus ni moins qu'une sœur bien-aimée.

Bref, mars commença de reverdir les bourgeons des haies, avant que Marie-Rose n'eût encore mis les pieds à la masure de la Côte-aux-Loups.

La petite fille, cependant, n'était pas encore baptisée.

Suivant la vieille coutume bourguignonne, les grands-parents devaient être parrain et marraine.

La cérémonie, sans cesse remise de semaine en semaine, afin que la jeune mère pût y être présente, avait été définitivement fixée au dimanche suivant.

Le samedi matin, Zacharie vint sans Simone.

— O mon Dieu! demanda vivement Marie-Rose, est-ce que ma bonne mère serait malade?...

— Un peu... oui... non... ce n'est rien... répondit le vieillard d'un air embarrassé.

— Je veux aller la voir... à l'instant.

— Y songes-tu!... par le temps qu'il fait!... non, ma fille... non!...

Il y eut un long combat.

De guerre lasse, Marie-Rose finit par céder en apparence.

Mais l'embarras du vieillard, sa précipitation à repartir, tout enfin, jusqu'à la tristesse de son adieu, l'avait frappée d'une instinctive inquiétude, lui avait épouvanté le cœur.

Sitôt donc que son père eut disparu au tournant du chemin, elle jeta vivement une mante sur ses épaules, descendit à grands pas l'escalier, chaussa les premiers sabots qui se trouvèrent sous son pied, et malgré la pluie qui tombait à torrents, malgré sa faiblesse, elle se lança en courant vers l'ancienne demeure de Pailleux.

A cette même heure, la Souillotte semblait en proie à une indécision extrême.

Deux ou trois jours auparavant, le hasard lui avait fait entendre certaine discussion entre Zacharie et Pailleux, discussion qui avait paru révolter sa bonne et franche nature.

La veille, à l'insu de tout le monde, elle avait rendu visite aux deux vieillards, elle avait surpris et deviné bien des choses dont elle était depuis lors sincèrement affectée.

Le matin même, avant d'entrer chez sa fille, Zacharie lui avait demandé d'un air étrange si *Monsieur Pailleux* était à la ferme, et apprenant que *Monsieur Pailleux* venait de sortir, il avait prié la Souillotte de lui faire dire de se rendre sans retard à la masure aussitôt qu'il serait de retour des champs.

La Souillotte avait fait mieux encore, elle venait d'envoyer quérir Pailleux.

Mais en l'attendant, nous l'avons dit, elle semblait hésitante, anxieuse.

Soudain, elle aperçut Marie-Rose qui prenait en courant le chemin de la masure qu'habitaient, depuis près de quatre mois, ses parents.

A cette vue, la Souillotte sembla prendre tout à coup un grand parti et rentrant d'un air résolu dans le cellier, contre la porte duquel elle était depuis un instant adossée :

— Pauvre chère maîtresse !... s'écria-t-elle. Que va-t-elle voir !... Quel coup pour son cœur !... Et ce Pailleux qui n'arrive pas... Ma foi, tant pis ! Ça vaut peut-être mieux comme ça... Moi aussi j'irai, et de moi-même, à la Côte-aux-Loups. J'irai !

La masure de la Côte-aux-Loups.

Un jour nébuleux et lugubre pénètre faiblement à travers les rares carreaux épais de la seule fenêtre étroite de la masure de la Côte-aux-Loups.

Malgré le froid humide qu'il fait au dehors, et qui filtre au dedans à travers les ais disjoints de la porte vermoulue, c'est à peine si deux maigres tisons achèvent de s'éteindre en fumant dans l'âtre.

La plus méticuleuse propreté règne dans l'unique salle basse de cette triste habitation, mais en dépit de tous les efforts elle ne parvient pas à en dissimuler l'extrême pénurie, l'envahissante et mortelle misère.

Une antique armoire, un vieux bahut, une table boiteuse, quelques chaises de paille complètent, avec le lit à baldaquin rapiécé, le misérable ameublement de la misérable masure.

Dans ce lit, tousse et gémit tour à tour une vieille femme tellement amaigrie qu'on reconnaît à peine la Simone.

Elle relève souvent la tête, elle écarte les rideaux, elle se penche, elle écoute et regarde avec une anxieuse et fébrile attente.

Un pas s'approche enfin de la maison, la clef tourne dans la serrure, la porte s'ouvre, Zacharie paraît.

Hélas !... le robuste vétéran de l'hiver passé est presque aussi changé, presque aussi méconnaissable que sa fidèle et vieille compagne.

— Eh bien ?... s'empresse de demander la Simone, en se laissant retomber comme anéantie sur l'oreiller.

Evitant de répondre encore, son mari court à elle, la recouche, la recouvre, lui prodigue ces mille soins touchants dont sont seuls capables les vieux soldats et les mères.

— Eh bien ?... redemande la Simone.

— Il n'était pas à la ferme, répond Zacharie en hésitant, mais je lui ai fait dire de venir ici sitôt qu'il serait de retour.

— Quand ça ?

— Bientôt... je l'espère,... bientôt...

— Et dire qu'après votre conversation de l'autre jour, il ne s'est pas empressé déjà...

— Faut être juste... femme... il est dans son droit...

— Son droit !

— Oui. Lorsque nous avons consenti à demeurer ici, il a été convenu que nous lui abandonnions tout, à la seule condition qu'il nous servirait cent cinquante écus de rentes, payables tous les six mois.

— Eh bien ?...

— Eh bien !... voilà quatre mois seulement d'écoulés depuis la convention, il en reste deux encore à attendre avant qu'il ne nous doive rigoureusement quelque chose.

— Attendre ! encore attendre !... Mais il sait bien que nous avons quitté la ferme en n'emportant rien autre chose que nos propres hardes ! Mais je suis malade, moi... bien malade !... Et toi, mon pauvre cher homme, tu ne vas guère mieux que moi !...

— Mais que voulais-tu donc que je fisse ! s'écria Zacharie avec un mouvement de colère aussitôt contenu. Un éclat ?... du scandale ?... pour que notre fille pût prendre l'éveil, pour qu'elle voulût venir ici comme elle le voulait déjà ce matin, pour qu'elle découvrît, avant que nous n'eussions touché notre rente, où nous sommes et comment nous sommes ? Mais, malade comme elle est elle-même, elle en serait morte du coup... c'est sûr !...

— Oh non ! fit à son tour la Simone, en éclatant en sanglots ; non, souffrons en silence, mourons s'il le faut, mais que tout ce que nous avons enduré cet hiver ne vienne jamais à la connaissance de Marie-Rose !

Et la recrudescence du mal la fit retomber une seconde fois sur son lit de douleur.

De nouveau, Zacharie se précipita vers sa pauvre femme, se pencha longuement vers elle, et, sans ajouter un seul mot, l'embrassa au front.

Il y eut un silence.

— J'ai soif ! reprit la Simone d'une voix encore affaiblie.

Le vieux soldat parcourut la salle basse d'un regard désespéré.

Puis enfin, se décidant à aller vers la cruche, il en rapporta un verre d'eau.

La Simone le but à longs traits, pour étancher du moins la fièvre ardente qui la dévorait, et toussant plus encore, et plus encore se tordant dans les convulsions que venait de raviver la trop grande crudité de l'eau :

— Il ne vient pas ! gémit-elle de nouveau, il ne vient pas, cet homme ! il ne viendra jamais !... et il ne nous reste plus d'argent... rien... absolument rien !... Comment ferons-nous ?... J'ai besoin de bien des choses... je le sens !... Toi, mon pauvre homme, tu as froid... tu as faim, peut-être ! O mon Dieu !... mon Dieu !... comment nous procurerons-nous de l'argent ?...

— N'avais-tu pas commencé pour la voisine Justin cette quenouille de chanvre ?... dit le vieillard, en étendant son bras décharné vers le rouet qui, depuis le midi de la veille, restait inactif dans son coin.

— Oui... mais je ne puis en toucher le prix que quand elle sera terminée.

— Si je l'achevais... moi ?

— Toi... essaya de sourire la bonne femme étonnée ; toi, mon pauvre vieux... filer ?

— Pourquoi non ?

— Tu ne sais point...

— Bah ! bah !... Nous autres anciens soldats, nous avons appris à nous prêter à tout... et avec de la bonne volonté... Tu vas voir, ma vieille, tu vas voir...

Ce disant, et avec le plus d'apparence de gaîté qu'il put, Zacharie approcha le rouet auprès du lit, s'assit gaillardement sur l'escabeau, campa son pied sur la planchette et, tant bien que mal, aidé par les conseils de la Simone, parvint à mettre en mouvement et la manivelle et la quenouille.

— C'est qu'il y a ! disait la bonne femme en souriant aussi, mais de ce sourire qui est aux sourires ce que le soleil de décembre est aux autres soleils. Dans deux heures au plus, ce sera fini, et tu pourras porter la pelote chez la voisine. Jésus, mon bon Dieu... c'est qu'il file presque aussi bellement et vivement que moi !...

Puis, après un silence, s'accoudant sur le bord de la couchette, et avec une amère mélancolie dans le regard et dans la voix :

— C'est bien dur tout de même, reprit-elle, de voir ainsi travailler un vieux soldat et souffrir une pauvre vieille femme, tous deux misérables et seuls, quand toute leur vie ils ont été si aisés, si heureux! quand, au lieu de cette vilaine masure, ils ont eu une belle et bonne ferme, où tous les saints avaient leur fête, où jamais le malheureux n'était venu frapper en vain, où ils avaient droit d'espérer mourir comme ils avaient vécu, sous les baisers de leur enfant et sous le regard du bon Dieu! c'est bien dur, tout de même... Oh! oui... c'est dur!...

A ce souvenir, des larmes tombèrent tout à la fois, et des yeux de la Simone, et des yeux de Zacharie.

Puis, tous deux se tendirent la main et se la serrèrent en silence.

— Patience! murmura tendrement le vieux soldat. Patience, femme, patience!... voici bientôt le printemps... Tu recouvreras la santé; nous toucherons notre rente, nous parviendrons à donner à tout ce qui nous entoure un semblant de prospérité... et notre fille ne se doutera de rien... C'est là l'essentiel!

Cœurs parfaits! gens héroïques!... Ils en arrivaient à se rendre heureux de tant de sacrifices, qui n'étaient réellement acceptés, qui n'étaient supportés que pour le repos, pour le bonheur de Marie-Rose!...

Le bonheur! Zacharie seul pouvait y croire un peu, car il ignorait encore l'attentat du 24 février, et devait l'ignorer toujours. Pour l'honneur du vieux soldat, pour sa tranquillité, pour qu'il lui restât au moins une lueur de fausse espérance dans l'avenir de sa fille, la Simone était fermement résolue à l'emporter avec elle dans la tombe.

Qu'eût-on gagné, du reste, à une semblable révélation? Il était trop tard maintenant. A quoi bon?...

Simone, cependant, qui tenait encore la main de Zacharie, la sentit tout à coup trembler dans la sienne.

— O mon Dieu! s'écria-t-elle vivement. Tu grelottes, mon pauvre homme, tu es glacé. Il fait une si humide froidure dans cette masure maudite!...

— Bah! bah! Le travail me réchauffera! fit le courageux vieillard, qui se remit en effet activement à filer.

A son tour, la Simone ne répondit rien. Mais, s'agenouillant avec peine sur le lit, elle développa sa mante qui en recouvrait le pied, et garantit de cette espèce de manteau les épaules de son homme, au front duquel elle mit en même temps un long baiser.

Puis, elle se recoucha, le regardant achever la quenouille.

Une demi-heure plus tard, ils étaient encore dans la même attitude; elle tellement absorbée dans sa muette contemplation, lui par l'activité de son travail, qu'ils n'entendirent, ni l'un ni l'autre, un pas léger s'approcher au dehors et la porte s'ouvrir doucement.

Mais, comme le vieillard commençait à travailler dans l'ombre, et qu'un vif rayon du soleil de mars inonda tout à coup son rouet, il releva naturellement la tête, et la Simone aussi.

Un triple cri de stupéfaction retentit aussitôt dans la masure. Marie-Rose était debout sur le seuil.

— Mon père! balbutiait-elle déjà, car elle avait aperçu le travailleur et son rouet, qu'il s'efforçait, mais trop tard, de vouloir dissimuler derrière lui.

— Ma mère! sanglotait-elle un instant après, en embrassant à plusieurs reprises la vieille paysanne; en la regardant les yeux dans les yeux, ainsi qu'à son tour le vieillard; en leur touchant le front, les joues, les mains d'une main convulsive. Ma pauvre mère! Quelle pâleur! Quelle fièvre! Quel dépérissement! Et vous aussi, mon père! Mon pauvre père, qui travaille à son âge, et qui file... un vieux soldat! Seuls ici tous les deux malades! Et pas une servante! Pas un remède! Pas de feu dans cette horrible habitation!... pas même de feu! Oh! pardon, mon père! pardon, ma pauvre mère, pardon! Je ne savais pas, moi... j'étais souffrante aussi... On me défendait de sortir...Vous même me suppliez de ne point venir ici... Mon Dieu! mon Dieu! je ne pouvais pas soupçonner... Mais me voici, mon père! me voici maintenant, ma mère!.. me voici!...

Tout en parlant ainsi, Marie-Rose avait parcouru d'un rapide regard tout le navrant tableau de cette chambre désolée, Marie-Rose venait de rejeter loin d'elle la capuche noire dans laquelle elle était enveloppée, Marie-Rose venait d'ouvrir la basse armoire dans laquelle les paysans bourguignons serrent ordinairement le bois de la journée.

Dans la huchette, comme dans la cheminée, pas de bois!

Marie-Rose se retourna vers ses parents, et à l'air embarrassé de ces deux vieux enfants, tout honteux d'être pris en flagrant délit de misère, une seconde lueur de vérité frappa ses yeux.

Prompte comme l'inquiétude, elle courut à l'armoire, au buffet, au tiroir de la table, à la porte du cellier.

Tout était vide!

Madame Pailleux devina, comprit.

Dire ce que souffrit alors la jeune femme, dire quelle nouvelle et profonde blessure transperça son triste cœur déjà si douloureusement blessé... Non... non... ce serait impossible!

Un quatrième personnage, du reste, entrait en cet instant.

Pailleux!... Pailleux lui-même!

A son aspect, il y eut chez les deux vieillards un mouvement d'épouvante. Ce qu'ils avaient voulu, ce qu'ils désiraient avant tout, c'était de n'être cause d'aucun trouble dans le ménage de leur fille.

Pour la seconde fois depuis son mariage, Marie-Rose eut un instant d'énergique et vaillante indignation.

Elle s'élança vers celui qui portait le titre de son époux, et l'attirant par la main vers le milieu de la masure:

— Voyez? demanda-t-elle d'une voix vibrante et fière. Regardez, et dites-moi si c'est là une habitation digne du père et de la mère de votre femme?

— Ma femme? répliqua fort tranquillement Pailleux, lequel était fort tranquillement entré. Il y aurait bien des choses à dire là-dessus. Passons! Quant à cette demeure, je l'ai moi-même habitée durant vingt ans, et je m'y trouvais, ma foi, très à mon aise. Du reste, c'est vos parents qui ont demandé à venir ici de leur propre mouvement, vous le savez bien, ça n'est pas moi qui les y ai logés de force.

— Ma fille! ma fille! intervenait généreusement déjà Zacharie. Ton mari a raison, cent fois raison; ne te révolutionne donc pas ainsi l'âme. Tu es d'ailleurs dans ton tort, Marie; demande plutôt à ta mère...

— Oui... oui!.., appuyait de son lit la Simone. Cent fois tort, mon enfant; c'est bien nous-mêmes qui avons désiré venir tout seuls ici, pour y vivre tout à fait à notre guise.

— Pour n'y être gênés en rien dans votre liberté! reprit à son tour et gaillardement Zacharie. Et tu nous connais bien, mon enfant... ce qui nous rend le plus heureux, moi surtout, c'est la liberté!

Marie-Rose commençait à se déconcerter et lâchait peu à peu le bras de son mari triomphant.

— Mais, reprit-elle néanmoins avec une certaine hésitation déjà dans la voix, mais... mon père et ma mère étaient riches avant notre mariage... Je ne connais pas les affaires, moi... Mais je devine, je sens, je sais qu'ils nous ont tout donné. A vous, c'est-à-dire... à vous, monsieur...

— Je leur sers une rente, fit en se rengorgeant le Lorrain.

— Nous devons la toucher dans quelques jours seulement s'empressa d'ajouter le bonhomme Zacharie. Patience jusque-là, fillette; patience! Quand tu reviendras ici, aux beaux jours, pas avant, tu es si pâlotte encore! tu verras comme nous serons bien à la Côte-aux-Loups!

Et le vieillard s'efforçait de sourire, et de son lit de souffrance la Simone souriait aussi.

Marie-Rose cependant ne pouvait être persuadée; quelque chose en elle se révoltait encore, quelque chose lui criait: on te trompe... tes parents sont des martyrs... ton mari est leur [bourreau...]

Se raccrochant donc à ses premières impressions fâcheuses, et se retournant vers Pailleux :

— Mais vous veniez ici, dit-elle, mais vous deviez voir, monsieur, qu'il leur fallait au moins une servante !

— C'est leur affaire ! esquiva fort adroitement Pailleux. Je me serais bien gardé de leur imposer, de leur conseiller même quoi que ce soit. Ne venez-vous pas d'entendre monsieur votre père... la liberté avant tout !

— Mais ma mère est malade, bien malade... N'était-il pas de votre devoir d'envoyer au plus vite chercher un médecin ?...

Ce mot était gros d'orage, car il n'y avait pas de médecin à Saint-Martin-sous-Bois, et comme il eût coûté fort cher pour en faire venir un de Sens, le bout de l'oreille de Pailleux allait sans doute se montrer dans quelque réponse révoltante au cœur de Marie-Rose, et qui ferait enfin éclater la scène jusqu'alors si difficultueusement contenue.

— Un médecin ? grommelait déjà notre avare acculé dans ses derniers retranchements. Un médecin ?...

La parole, fort heureusement, lui fut coupée par un cinquième personnage qui se précipita tout à coup dans la masure, en criant :

— L'médecin, le voilà qui vient. J'ai été le quérir à Sens. Il me suit.

Ce nouveau personnage, tout à fait inattendu, c'était la Souillotte.

— Heim ! avait déjà grogné Pailleux.

Mais, apercevant seulement alors une gigantesque hotte aux épaules de la Souillotte, et dans cette hotte une foule d'objets évidemment apportés de la ferme sans son assentiment :

— Qu'est-ce que c'est que ça ? — fit-il en bondissant soudain en arrière.

— Tout ce que vous m'avez dit de charrier ici, ricana sans s'émouvoir le moindrement la Souillotte avec son nouvel air bête... Oh !... rien n'y manque... Allez !...

— Comment !... se récria Pailleux tout abasourdi de tant d'audace. Comment... moi, je t'ai dit...

— « Va, la Souillotte ! continua-t-elle en regardant de plus en plus son maître dans le blanc des yeux ; va quérir vivement le médecin de la ville, puis, en repassant par la ferme, charge-toi d'une grande hottée de bois sec, sous lequel tu mettras toutes les herbes à tisane que nous avons, une demi-douzaine de bouteilles de notre bon vin, le grand pain de sucre bien blanc qui est à peine entamé, etc. »

La Souillotte, qui s'était déhottée par un leste coup d'épaule, rangeait en bataille, sur le buffet, toutes ces différentes provisions, au fur et à mesure qu'elle en faisait la nomenclature.

— Coquine ! parvint à interrompre enfin Pailleux, que la rage étranglait. Coquine !... mais elle a donc fourré la ferme tout entière dans sa maudite hotte !

Déjà les deux vieillards, déjà Marie-Rose s'étaient retournés, inquiets et surpris de la soudaine fureur de Pailleux ; déjà, malgré l'assurance de la Souillotte, ils commençaient à douter de l'attentive générosité de leur gendre et mari.

Il était temps de conjurer l'orage. La Souillotte le comprit sans s'en émouvoir davantage, et reprenant avec une voix moins riante, peut-être, mais plus incisivement ironique encore :

— Roulez donc pas de si gros yeux, notr' maître, reprit-elle. C'est qu'on croirait quasi que vous êtes méchant... allons, allons... assez de faux semblants comme ça ; c'est pas l'heure de rire. Je n'en ai plus le temps d'abord, moi... car je me suis donnée avec tout le reste... toujours par votre ordre, monsieur Pailleux... et je ne démarre plus d'ici que les vieux ne se portent aussi bien que les deux clochers de la cathédrale de Sens.

— Souillotte !... Souillotte !

— Jésus bon Dieu ! se récria-t-elle avec une naïveté à convaincre un juge. Est-ce que notre maître aurait perdu la mémoire ! Comment !... voyons.. comment... ne m'avez-vous pas dit : « Va t'installer à la masure de la Côte-aux-Loups... tu sais bien, Souillotte... la masure de la Côte-aux-Loups ousque... » faut-il que je continue ?... vous souvenez-vous enfin, notr' maître ?

Et, se redressant à ces mots, les deux poings campés sur les hanches, la Souillotte envoya à Pailleux un regard étincelant de menaces.

De coquelicot qu'il était, Pailleux redevint livide, et il se tut tout à coup.

Un cri de souffrance de la Simone rappela précisément vers la couchette toute l'attention de Zacharie et de Marie-Rose.

— Allons donc ! dit pendant ce temps la Souillotte à l'oreille de Pailleux qu'elle poussait rustiquement du coude. Allons donc, sot que tu es, fais donc au moins contre fortune bon cœur, et puisque tu es forcé de vouloir ce que je veux, laisse croire aux autres que ça vient de toi, et que tu n'es pas au fin fond ce fesse-Mathieu que tu en as l'air !

Après quoi, la forte et grosse servante empoigna comme un fétu de paille deux énormes fagots, courut les flanquer dans la cheminée, y mit le feu, et, s'accroupissant dans l'âtre, souffla de sa bouche de triton la flamme qui, sous cette haleine de soufflet de forge, ne tarda pas à s'élever, à pétiller, à flamboyer, à transformer la noire et froide masure en une rougeoyante fournaise.

La Simone continuant de se lamenter, Marie-Rose et Zacharie continuaient à ne s'occuper que de la Simone.

Pailleux remarqua avec une certaine satisfaction qu'on paraissait l'avoir complètement oublié. Serrant donc les poings, mâchonnant jusqu'au sang ses lèvres, il s'achemina sans bruit vers la porte.

Mais, sur le seuil, il se rencontra face à face avec le médecin qui arrivait de Sens.

C'était un grand vieillard, au haut front chauve, à l'œil qui faisait baisser bien des yeux.

Sous son regard sondeur, sous son froid salut, Pailleux recula machinalement jusqu'à la muraille.

Le docteur s'avança vers la couchette, examina longuement la Simone, plus longuement encore Zacharie.

Puis, avec la franchise un peu brutale qu'affectent ordinairement les médecins de campagne :

— Il est temps encore peut-être pour le vieux, dit-il, mais pour la vieille... on est venu me chercher trop tard !

Et une seconde fois il regarda Pailleux.

Marie-Rose aussi près du chevet, la Souillotte aussi sous le manteau de la cheminée, dans laquelle commençait à chanter la bouilloire, se retournèrent en même temps vers lui.

Pailleux disparut.

Un instant après, le médecin se retira, après avoir écrit son ordonnance.

— Déjà la Souillotte se rapprochait du lit, la première tasse de tisane à la main.

Sitôt la tasse reposée vide sur le buffet, l'alerte servante prit l'ordonnance, et repartit pour Sens comme elle en était venue, au galop.

En moins de temps que n'en eût mis un cheval, elle était de retour de chez le pharmacien.

Déjà la prédiction du docteur commençait à s'accomplir, déjà, malgré tous ses efforts pour dissimuler son affaiblissement, Zacharie commençait à se trouver presque aussi mal que sa femme.

La Souillotte courut à la ferme, et en rapporta sur ses épaules un second lit, qu'en un tour de main elle dressa sur la même ligne que l'autre, avec un léger espace seulement entre les deux.

Ainsi couchés, les vieillards pouvaient du moins se voir encore, se parler, se donner la main.

Trois jours s'écoulèrent, sans que le mal parût empirer beaucoup; les deux malades s'affaiblissaient de plus en plus, c'était tout.

Durant ces trois jours, Marie-Rose et la Souillotte ne quittèrent pas la masure de la Côte-aux-Loups.

La première, priant et pleurant lorsque ses parents étaient endormis, s'efforçant de sourire sitôt qu'ils rouvraient les yeux, soignant jour et nuit leur esprit et leur âme, à force de délicates attentions, de tendres caresses et de douces paroles.

La seconde, nuit et jour debout, allant, venant, préparant, chauffant, appropriant, besognant comme trois sœurs de la charité, ne sortant de la masure qu'alors seulement qu'il fallait aller chercher l'enfant à ces heures connues des seules mères qui sont nourrices.

Après quoi, elle reportait la petite fille presque aussitôt à la ferme.

Ces heures-là, c'était la récompense de la Souillotte.

Mais, quelque douces qu'elles fussent à son cœur de mère anonyme, la pauvre paysanne n'en eût pas moins agi sans cela comme elle le faisait.

Par pure bonté de tempérament d'abord, ensuite par reconnaissance envers Marie-Rose qui avait bien voulu lui permettre d'embrasser parfois sa fille, par remords enfin de sa complicité avec Pailleux, remords dont elle se fût déjà peut-être affranchie en avouant hautement la vérité tout entière, si son complice ne lui eût répété, juré à plusieurs reprises que le véritable enfant de Marie-Rose était mort en naissant.

A quoi donc eût pu servir une semblable révélation? A déchirer inutilement le cœur de Marie-Rose, à perdre l'utile ascendant que ce secret lui donnait sur Pailleux, à déshériter son propre enfant... Non! non... mieux valait garder le silence, mais se dévouer en expiation à Marie-Rose!

Et c'est ce que faisait, mais par instinct bien plutôt que par raisonnement, la Souillotte!

Trois autres journées, trois autres nuits s'écoulèrent. Brisée par la fatigue, Marie-Rose dut prendre parfois quelques instants de repos; l'infatigable Souillotte ne ferma pas les yeux, et fut sans cesse prête à tout.

Pailleux n'avait pas reparu.

Vers le soir, cependant, les deux vieillards s'étant toujours de plus en plus affaiblis, la Simone perdit le regard, la voix, la connaissance, et parut prête à expirer.

Par un dernier mouvement, comme un suprême adieu, elle étendit le bras vers la couchette de Zacharie, et par un de ces hasards qui viennent de Dieu lui-même, elle rencontra sa main.

Le vieux soldat sembla se ranimer à ce contact, et, d'un voix bien distincte murmura:

— Ensemble... Simone... attends-moi!

Il y eut un imperceptible tressaillement chez la Simone. Peut-être une prière!

En ce cas, Dieu l'entendit.

Car elle ne fut le lendemain matin seulement, qu'à la même heure, à la même minute, ensemble, comme avait demandé Zacharie, comme avait semblé le vouloir aussi la Simone, toujours ensemble et toujours en se donnant la main, les deux vieux paysans s'éteignirent, paisiblement et sans bruit, comme ils avaient vécu.

Marie-Rose jeta un grand cri et tomba la face contre terre.

La Souillotte pleurait à sanglots dans un coin de son gros tablier de toile bise.

Pailleux n'avait pas reparu.

Encore ce jour-là, cette dernière nuit encore, les jeunes femmes veillèrent auprès des deux cadavres, pleurant et priant.

Prier pour Zacharie et pour la Simone... à quoi bon?

Ils avaient passé si saintement sur la terre, que leurs deux âmes devaient remonter en ce moment sans une seule tache au ciel!...

Et si cependant, comme l'enseigne encore aujourd'hui l'intolérance, si les petites peccadilles inévitables d'ici-bas sont considérées réellement à l'entrée du paradis comme de gros péchés... pauvre Zacharie! pauvre Simone!... les six mois que M. Pailleux vous a fait passer dans la masure de la Côte-aux-Loups ne doivent-ils pas vous être comptés comme un purgatoire?...

Le berceau de chèvrefeuille.

L'opinion n'est pas injuste toujours, surtout aux champs.

La mort simultanée de Zacharie et de la Simone fit le plus grand tort à Pailleux dans tout le canton.

Chaque fois qu'on demanda au médecin de Sens de quelle maladie les deux bons vieillards étaient morts, le franc et brutal praticien répondit à qui voulut l'entendre:

— De leur gendre!...

La mort eut de l'écho, fit du chemin, gronda partout sur la tête du Lorrain comme un incessant orage.

Ne rencontrant donc au dehors que des visages antipathiques et parfois menaçants, il commença de ressentir le besoin de se réfugier à la ferme et d'y demeurer longtemps.

Mais il avait rendu sa maison si triste!

Des domestiques soumis, mais révoltés en dedans, mais abrutis, mais haineux... comme des esclaves.

Pas un consolateur, pas un confident, pas un ami!...

Sa femme?...

Autrefois, elle se contentait de le mépriser, elle le tolérait encore, c'était du moins une compagnie.

Maintenant, depuis le drame de la masure de la Côte-aux-Loups (drame qu'elle avait fini par comprendre dans toute son affreuse vérité), Marie-Rose le haïssait profondément, Marie-Rose ne pouvait plus même le voir, Marie-Rose en avait horreur!...

D'ailleurs, brisée par cette nouvelle douleur, anéantie par cette dernière semaine de veilles et d'émotions, Marie-Rose était retombée plus souffrante, plus malade que jamais, et sa chambre, qui ne se fermait jadis que la nuit, restait maintenant durant tout le jour également close pour son mari.

Restait la Souillotte?...

Mais la Souillotte n'était plus la bonne bête d'autrefois. De moitié dans le secret de Pailleux, elle s'était montrée capable d'en abuser au besoin. Dans deux circonstances déjà, ne s'était-elle pas posée en dominatrice à laquelle il avait fallu obéir? Et le pis était encore qu'elle ne s'expliquait pas. Depuis la scène de la masure, Pailleux n'avait pas osé l'aborder, car en elle plus que dans tous les autres, il pressentait un adversaire, un ennemi!...

— Personne donc!... personne!...

— Si fait...

— Sa fille!...

Nous l'avons déjà dit plus haut, Pailleux avait épanché sur la tête de cette enfant toutes les tendresses dont il s'était montré jusqu'alors si avare, comme du reste. L'isolement qui s'agrandissait autour de lui ne fit qu'augmenter encore cette naissante affection. A partir de la mort des parents de Marie-Rose, dès que la réprobation publique le contraignit à passer de longues heures à la ferme, il envoya chaque jour, par quelques-uns de ses gens, demander sa fille. La Souillotte, presque aussitôt, la lui apportait. Pailleux s'en emparait avec une sorte d'avidité sauvage, il embrassait frénétiquement son enfant, il le caressait, le berçait, le portait, le câlinait, le dorlotait, il riait et pleurait avec ce poupon adoré comme eût fait la mère la plus affolée d'amour. Pour la première fois de sa vie, en effet, à plus de quarante ans, Pailleux aimait. On crut

qu'il voulait rattraper le temps perdu, et payer quotidiennement à son héritière tout le capital et tous les intérêts du trésor d'affections si longtemps cadenassé en lui-même, ainsi que
dans un coffre-fort qui ne devait s'ouvrir que pour elle ; on
eût dit que Dieu, qui, jusqu'alors, avait repris dans quelque
secret dessein le cœur de cet homme, venait de le lui rendre
tout à coup, mais uniquement pour qu'il fût père !...,

Et il pouvait le paraître en toute liberté, car Marie-Rose
n'était jamais là ; car il n'y avait jamais que la Souillotte.

La Souillotte, en ces moments-là, ne pouvait se défendre de
contempler Pailleux avec un attendrissement étrange. Au fin
fond de l'âme, la bonne bête avait toujours une sorte d'affection pour lui. C'était l'unique compagnon de son enfance
abandonnée, c'était son amoureux, son séducteur, ou plutôt
son mâle, car les deux premiers mots ne sauraient guère s'appliquer à la pauvre Souillotte. Bref, c'était le père de son enfant. Et il l'avait fait riche, cet enfant. Et cet enfant, elle ne
pouvait douter qu'il ne l'aimât presque autant qu'elle l'aimait
elle-même !

— Pailleux, disait-elle alors en lui tendant la main, je t'ai
déjà contrarié quelquefois, je te contrarierai souvent encore,
lorsque tu voudras par trop m'évincer de ton chemin, lorsque
tu te montreras trop pingre ou trop dur pour les autres. Que
veux-tu, ça me révolte le cœur, à moi !... surtout quand il
s'agit de madame Marie-Rose... C'est bête, peut-être... oui...
Mais c'est comme ça... Je l'aime, et je la défendrais au besoin
contre toi ; discutons pas... j'ai mes instincts qui me viennent
du bon Dieu, et j'y obéis comme une bonne bête du bon Dieu
que je suis. Toutefois et quand donc que tu seras impitoyable
au prochain, ou que tu voudras du mal à Marie-Rose, nous
ne serons pas du même bord, je t'en préviens... Mais si par
hasard il t'arrivait de la peine, ou quand il s'agira de notre...
de ton enfant... nous serons toujours ensemble, Pailleux,
toujours amis !...

Et, sans vouloir entrer dans de plus amples explications,
elle lui serrait la main, et reportait l'enfant à Marie-Rose.

De ce côté, la situation n'était pas moins singulière. On ne
s'était pas expliqué davantage. Marie-Rose sentait que la
Souillotte l'aimait, qu'elle avait aimé ses parents, qu'elle donnerait sa vie pour son enfant. Souvent encore, dans les campagnes, on voit des servantes qui sont ainsi. Marie-Rose ne
s'étonnait donc pas plus que de raison, mais elle était profondément reconnaissante à la Souillotte, mais elle s'accoutu-
mait à la traiter peu à peu comme une égale, comme une
amie, comme une sœur.

Une circonstance capitale vint y contribuer encore.
Les nouveaux chagrins de madame Pailleux l'avaient fait
retomber malade, nous l'avons dit, aussitôt après la mort de
ses parents. Elle devint si faible, si débile, que son lait tarit
presque entièrement, et qu'elle commençait à craindre de ne
pouvoir continuer de nourrir elle-même sa petite fille.

Par une sorte de miracle de Dieu, l'enfant cependant venait
à merveille, bien qu'il semblât toujours quitter le sein de sa
mère en criant encore la faim.

Il est vrai, qu'en pareil cas, la Souillotte ne manquait jamais
de l'emporter bien vite au dehors, de la promener longuement
aux alentours de la ferme en lui chantant mille naïfs refrains
à l'usage des nourrices, de la ramener enfin apaisée, souriante dans son sommeil, et comme complétement rassasiée
par cette excursion joyeuse.

— C'est le grand air, disait la Souillotte, c'est le printemps,
c'est les chansons. Bien plus encore que le lait, voilà la vraie
nourriture des enfants !...

Le fait est que le nourrisson sortait toujours tout pâle et
toujours rentrait tout rose ; le fait est, qu'ainsi que nous venons de le dire, la petite fille croissait en vigueur et en santé,
ni plus ni moins que si elle avait été allaitée par la meilleure
mère nourrice du monde.

Il n'est pas, cependant, de cœur de mère dans lequel il ne
se glisse un grain de jalousie, même alors, alors surtout
qu'une intervention étrange semble devenir par trop utile, par
trop nécessaire à son enfant.

Tout en s'avouant qu'elle avait tort, Marie-Rose n'en devint
pas moins quelque peu jalouse de la Souillotte.

Elle voulut s'opposer à la fréquence de ces promenades, si
salutaires il est vrai, mais qui en étaient arrivées à être aussi
régulières que les repas insuffisants peut-être du cher nourrisson.

Mais, quand la Souillotte avait fourré quelque chose dans
sa tête crépue, il était fièrement difficile d'aller à l'encontre.
Elle imaginait mille prétextes à l'appui de son dire : l'enfant qui criait plus fort ou qui était plus pâlot que de coutume,
l'air embaumé déjà par l'aubépine en fleurs, un rayon de soleil, la volonté du père qui se trouvait invariablement demander sa fille. Dans ces moments-là, Marie-Rose résistait-elle en
dépit de tous ces beaux raisonnements, la Souillotte pleurait
à fendre des cailloux. Parfois même elle s'emporta, puis demanda pardon, c'est-à-dire consentement. Bref, toujours elle
en arrivait à ses fins.

Tout ceci commença par devenir quelque peu suspect à
madame Pailleux.

De sa fenêtre, elle épia l'étrange servante.

Sitôt dans le verger, la Souillotte se prit à courir à toutes
jambes avec l'enfant qui criait dans ses bras, parvint à un
berceau de chèvrefeuille dans lequel elle disparut après avoir
précautionneusement regardé tout à l'entour si personne ne
pouvait la voir, et quelques minutes après en ressortit avec
l'enfant qui ne criait plus !

Même manège le lendemain.

Et la Souillotte ne manqua pas d'affirmer qu'elle venait de
porter la petite à son père, ainsi qu'elle l'avait annoncé tout
d'abord.

Évidemment elle mentait ; Marie-Rose ne l'avait pas quittée
des yeux.

Pourquoi ce mensonge ?... pourquoi ces inexplicables ins-
tances ?... pourquoi ce mystère ?

— Je l'éclaircirai ! se dit Marie-Rose, que la défiance déjà
mordait au cœur bien autrement encore que la simple curiosité.

Le troisième jour, elle descendit sur les pas de la
Souillotte, la suivit sans être vue d'elle de l'autre côté de la
haie, arriva presqu'en même temps au berceau de chèvrefeuille, en écarta sans bruit les lianes, et regarda.

La Souillotte était assise au plus épais du feuillage, la
Souillotte avait la gorge entr'ouverte ; d'une main elle soutenait l'enfant à la hauteur de sa poitrine nue, et de l'autre elle lui
soutenait dans la bouche un robuste sein, superbement gonflé
de lait, dont la petite folle paraissait se nourrir avec une vo-
luptueuse avidité.

Marie-Rose jeta un cri de surprise, et presque aussitôt, pâle
d'indignation, bondit à l'entrée du berceau.

La Souillotte était debout, immobile, pantelante, écarlate,
suffoquée par la stupéfaction et par la terreur, mais avec la
petite fille toujours suspendue à son sein.

— Misérable ! fit Marie-Rose, vous m'avez trompée.

— Pardon !... put sangloter enfin la Souillotte, en se laissant tomber sur les deux genoux, en étendant une main suppliante vers sa maîtresse, mouvement qui fit lâcher le sein à
la téteuse. Grâce, madame !... une faute... ne me perdez pas...
personne ne le sait.

— Mais votre enfant... malheureuse ! votre enfant !...

— Il est mort !... s'empressa d'interrompre la Souillotte, qui
ne croyait mentir qu'à demi, puisque Pailleux lui avait juré
que l'enfant de Marie-Rose n'était plus. Il est mort en naissant ;
madame, j'aurais été si bonne mère... Ne dites rien... à Pailleux surtout ! et laissez-moi nourrir en secret votre petite
fille... Vous ne le pouvez plus, non !... Il y a déjà bien long-

temps... sans mon lait, elle serait morte aussi... Oui, permettez-moi de continuer, madame, je vous en supplie... Laissez-moi la sauver tout à fait... Elle n'a vécu jusqu'à présent que par moi... Laissez moi la faire vivre !...

Marie-Rose eut un geste de désespoir, en jetant les yeux sur son sein tari, puis sur les fécondes mamelles de sa servante...

— Je ne serai que sa nourrice, ajouta humblement celle-ci ; ça ne vous empêchera pas d'être toujours sa mère !...

Tout à coup, l'enfant cria.

Marie-Rose le souleva aussitôt, le remit elle-même au sein de la Souillotte, et se retournant vivement à l'entrée du berceau :

— Va !... dit-elle avec un regard résigné vers le ciel... Je veillerai, moi... va... mais qu'elle vive !...

A partir de cette heure-là, la fill de Pailleux eut deux nourrices comme elle avait deux mères, une dont elle était le sang et qui lui donnait en réalité la vie, une dont elle n'était que l'illusion et qui ne pouvait lui donner que l'amer devoûment d'un stérile amour !

Mari ou non.

Ce qu'avait si fort redouté la Souillotte, mit au contraire le comble à tous ses vœux.

Rien ne transpira au dehors du tacite arrangement qui venait d'être passé entre la maîtresse et la servante. Pailleux lui-même ne s'en douta pas. Rien en apparence ne fut changé dans la maison. Il y eut un secret de plus ; voilà tout.

Mais la reconnaissance de la maîtresse pour la servante devint une sérieuse amitié ; mais le dévoûment de la servante pour la maîtresse devint une fanatique adoration, un véritable fétichisme.

Hélas ! plus que jamais, la pauvre Marie-Rose allait en avoir besoin.

Depuis la nuit des noces, Pailleux avait toujours ardemment désiré sa femme.

Maintenu d'abord par la superstitieuse terreur que lui avait inspirée le fantôme menaçant de Georges Deshayes, et par les commentaires peu rassurants du fantastique père Fou ; ensuite par la glaciale dignité, par la hauteur des dédains de Marie-Rose, par la présence enfin de ses parents, par sa grossesse, par ses couches, par ses nouveaux chagrins, par sa nouvelle maladie, par la réprobation même qui s'attachait à lui, Pailleux n'en avait pas moins cultivé dans son cerveau étroit la tenace ambit on de posséder un jour Marie-Rose. Il avait enfiévré ses sens avec cette idée fixe, il guettait depuis plus d'une année cette jouissance ainsi qu'un tigre sa proie, il la voulait, il l'aurait. D'ailleurs, n'était-ce pas sa femme, sa propriété, son droit ?

Tout semblait, en outre, le favoriser maintenant. Le fantôme n'avaient plus reparu, le père Fou ne se montrait à peine plus depuis quelques mois, Zacharie et la Simone n'étaient plus là, Marie-Rose enfin reprenait un peu de force et de santé, Marie-Rose avec le printemps redevenait de jour en jour plus désirable encore, plus appétissante et plus belle.

Pailleux résolut donc de tenter une seconde attaque. Il reparut dans la chambre de Marie-Rose qui, pour les apparences au moins, était contrainte à tolérer parfois sa présence ; il tournailla tout autour d'elle sans démasquer ses batteries, il la suivit en silence aussitôt qu'elle se hasardait au dehors, profitant avec art de la première rencontre venue pour lui offrir son bras, que devant le monde elle ne pouvait pas refuser. N'était-ce pas le bras de son mari ?

Un soir enfin, qu'elle était assise sous le berceau de chèvrefeuille, Pailleux vint s'asseoir à côté d'elle et lui dit :

— N'avez-vous pas été surprise de me voir demander aussi souvent votre enfant, d'entendre dire que je l'embrassais avec plaisir... que je l'aimais... quoi...

— En effet... ne put s'empêcher de reconnaître Marie-Rose, qui d'une fois s'était étonnée de cette étrange tendresse, mais sans oser s'en entretenir avec la Souillotte, qui n'avait pas, et ne devait jamais avoir le secret de la naissance de cet enfant. En effet, il m'a semblé extraordinaire...

— Mais non... hasarda Pailleux avec un certain embarras d'abord, puis vers la fin avec une soudaine brutalité. C'est bien simple pourtant... Lorsqu'on chérit un enfant, c'est qu'on chérit la mère... et si j'aime celui-là, Marie-Rose, c'est que je vous aime !

En même temps, il voulut lui jeter galamment les deux mains autour de la taille.

Marie-Rose se rejeta vivement en arrière, comme si elle eût été touchée par un serpent.

Pailleux s'attendait à ce premier accueil, et n'en allait pas moins poursuivre l'entreprise, lorsqu'un bienheureux hasard amena fort à propos la Souillotte à l'entrée du berceau de chèvrefeuille.

Notre homme aussitôt resta coi, non qu'il appréhendât en rien la jalousie de la Souillotte ; leurs uniques relations amoureuses s'étaient bornées à l'accouplement accidentel de la Croix-de-l'Affût, et depuis ce mémorable jour, ni l'un ni l'autre des deux coupables n'avait paru le moindrement désireux de le renouveler. Mais il s'essayait pour la première fois au rôle de mari, mais il ne se sentait pas de force encore à le jouer devant un tiers.

La nuit, cependant, couché seul dans sa soupente, il se dit :

— Je suis bien bon enfant de me gêner, après tout. La loi est pour moi... la Souillotte n'est point capable de me contrecarrer en ceci par maligne ressouvenance de la Croix-de-l'Affût... Dès demain soir, j'agirai ouvertement, et en vrai mari que je suis... Oui !

Le soir, en effet, à l'heure du sommeil des campagnes, Pailleux entra tout à coup dans la chambre de sa femme, et d'un air dégagé dit à la servante qui achevait de tout ranger pour la nuit :

— C'est bien... très-bien... Laisse-nous, la Souillotte.

Et il jeta sur une chaise sa veste brune et son bonnet de laine noire, ni plus ni moins qu'un bon mari rentrant comme d'habitude au nid conjugal.

La Souillotte le regarda d'un air stupéfait ; Marie-Rose, plus encore que la Souillotte.

Pailleux continuait de se déshabiller le plus tranquillement du monde.

— Monsieur ! put dire enfin Marie-Rose. Monsieur... Que faites-vous donc ainsi ?

— Ne me voyez-vous pas ? Je rentre chez nous... Il est l'heure... Je me couche.

En même temps, et déjà la main sur le premier bouton de ses bretelles, il fit un pas vers l'alcôve.

Prompte comme la pensée, Marie-Rose bondit au devant de sa chaste couchette, et les deux bras étendus en croix pour en défendre le passage :

— Arrière ! s'écria-t-elle, frémissante et pâle d'indignation. Jamais ! je croyais, j'espérais que vous l'aviez déjà compris... Depuis ce temps-là, vous m'avez en outre tué mon père et ma mère... Jamais rien de commun entre nous... Sortez !...

— Pas si bête ! ricana brutalement Pailleux. Il est grand temps que toutes ces délicatesses-là finissent... Vous êtes ma femme, oui ou non ? Oui. Donc, votre lit est mon lit. Donc, vous êtes à moi !...

Et, sans paraître se souvenir de la présence de la Souillotte, il saisit Marie-Rose dans ses bras, et l'œil en feu, la poitrine orageuse, l'haleine ardente, il engagea corps à corps une lutte ouverte avec elle.

— Misérable! criait Marie-Rose en se débattant, éperdue, sous cette odieuse étreinte. Dieu vous voit... Mon père et ma mère vous maudissent... Fuyez!... Oh!.. le contact de cet homme me tue... Au secours!...

Jusqu'alors la Souillotte était restée immobile et muette, tant cette scène inattendue lui bouleversait l'entendement. Lorsqu'elle était entrée à la ferme, Marie-Rose venait d'être mère aussi, Marie-Rose avait été longuement malade; rien de plus naturel que les époux eussent momentanément cessé toutes relations conjugales. Le mari voulait les reprendre, pourquoi non? D'où pouvait venir l'opposition de la femme, alors surtout qu'il était de notoriété publique qu'elle s'était laissé séduire par l'époux avant le mariage? Le drame de la masure de la Côte-aux-Loups pouvait bien servir d'explication à un refroidissement. Mais cette répulsion était si grande... mais ce *je vous l'ai déjà dit*... mais ce *je croyais que c'était convenu entre nous*... mais...

La Souillotte en était là de son lourd raisonnement, lorsque retentirent les derniers mots, le dernier cri de Marie-Rose.

Cessant aussitôt de raisonner, la servante n'obéit plus qu'à son franc et rapide instinct. Elle s'élança sur Pailleux, l'empoigna vigoureusement par la nuque, le fit reculer presqu'à bout de bras jusqu'à la porte, le poussa de toutes ses forces dans l'escalier, y jeta à la volée derrière lui la veste, le bonnet et le gilet restés sur la chaise; referma subito la porte au verrou, se campa adossée contre en croisant ses robustes bras sur son ample poitrine, et conclut militairement par ce seul mot : Voilà!

Ce fut au tour de Marie-Rose à tomber aux genoux de la Souillotte, à lui baiser avec une folle effusion les mains, à lui crier merci du fond du cœur.

Puis, comme anéantie par tant d'émotions, elle perdit connaissance dans ses bras, en murmurant avec le frissonnement nerveux de la fièvre et de la terreur :

— Oh! si cet homme m'approche encore... je le sens... j'en mourrai!

— Soit! fit in petto la Souillotte. Il n'y touchera plus... j'en réponds... je serai là!

Et relevant sa maîtresse comme elle eût fait d'un enfant endormi, elle la déshabilla, la recoucha, la soigna de même, tout en se disant :

— Il y a quelque manigance au Pailleux là-dessous. Mais puisqu'elle ne juge point à sa convenance de m'en instruire, suffit. J'ai bien mon secret, moi... chacun le sien... c'est trop juste!

Et, telle était la simplicité d'âme de cette créature, qu'elle n'y songea plus...

Mais le soir même, après avoir enfermé Marie-Rose à double tour, après l'avoir entendue refermer elle-même en dedans le verrou, la Souillotte se rencontra face à face avec Pailleux dans la salle basse.

— Ah çà! mais... voulut dire celui-ci tout en courroux.

— Pas de paroles! interrompit net la catégorique Souillotte. Je suis contre toi pour la Marie-Rose... Elle en mourrait!... Tu veux que je te méchant. Je ne dois pas en savoir davantage. Mais tu me trouveras toujours entre vous deux. Tiens-toi ça pour dit!

— Ah! grommela Pailleux, qui s'en fut penaud comme un renard qui rencontrerait une louve auprès de la proie convoitée, et n'osant pas cette fois encore entrer en lutte ouverte avec la Souillotte qui le tenait aux deux bouts, par la supériorité de la force matérielle et par la crainte de lui voir divulguer son secret.

Pailleux, cependant, ne renonça pas à son projet, à sa patiente concupiscence, à son indomptable volonté.

A défaut de la force, il restait la ruse.

Notre renard veilla toute la nuit, ruminant une astucieuse

victoire, qui serait en même temps une éclatante vengeance.

Le lendemain, rien ne parut sur son visage.

Ramassé sur lui-même comme d'habitude, l'œil en dessous, la lèvre hargneuse, il s'en fut rendre visite à ses terres, évitant avec soin la rencontre des regards de moins en moins sympathiques de ses voisins, mais se répétant à voix basse en tourmentant son gros sourcil :

— J'en arriverai à mes deux fins... Je posséderai ma damnée femme, et nous quitterons avec tout mon argent ce pays maudit!

Les jours suivants s'écoulèrent comme si rien n'était.

Marie-Rose commençait à respirer.

Mais non point la Souillotte, qui connaissait son Pailleux.

Vers la fin de la semaine, effectivement, comme elle achevait le ménage de sa maîtresse, la Souillotte s'aperçut que le verrou avait été adroitement descellé, et ne tenait plus qu'en apparence à la muraille.

— Bon! dit-elle. Il aura fait faire une autre clef, et cette nuit... Compte là-dessus, mon mignon!

La nuit arriva.

L'instinct de la Souillotte ne l'avait pas trompée ; vers le coup de minuit, l'escalier cria sous les pas, soigneusement assourdis, d'un homme.

C'était Pailleux.

Il parvint sans obstacle jusqu'au palier, sans obstacle encore il étendit sa griffe jusqu'à la porte.

Ivre de désirs et de joie, il voulut allonger également la patte.

Fatalité! Une créature humaine était couchée en travers de la porte!

— Qui va là? fit en se réveillant la Souillotte.

— Elle!... rugit tout bas Pailleux, qui déjà s'empressait de déguerpir à pas de loup. Toujours elle!

— Toujours en travers! ricana sur le même ton la Souillotte. Et je ne t'ai pas pris en traître, moi!... Que veux-tu? Tu avais retiré le verrou, je me suis mise à la place... Bonne nuit, Pailleux!...

Quelque affaibli cependant qu'il fût, le bruit avait également réveillé Marie-Rose.

Elle appela :

— C'est peut-être une volonté du bon Dieu qui me fait entrer là-dedans, se dit en entrant la Souillotte. M'est avis que notre vilain satyre ne se tient pas pour battu cette nuit, et va vouloir remonter à l'assaut de quelque autre côté... Tiens... qu'est-ce que je disais? Imprudente maîtresse, vous avez senti le besoin d'air par cette chaude nuit d'août... votre fenêtre est entr'ouverte!

— Mais...

— Chut donc! Ecoutez?...

Un léger bruit de treillage froissé ne tarda effectivement pas à se faire entendre du milieu du silence de la nuit... une tête surgit bientôt au soubassement de la fenêtre... bientôt deux bras s'allongèrent lentement pour écarter les deux battants vitrés... un corps enfin commença de s'élever précautionneusement au dehors.

Mais presque aussitôt, en dedans, un autre corps qui avait rampé sans bruit contre le parquet, se souleva lestement à son tour sur les deux mains, et Pailleux se rencontra pour la seconde fois nez à nez avec la Souillotte.

Partir d'un franc éclat de rire, repousser vigoureusement l'assaillant, refermer presque du même coup la fenêtre, tout cela fut pour la Souillotte l'affaire d'une minute.

Pailleux retomba dans le verger, absolument comme la première nuit de ses noces.

Absolument comme la nuit de ses noces, une sorte de hasard railleur voulut qu'il entendît fredonner aux alentours la fantastique chansonnette du père Claude Foü.

—C'est le diable qui s'en mêle! rugit en se relevant Pailleux, qui écumait de rage. Eh bien, soit! je lutterai contre le diable en personne, s'il le faut... et, j'en réponds... je le vaincrai!... Oui!...

Un véritable entêtement de démon, une frénésie de l'enfer, s'étaient effectivement allumés dans ce qui tenait la place de l'âme chez ce farouche paysan.

Il eut assez de puissance sur lui-même pour dissimuler de nouveau, et plus longuement encore que par le passé.

Tout un mois s'écoula, sans qu'aucune nouvelle algarade fît soupçonner qu'il persistât dans son redoutable dessein.

La Souillotte elle-même commençait à se sentir à demi rassurée.

Pailleux veillait, lui, épiait, guettait, tramait sa toile, creusait son piège, disposait tout pour son horrible triomphe, avec la patiente ténacité du captif qui passe vingt années à fouir une issue dans sa prison.

Un matin enfin, à l'aube à peine naissante, la Souillotte, qui se levait toujours la première à la ferme, entendit tout à coup un grand bruit dans la direction de la cave.

Elle y courut.

C'était la voix de Pailleux.

— Que diantre fais-tu donc là-dedans? demanda la grosse fille, à cent lieues cette fois de se douter de rien.

— Je me suis enfermé bêtement moi-même, répondit-il, en allant me tirer une potée de vin. La clef doit être restée en dehors... Ouvre-moi?...

La servante ouvrit tout naturellement.

— Je crains d'avoir cassé quelque chose dans le fond de la cave, fit bonassement Pailleux. Viens donc y voir, la Souillotte, avec ta clarté.

Tout naturellement encore, et avec sa promptitude ordinaire, la Souillotte entra en courant dans la cave.

Mais, dès les premiers pas qu'elle y fit, elle s'abîma tout à coup dans un trou étroit et profond.

Sur cette trappe, Pailleux laissa vivement retomber une énorme dalle disposée de longue main à cet effet; sur ce piège ainsi clos, il roula une énorme futaille pleine qui, également à l'avance, avait reçu la pente nécessaire pour arriver tout juste à ce point.

— Je viendrai te délivrer dans une heure. Bonne nuit!.. la Souillotte, bonne nuit! cria-t-il à son tour, à son ennemie prise au traquenard.

Puis, après avoir refermé la cave à double tour, il se précipita vers la maison avec un éclat de rire infernal.

Il monta doucement l'escalier avec ses chaussons, ainsi qu'il avait observé que la Souillotte avait coutume de le monter; il frappa trois petits coups à la porte avec son sabot, ainsi qu'il était convaincu que frappait d'ordinaire la Souillotte.

La porte s'ouvrit.

O Marie-Rose!

Il y eut des cris... des meubles renversés... une longue et terrible lutte dans les ténèbres.

Peut-être, enfin, y allait-il avoir une odieuse victoire.

Lorsque, poussé vigoureusement tout à coup par les deux javelines, Pailleux s'en fut rouler sur le dos à l'autre extrémité de la chambre.

L'aube commençait à dissiper la nuit.

Pailleux regarda.

— La Souillotte!... encore la Souillotte!...

— Fallait donc te souvenir que j'ai des épaules de taureau! dit avec un fier dédain l'herculéenne servante. Fallait donc au moins ne pas oublier de boucher le soupirail de ta cave... imbécile!

Pailleux, en ce moment, ne se connaissait plus. Humilié,

furieux, écumant, ensanglanté, toutes les âcres humeurs humaines gonflaient son visage écarlate, tout le sang impur de ses veines affluait en bouillonnant à son cerveau, toutes les mauvaises fièvres embrasaient ses sens, tous ses instincts brutaux, toutes ses bestiales colères le rendaient fou, enragé.

Ce méchant petit homme parvint donc à se relever par un soubresaut de chat-tigre. Le sabot, avec lequel il allait de frapper à la porte, se rencontra par un funeste hasard sous sa main. Il le saisit avec un cri de joie féroce, il se précipita le bras levé vers la Souillotte.

Mais celle-ci ne se gara nullement, ne s'en émut nullement; et, les poings gaillardement campés sur les hanches, la tête haute, les yeux dans les yeux de Pailleux :

— Ose donc!... fit-elle. Tu sais bien que je suis plus forte que toi?... Ose donc!...

Pailleux, effectivement, n'osa pas. Il fut plus lâche encore. Il se retourna tout à coup vers Marie-Rose, et sa colère tombant enfin sans péril sur plus faible que lui, il la frappa d'un terrible coup de sabot en pleine poitrine nue.

Le sang jaillit aussitôt.

La victime jeta un grand cri, et tomba comme morte à la renverse.

— Assassin!... tonna la Souillotte, mais en ne songeant plus, à l'aspect du sang, qu'à voler au secours de sa maîtresse. Assassin... tu l'as tuée... assassin!...

Pailleux d'abord avait reculé, épouvanté de lui-même.

Mais cette lueur de remords s'éteignit presque aussitôt. L'instinct haineux et vengeur, l'esprit du mal reprit le dessus. Il secoua sa chevelure hérissée, il leva les épaules, il s'enfonça les deux mains jusqu'au plus profond de ses deux poches, et, avec une hideuse grimace d'indifférente satisfaction :

— Bah!... reprit-il. C'est sa faute après tout... pourquoi ne veut-elle pas de moi... Tant mieux... C'est ma femme!... Elle m'appartient... je suis content de ce que je lui ai fait... Tant mieux!...

— Vante-t-en donc devant le monde!... se contenta de répondre froidement la Souillotte, en étendant le bras vers la porte, sur le seuil de laquelle commençaient à apparaître tous les domestiques de la ferme avec des flambeaux.

Déjà rudement fustigé par la vindicte publique, Pailleux sentit immédiatement que ce second éclat allait le perdre sans retour et, bondissant avec une soudaine appréhension vers la Souillotte, il lui jeta vivement une main sur les lèvres.

Les gens de la ferme étaient entrés, cependant. Ils adoraient Marie-Rose, dont presque tous avaient servi le père durant de longues années, ils haïssaient tous cordialement Pailleux. Ils virent couler le sang de leur chère maîtresse; ils démêlèrent la vérité dans le trouble révélateur de leur maître abhorré; et, déjà grondant de colère, les hommes s'avançaient vers lui, tandis que les femmes se groupaient avec un chaleureux empressement autour de la blessée, de la mourante.

Pour un instant du moins, Marie-Rose rouvrait précisément alors les yeux.

De son regard presque éteint, elle vit tout, elle comprit tout.

Et, avec une ineffable douceur, avec une tout évangélique mansuétude :

— C'est moi!... dit-elle vivement, c'est moi... mes amis... qui me suis heurtée... en me levant... contre un meuble... merci, mes bons amis, merci... c'est moi!...

Puis, elle retomba, de nouveau évanouie.

La Fuite de Cœur

Le médecin fut appelé.

Le même médecin que pour Zacharie et la Simone.

Il regarda Pailleux du même regard dont il l'avait alors regardé; de la même façon qu'alors il déclara :

— La blessure est des plus graves... c'est une femme tuée !...

— Malgré donc le généreux mensonge de Marie-Rose, malgré les fréquentes dénégations de la Souillotte, qui craignit de perdre entièrement le père de son enfant, et qui d'ailleurs obéissait aux ordres de sa maîtresse, la vérité fut connue.

Mais, avant que n'éclatât la colère générale, il se fit tout à coup un grand calme, comme avant les orages : on attendait l'arrêt du destin.

Pailleux comprit ce silence, il en eut plus peur, même, que du bruit.

De haineux qu'ils étaient seulement autrefois, les regards autour de lui devenaient menaçants. Le lendemain même de son crime, comme il se rendait nonobstant à ses terres, plusieurs poings fermés passèrent au-dessus de sa tête à travers les haies. Quelques jours plus tard, le mal affreux de Marie-Rose augmentant encore, il entendit gronder à son oreille des voix qui disaient :

— Si Marie-Rose vient à mourir, malheur à toi !...

Le samedi suivant enfin, au marché de Sens, le petit cheval qu'il montait s'étant mis à regimber comme voulant se mettre aussi de la partie, et Pailleux, plus irascible que jamais, l'ayant avec violence frappé jusqu'au sang à la mâchoire, un cultivateur des environs le montra du doigt; ou disait à l'un de ses confrères :

— Tiens !... voici la Barbe-Bleue de Saint-Martin-sous-Bois qui traite son cheval comme il a traité sa femme. Mais, sois tranquille... il ne le tuera pas celui-là... il vaut trente écus !

Et, sur la place tout entière, il y eut une longue huée.

Ce fut la goutte d'eau qui fait déborder le vase.

Depuis longtemps déjà Pailleux nourrissait le dessein de quitter Saint-Martin-sous-Bois. Il en avait parlé au notaire, qui l'avait fortement approuvé, et s'était offert à lui en faciliter les moyens légaux. Mais il hésitait encore dans l'appréhension d'un refus de Marie-Rose.

Dans la situation où se trouvait la pauvre jeune femme, ce refus n'était plus guère à craindre. D'ailleurs, Pailleux venait de décider en lui-même que la chose serait : il entra donc résolument chez maître Jolivard.

— Monsieur le notaire, lui dit-il, on m'en veut dans le pays, bien à tort assurément, mais enfin, c'est comme ça. Vous-même vous m'avez conseillé de m'en aller m'établir ailleurs...

— Et je vous y engage plus que jamais, interrompit le tabellion sénonais. J'ai justement à vous offrir une occasion de vendre très avantageusement vos biens et ceux de votre femme. On paierait le tout au comptant.

— Ça m'irait fort... Mais où trouver à en racheter l'équivalent... avec le même avantage...

— Rien de plus facile... Mes relations avec plusieurs de mes collègues me mettent à même de savoir qu'il se trouve en ce moment une très bonne ferme à vendre en Lorraine... C'est votre pays, je crois... N'y retourneriez-vous pas avec plaisir?..

Pailleux fit une grimace significative.

— Une autre en Normandie... reprit le notaire qui consultait un petit calepin rouge... non loin du Havre... en vue de la mer... un pays d'avenir...

— Et, reprit avidement Pailleux, que faudrait-il pour que je pusse vendre ici la ferme qui appartient à ma femme...

— Un simple acte signé par elle... et la nouvelle acquisition conclue en son nom jusqu'à concurrence de la valeur qui lui est propre...

— Préparez la procuration... je reviens la prendre ici après le marché...

— Sitôt la signature de votre femme entre mes mains... je traite pour tout ce que vous possédez ici l'un et l'autre... Les titres sont dans mon étude...

— Oui...

— Quant aux achats que vous allez faire ailleurs...

— Faudrait voir...

— Qui vous empêche de faire le voyage?

— Ça coûterait bien de l'argent...

— Alors... restez ici...

— Non... non... j'irai...

— Achetez sans crainte, et faites-moi adresser l'acte d'acquisition par mon confrère de là-bas. Immédiatement j'enverrai les fonds.

— Bien.

Pailleux s'entretint quelques minutes encore avec maître Jolivard, dont il reçut les dernières instructions nécessaires à la transaction qu'il méditait.

Puis, il se disposa à sortir.

Mais, revenant tout à coup sur ses pas :

— Monsieur le notaire, dit-il, j'ai deux choses encore à vous demander.

— Lesquelles ? fit assez vivement maître Jolivard, qui semblait fort impatient de débarrasser le pays de Pailleux.

— D'abord, et d'une, que la visite que le nouvel acquéreur va, sans aucun doute, faire chez nous, ne puisse donner l'éveil à personne, et que jusqu'à ma disparition définitive, personne ne puisse se douter que la ferme a été en vente et est vendue.

— Soit ! consentit le notaire, qui ne voyait aucun empêchement à cela. Ensuite?

— Je désire que vous soyez le seul à savoir où nous nous serons retirés, je désire qu'à qui que ce soit qui vous interroge, vous ne le disiez jamais?

— A moins d'en être légalement requis, conclut maître Jolivard, je vous promets le secret !

— A tantôt, à ce soir, et merci !

Au retour du marché, Pailleux rentra pour la première fois depuis le coup de sabot dans la chambre de sa femme.

D'une main, il tenait un papier timbré; de l'autre, une écritoire de corne et une plume.

La Souillotte eut un mouvement pour chasser l'infâme.

— Chut ! fit-il. Je ne viens ici que deux minutes... le temps seulement que Marie-Rose me donne une toute petite signature au bas de cet acte.

— Quel est cet acte ? murmura Marie-Rose, en faisant rasseoir doucement de la main à son chevet la Souillotte.

— Un griffonnage au notaire de Sens, répondit humblement Pailleux. Une procuration pour des affaires à nous, qui vont me forcer à partir dès quand cette nuit, et à rester absent pour le moins quinze grands jours.

Il avait traîné ces derniers mots, en appuyant dessus avec intention.

L'effet désiré ne se fit pas attendre longtemps.

— Partir !... s'écria vivement Marie-Rose avec un rayon de soudaine joie sur son pâle visage. Vous... quinze jours loin d'ici... bien loin... Oh ! donnez... donnez vite que je signe...

Mais, se ravisant après avoir pris la plume, et avec un de ces mouvements de tête capricieux comme n'en ont que ceux qui vont mourir :

— J'y mets une condition, dit-elle.

— Quelle condition ? questionna Pailleux, dont la mine satisfaite disparaissait déjà sous une nuageuse grimace.

— Ma fille n'est pas encore baptisée, j'exige qu'elle le soi avant votre départ... dès ce soir... à l'instant...

— Y songez-vous... si vite... Nous n'avons plus même ni parrain ni marraine.

— C'est vrai. Mon pauvre père Zacharie, ma bonne mère Simone ne sont plus là !

Et une larme vint perler à l'angle bruni des yeux bleus de Marie-Rose.

— Où retrouver d'ici à ce soir un autre parrain? reprit sans être le moindrement ému Pailleux, surtout une autre marraine?

— Une autre marraine, elle est toute trouvée... la voici! accentua fermement Marie-Rose, en posant une main résolue sur la tête de la Souillotte qui, tout aussitôt, se laissa tomber sur les genoux, les bras éperdus, les yeux au ciel.

— La Souillotte! se récriait cependant Pailleux. Jamais! Songez donc... ce serait nous rendre la fable de tout le pays.

— Qu'à cela ne tienne? sourit Marie-Rose, personne ne le saura.

— Comment?

— Le baptème aura lieu ce soir... à la nuit close... quand tout le monde dormira déjà dans le village... les portes de l'église étant fermées... Demandez-le de ma part à notre bon vieux curé. Il ne refusera pas.... j'en suis certaine...

— Ah! fit la Souillotte, qui jusqu'alors s'était contentée de regarder Pailleux d'un regard qui l'avait contraint de baisser les yeux.

— Mais, osa-t-il cependant objecter encore, mais personne ici ne sera consentant à lui servir de compère?

— Personne.

La voix du père Claude Fou passa soudain, en chantant, sous la fenêtre.

— Personne! répéta victorieusement la Souillotte, qui se releva d'un bond, qui d'un autre bond courut ouvrir la croisée.

Mais là, s'arrêtant tout à coup et se retournant vers la couchette:

— Notre maîtresse, demanda-t-elle, faut-il l'appeler?

— Appelle! autorisa Marie-Rose, sans même consulter des yeux son mari.

— Au moins, vous signerez? fit rapidement Pailleux, qui songeait avant tout à son opération financière.

— Donnez la plume?

Et, sans même la parcourir d'un regard, Marie-Rose mit sa signature au bas de la procuration.

Déjà le pâtureur de nuit entrait.

Étrange et flegmatique toujours, il ne montrait aucune surprise; et silencieusement il écouta ce qu'on attendait de lui.

— Mais tu n'en parleras à personne, parole d'honneur? imposa vivement Pailleux, avant même que Claude Fou n'eût répondu un seul mot.

— Je jure! solennellement l'homme aux chèvres, qui ne parlait jamais que par énigmatiques restrictions, je jure de n'en parler ni en Bourgogne, ni à aucun Bourguignon de la Bourgogne!

Mais, tout bas, à part lui, et en langage ordinaire, il ajouta:

— C'est drôle tout de même... ce sera bien drôle!

Le père Fou se nommait Claude; la Souillotte avait pour nom Madeleine.

Il fut convenu que l'enfant s'appellerait Madeleine-Claudine-Marie-Rose.

Pailleux sortit avec le pâtureur de nuit, pour aller trouver le digne pasteur du village.

Le vieil ecclésiastique consentit à tout, et voulut de suite aller lui-même à la ferme afin de le dire à la pauvre blessée.

Claude Fou promit de se retrouver à la porte de l'église à neuf heures, avec ses chèvres, bien entendu, qui paîtraient durant la cérémonie l'herbe du cimetière.

De là, Pailleux se rendit chez maître Jolivard, en l'étude duquel les derniers arrangements furent établis suivant le programme du matin.

Sitôt que tous les yeux furent clos dans le village, Madeleine-Claudine-Marie-Rose fut baptisée.

Au sortir de l'église, Pailleux se mit immédiatement en route.

— Je vais dans mon pays, dit-il à haute voix, afin d'être bien entendu du curé, du pâtureur de nuit et surtout de la Souillotte. Je vais pour affaire de famille en Lorraine.

Et il prit ostensiblement la route du Nord.

Mais, à une lieue environ du village, il fit tout à coup un crochet vers l'Ouest, regagna le bord de la Seine en s'étudiant soigneusement à ne pas être vu, et, vers le matin, à la deuxième ou troisième station du coche de Sens, il s'embarqua pour la capitale, dans laquelle il arriva vers le soir du second jour, absolument dans le même costume que celui avec lequel il y était entré dix-huit mois auparavant, y compris le monumental bolivard et le somptueux parapluie coquelicot.

Quelqu'un, cependant, du sommet d'une colline, avait vu Pailleux changer de route, quelqu'un qui aimait à tout voir et à tout savoir... le père Claude Fou!

— Ça voudrait tromper le diable! ricana philosophiquement le fantastique vieillard, en ramenant son troupeau vers sa hutte, d'où plus que jamais, depuis le commencement du dernier hiver, il éloignait tous les curieux.

Pourquoi? Personne ne le savait, personne ne se hasardait à le savoir, car le pâtureur de nuit l'avait défendu, car le pâtureur de nuit jetait des sorts!

Depuis l'avant-dernier novembre, pourtant, cette nuit-là surtout, quelqu'un qui ne se fût pas effrayé des menaces du sorcier, quelque esprit fort des environs qui se fût hasardé jusqu'à venir appliquer son oreille au trou de la serrure endiablée, ce quelqu'un-là eût distinctement entendu dans l'intérieur de la hutte les cris significatifs d'un petit enfant.

Sitôt, en effet, que Claude Fou eut entr'ouvert sa porte illustrée d'une croix rouge et noire, une grande chèvre blanche, la reine du troupeau, se précipita vivement dans l'intérieur de la hutte, et courut en bondissant prêter sa douce mamelle à une adorable petite fille rose et blonde, qui se roulait joyeusement dans un frais nid de bruyères et de pétales effeuillés de roses sauvages.

Mais il est temps de revenir à notre pauvre blessée entre les bras de laquelle la Souillotte, qui semble avoir le paradis dans l'âme, vient de reposer sa chère filleule.

— Devant Dieu, lui dit Marie-Rose, te voici sa seconde mère!...

— Oui... oui!... sanglota la pauvre servante agenouillée.

Mais, tout bas, et seulement pour ce Dieu que venait d'invoquer aussi sa maîtresse, elle ajouta:

— Sa première!...

Puis, au bout de quelques minutes à peine, et la petite fille étant déjà rendormie dans son berceau:

— Il est loin, maintenant!... dit la Souillotte à Marie-Rose. Il est parti... je l'ai vu partir.

— Ah!... respira délicieusement Marie-Rose, qui se sentait seule enfin dans la maison de ses pères, qui se sentait libre, au moins, de mourir en paix.

Depuis le 24 février 1814, en effet, depuis le chaste et suprême serrement de main de Georges Deshayes, Marie-Rose avait le triste droit de compter ces quinze derniers jours de souffrance comme ses quinze seuls jours heureux.

Mais Pailleux, avare de son temps comme du reste, se hâtait de revenir à Saint-Martin-sous-Bois.

Deux semaines à peine après son départ, le notaire de Sens recevait l'acte d'acquisition dans la forme exacte qu'il avait prescrite, vendait lui-même les biens des époux Pailleux en Bourgogne, et en expédiait fidèlement le produit à son confrère Normand.

Le surlendemain, Pailleux rouvrait en personne la porte de l'étude sénonaise, et demandait à haute voix:

— Est-ce fait?...

— Oui... fit d'un air étrange maître Jolivard. Oui... Pailleux... mais vous ne devez pas vous occuper d'affaires aujourd'hui... Allez d'abord à Saint-Martin-sous-Bois... allez!...

Et il le congédiait d'un geste qui n'admettait point de réplique.

— Qu'est-ce donc qu'il peut y avoir là-haut?... maugréa Pailleux, qui ressortit néanmoins de l'étude, traversa longuement les faubourgs et se mit à gravir, en ralentissant de plus en plus le pas, la raide côte qui mène à Saint-Martin-sous-Bois.

C'était le soir.

Un beau soir d'automne, limpide et doux, mais d'un calme imposant, d'une de ces tristesses grises qui vous serrent le cœur et qui vous contraignent à regarder en vous-même.

Tout à coup, au milieu du solennel silence qui précède toujours les ténèbres, une cloche retentit sur la hauteur... la cloche bien connue de Saint-Martin-sous-Bois.

— Tiens! fit machinalement Pailleux, alourdi par la fatigue d'un long voyage, tiens... pourquoi donc sonnent-ils si tard chez nous?...

Et, sans s'en apercevoir, il ralentit encore le pas...

Le Lorrain ne tarda pas, cependant, à arriver aux premières maisons. Elles étaient toutes fermées; le village semblait désert.

— Tiens!... fit-il en cherchant à secouer, mais en vain, le froid mortel qui lui filtrait de plus en plus dans l'âme. Tiens, c'est donc fête ce soir à Saint-Martin?... A moins, toutefois, que quelqu'un de conséquent ne soit mort, et qu'on ne soit allé le mettre en terre à la tombée de la nuit, comme c'est d'usage dans les hameaux bourguignons... Y a encore ça!

Un peu plus loin, quelques dernières familles fermaient également leurs chaumières, et semblaient se hâter à quelque mystérieux rendez-vous aussi, vers l'autre extrémité du village.

Quelque répulsifs, quelque chargés de malédictions qu'eussent été les regards qu'avait endurés déjà Pailleux jamais encore il n'avait senti peser à son front des regards aussi lourds, aussi effrayants que ceux que lui lancèrent en passant auprès de lui ces gens-là.

Ce fut au point, bientôt, qu'instinctivement il voulut reculer.

Mais il était déjà trop tard.

Un demi-cercle épais et grondant comme une vague prête à se briser, une sorte de muraille humaine s'était déjà reformée derrière lui, qui le pressait de toutes parts et le poussait en avant par une sorte de toute-puissance magnétique et fatale, qui semblait incessamment lui crier aux oreilles, ainsi que l'éternel ange vengeur au juif maudit :

— Marche! marche!...

Pailleux enfin dut courir, avec le fol effroi des bêtes enragées que poursuit une ville tout entière.

Il rencontra bientôt ainsi une foule plus compacte, qui s'écartait, frémissante d'horreur à son approche, et qui, toujours comme une mer montante, se refermait derrière lui, continuant de le pousser en avant.

Il arriva enfin devant sa maison.

Sa maison était tendue de noir.

Sous la grande porte charretière de la ferme, il y avait un cercueil drapé de blanc.

Celui de Marie-Rose.

— A genoux!... cria le village tout entier, d'une seule voix... A genoux!...

Et la tempête, contenue trop longtemps, éclata tout à coup.

— Elle est morte de la même maladie que sa mère et que son père... Le médecin l'a dit!... vociféra d'abord un hercule villageois, en pesant des deux mains sur les épaules de Pailleux qu'il contraignit de la sorte à se prosterner devant le cercueil.

— Bourreau!... tonnait un autre en même temps, les doigts de la main gauche tenaillant la cravate de Pailleux, le poing droit menaçant sa tête épouvantée.

— Assassin!... assassin!! assassin!! répétèrent en chœur tous les assistants, ceux-ci leurs bâtons levés, celles-là leurs ciseaux, car les femmes étaient plus furieuses encore, plus vengeresses que les hommes.

C'en était fait peut-être de Pailleux, tant est expéditive et foudroyante la justice populaire alors qu'elle s'y met.

Déjà le malheureux râlait haletant, livide, hagard, désespéré...

Lorsque, les draperies mortuaires s'écartant tout à coup, le vieux curé s'élança vivement vers le coupable, étendit le crucifix qui venait de reposer sur le cercueil de la victime au-dessus de la tête proscrite du meurtrier, et d'une voix pleine de sainte autorité s'écria :

— Marie-Rose est morte en pardonnant... mes enfants... Marie-Rose est morte en priant le ciel et les hommes de pardonner aussi... En attendant que Dieu l'exauce là-haut... commencez à satisfaire ici-bas le dernier vœu de Marie-Rose!...

Déjà toutes les mains s'étaient écartées, tous les paysans à cette voix s'éloignèrent...

Et le cercueil passa silencieusement devant le meurtrier, qui restait à genoux encore, le front toujours bas et les yeux fixés vers la terre.

Silencieusement aussi défila tout le village, y compris la Souillotte, trop profondément désespérée elle-même en cet instant pour faire attention à Pailleux, pour lui accorder l'aumône d'un regard!...

Elle venait de voir tant souffrir Marie-Rose, tant montrer de courage et de résignation, tant faire preuve d'angélique bonté pour tout ce qui l'entourait, surtout pour la pauvre servante que personne jusqu'alors n'avait daigné honorer d'un peu d'amitié!

Aussi la Souillotte l'avait tant aimée, la regrettait tant, la pleurait tant, cette blanche sainte, sitôt remontée vers le ciel, cette pauvre morte de dix-huit ans, dont la vie depuis dix-huit mois n'avait été qu'un long martyre!

L'avant-dernière nuit qui avait précédé sa mort, Marie-Rose avait appelé à voix basse la Souillotte, et, tirant de son chevet une lettre cachetée de noir, précautionneusement à l'oreille, elle lui avait dit :

— Souillotte, voici un dépôt sacré que je confie à ton dévoûment. Si l'existence de ma petite Madeleine s'écoule paisiblement et sans orage, si son père ne lui est jamais un obstacle qu'il faudrait briser, si enfin elle se marie suivant son cœur... Quand elle sera mariée, heureuse... tu brûleras toi-même cet écrit, sans chercher à découvrir ce qu'il renferme, sans en avoir jamais parlé à personne... Tu m'entends bien?... Mais si cette enfant devait être un jour malheureuse, si elle était fatalement entraînée par son père et que, contre son père, il lui fallût un puissant appui... ou bien encore, si tu la voyais prête à tourner d'elle-même à mal... tu remettras ce papier à ta filleule, à ma fille... tu lui commanderas en mon nom de le lire. C'est le dernier vœu, c'est le testament de sa mère!... As-tu bien tout entendu?...

— Oui... oui...

— Répète?

La Souillotte répéta mot pour mot toutes les paroles de Marie-Rose.

— Bien!... fit alors la mourante, en soulevant le crucifix que le curé du village avait déjà laissé sur sa couchette, qui le lendemain devait orner son cercueil et sauver son bourreau. Bien, Souillotte. Et maintenant, tu vas me jurer d'accomplir mes volontés dernières aussi fidèlement que tu les as retenues... va !

3

La Souillotte étendit une main sur le crucifix, l'autre au-dessus du berceau, et avec l'expression d'une aveugle foi, d'une solennité rustique :

— Par le Christ! dit-elle, par le Christ et par cette enfant, je le jure!...

Puis elle serra religieusement dans son sein l'écrit cacheté de noir.

A partir de ce moment, Marie-Rose parut calmée tout à fait, entièrement rassérénée.

Elle venait d'achever son rôle sur cette terre !

Le soleil du lendemain n'éclairait plus, effectivement pour elle, qu'une lente et douce agonie.

Elle s'en alla peu à peu, feuille à feuille, ainsi qu'une rose qui tombe. Elle perdit successivement la vue, l'entendement, le toucher, la parole. Vers le crépuscule, bien que vivante encore en réalité, elle semblait détachée déjà de la vie ; elle ne souffrait plus.

Deux heures plus tard, cependant, elle jeta un cri tout à coup, et la Souillotte, qui se penchait vivement au-dessus d'elle, l'entendit distinctement murmurer d'une voix qui déjà n'appartenait plus aux voix d'ici-bas :

— Mon père... ma mère... me voici !... Georges Deshayes, je vais t'attendre ou te rejoindre... Georges... ah !...

Dans ce dernier nom, s'était envolée l'âme de Marie-Rose!

La Souillotte lui referma les paupières, y mit un pieux baiser comme afin de les sceller pour l'éternité; puis elle s'en fut avertir le digne pasteur du hameau.

Tout le village s'émut profondément au son de la cloche qui annonçait là mort de la fille de Zacharie et de la Simone ; tout le village voulut assister le lendemain au convoi de Marie-Rose ; tout le village resta dévotieusement au cimetière jusqu'à ce que le fossoyeur eût jeté la dernière pelletée de terre bénite sur la rustique talus qu'allait au prochain printemps reverdir l'herbe des champs !

Après que la foule tout entière se fut écoulée sur un dernier signe de croix, la fidèle Souillotte demeura un grand instant encore toute seule au cimetière, pleurant et priant à genoux auprès du tertre jaunâtre, et finalement y plantant, de ses tremblantes mains, une petite bruyère blanche, frais emblème de la simple et chaste existence de Marie-Rose, cependant si fort battue par les vents !

Puis, elle s'en retourna vers la ferme, croyant y retrouver la petite Madeleine, et peut-être aussi Pailleux !

Hélas! la pauvre Souillotte allait être trompée, bien terriblement trompée.

Sitôt, en effet, que le convoi avait disparu au tournant du village, sitôt que Pailleux s'était relevé tout seul, il s'était tout à coup, il avait couru vers la ferme avec l'impuissante furie de la bête fauve à laquelle un imprudent chasseur a fait grâce de la vie.

Un instant après, accroupi dans le recoin le plus obscur de son cellier, il déterrait une liasse de billets de banque et une poignée d'or, ce qui lui restait en espèces des trente-deux mille francs de Maximilien de Rensdorf, et des bénéfices quotidiens de deux années de rapine et d'usure.

Il avait caché ce trésor dans sa ceinture, il en avait entouré de nouveau ses reins nus.

Puis, il s'était précipité vers la maison, il avait, pour ainsi dire, arraché son enfant des mains de la bonne femme qui le gardait durant la cérémonie funèbre.

Une fois son argent dans sa ceinture, une fois sa fille entre ses bras, il s'était enfui à grands pas par les derrières du village ; il avait rapidement descendu la côte escarpée sur laquelle, durant l'invasion, il avait fait fusiller à bout portant le détachement de Georges Deshayes, — infâme début de sa fortune ! — il était allé reprendre ses papiers chez le notaire, auquel il avait plus que jamais recommandé le silence sur 1

lieu de sa retraite ; enfin, s'inquiétant cette fois fort peu de la dépense, tant notre Caïn avait hâte de s'expatrier, il venait de courir au bureau sénonais des messageries royales.

Par malheur, la diligence de Paris s'était rémisé en route depuis quelques instants.

Mais il y avait chance de la rattraper encore au haut de la côte.

De plus, la nuit était venue.

Une nuit noire.

— On ne me verra pas !... pensa joyeusement Caïn-Pailleux.

Et, il ressortit de la ville, il atteignit le bas de la côte, il commença de l'enjamber, toujours courant.

La nuit était si sombre, le brouillard si épais, qu'à peine on y voyait à deux pas devant soi.

Au second détour, le fugitif se heurta contre une forme humaine, qui cheminait devant lui en chantant.

C'était le conducteur de la diligence de Paris.

— Ah !... s'écria victorieusement Pailleux, vous n'êtes pas complet, n'est-ce pas ? il reste une place ?

Le conducteur ouvrait la bouche pour répondre.

— Pardon ! fit tout à coup du milieu du brouillard une voix essoufflée, pardon, si je vous interromps... mais il en faut deux !

Cette voix, c'était celle de la Souillotte.

Pailleux poussa un cri de rage.

La Souillotte ne pouvait plus parler ; empourprée, ruisselante, hors d'haleine, depuis deux heures au moins elle n'avait pas marché, elle avait couru, — elle n'avait pas couru, elle avait volé.

— Voyons ? reprit enfin le conducteur d'un ton bourru. Voyons... entendons-nous... est-ce une place... est-ce deux ?...

— C'est deux... ou pas ! décida d'elle-même et carrément la Souillotte.

Le conducteur se retourna vers Pailleux.

Pailleux ne répondait rien encore.

— Décidons-nous donc ! Faut que je rejoigne mes chevaux... est-ce deux ?

— Allez toujours... répondit enfin Pailleux d'un air sombre... on vous le dira là-haut.

— Soit !

Et le conducteur, s'éloignant aussitôt, disparut à grands pas au troisième détour de la route.

La Souillotte et Pailleux restèrent seuls, tous deux ensevelis dans le brouillard, et ne voyant l'un de l'autre que leurs yeux ardents.

Un second silence s'ensuivit, plus long que le premier, mais surtout plus terrible.

La Souillotte reprenait son haleine et ses sens.

Pailleux semblait prêter une oreille impatiente à la chanson du conducteur, qui ne tarda pas à s'éteindre au lointain, vers la hauteur.

Alors et tout à coup, ramassant une lourde pierre que depuis quelques secondes il se préparait avec les pieds, il la releva vivement au-dessus de sa tête, et voulut en asséner un terrible coup sur le crâne de la Souillotte.

Et, durant ce mouvement, il retenait sa petite fille, suspendue par la ceinture, avec ses bouche.

C'était la fuite assurée s'il réussissait. C'en était fait de la Souillotte, si elle n'était pas sur ses gardes.

Mais la Souillotte connaissait son homme, et ne l'avait pas quitté des yeux. Mais, plus prompte que lui, la Souillotte retenait déjà le caillou comme dans un étau de fer, la Souillotte le rejeta bientôt de l'autre côté de la route, en disant d'une voix méprisante et calme :

— Imbécile !.. Oh !... non... non... tu ne me tueras pas comme la Marie-Rose !

A cette accablante réponse, Pailleux ne ressentit que de la rage, pas de honte.

— Mais si je ne veux pas t'emmener, moi ! rugit-il en frappant la terre du pied. Mais si je veux partir seul !

Plus rapide que la pensée, la Souillotte lui enleva l'enfant qu'il venait à peine de reprendre dans ses bras, et d'une voix indifférente et brève :

— Pars ! fit-elle, en lui indiquant de l'œil la route de Paris.

Avec une vraie mère, il n'y avait pas moyen de lutter.

Pailleux le comprit.

— Ohé ! cria d'en haut le conducteur.

La Souillotte redescendit d'un pas, dans la direction de Sens. Avec l'enfant.

— Allons ! décida vivement Pailleux, c'est le diable qui le veut ainsi... viens !

. . . .

Une heure plus tard, le maître et la servante étaient juchés tous les deux sur l'impériale de la diligence, qui les emportait à travers la nuit, au galop, vers l'inconnu.

Celle-ci, dormant ou feignant de dormir, tenait fortement dans l'un de ses bras sa fille, de l'autre main, sous son caraco de laine, la lettre au cachet noir, le dépôt au serment sacré, le testament de Marie-Rose !

Celui-là, un œil haineux tourné vers la Bourgogne, l'autre plein d'ambition vers la Normandie, celui-là grommelait et ricanait tour à tour entre ses dents aiguës :

— Criez maintenant ! hurlez, maudissez tant qu'il vous plaira, mes bons amis de Saint-Martin-sous-Bois. Je n'ai plus rien à moi dans votre damné pays... je ne suis plus de chez vous... j'emporte ma terre... j'emporte mon argent... j'emporte ma fille !... A moi... tout entre à moi !... Si quelque chose venait à se découvrir... ce qui n'est pas possible... le notaire m'a promis de ne révéler à personne ma nouvelle patrie... Donc, j'ai disparu. Je suis libre, je suis riche, je suis père... je suis mon maître !... Y a bien là la Souillotte ?... Bah ! je trouverai quelque moyen de museler la Souillotte... et alors... alors... je serai le roi de mon avenir !... alors je ne craindrai plus rien du sort ni rien des hommes... non... rien !

La suite de ce récit montrera si ce misérable avait tort raison d'oublier Dieu...

Le bonhomme Campagne.

Ceci va se passer en Algérie.

Rassurez-vous cependant, je n'en abuserai pas pour entreprendre une longue description africaine en guise de préface à grand spectacle.

Suivez-moi donc sans crainte aucune jusqu'aux limites, encore restreintes cependant, de nos conquêtes premières, transportez-vous par la pensée dans une primitive et sauvage région digne en tous points du pinceau d'un *Cooper* français, d'un *Mayne-Reid* à venir pour nous et qui viendra bientôt, gardez-vous d'en douter ; la nouvelle France ne saurait rester en retard longtemps de la nouvelle Angleterre.

A l'horizon, les sombres masses blanches de l'Atlas ; ici, la rubescente prairie qu'accidente pittoresquement la grandiose végétation africaine ; sur nos têtes, et se prolongeant au loin derrière nous, la lisière d'une haute et superbe forêt, telle encore à peu près qu'au jour de la création elle est sortie de la main de Dieu.

Le tout splendidement éclairé par un magnifique clair de lune.

Ce paysage, presque vierge, n'est cependant pas désert.

A travers les hêtres centenaires de la forêt, brillent les feux épars d'une halte nombreuse ; dans les clairières les plus voisines de l'endroit qui nous sert de point d'observation, nous pouvons distinguer des uniformes rouges et bleus, des gamelles babillardes, des groupes pétulants au milieu desquels bondissent la chanson et l'éclat de rire... Plus de doute, c'est un bivouac français !

Dernière preuve : sur le premier mamelon de la plaine, voici la grand' garde, entièrement composée de ces fantastiques soldats, moitiés turcs et moitié français, moitié renards et moitié lions, moitié singes et moitié serpents, célèbres déjà quoiqu'à peine créés de la veille, et dont, vingt ans plus tard, le siège de Sébastopol viendra glorieusement couronner la population héroïque... les Zouaves !

Plus loin encore, et circulairement placées en avant du bois sur toutes les collines avoisinantes, des sentinelles appartenant aux différents corps qui composent l'expédition, mais toutes également vigilantes et silencieuses, l'œil à l'affût, l'oreille au guet, la carabine prête à faire feu.

Mais laissons le camp s'endormir en paix sous cette infaillible garde ; laissons les factionnaires eux-mêmes pour nous occuper uniquement de deux d'entre eux, qui semblent de plus en plus oublier l'annihilation complète que commande la discipline militaire et qui, par leur attitude, par leur allure, par les mots surtout qui parfois leur échappent comme en rêvant, révèlent au contraire une préoccupation, une pensée, une passion tout individuelles.

Le premier est un simple soldat de la ligne, un vulgaire fantassin, un modeste tourlourou, qui, la tête inclinée sur la poitrine, la démarche lente et triste, le regard voilé de larmes péniblement contenues, songe sans aucun doute à son village qu'il n'aura quitté qu'à regret... à sa chaumière... à sa famille vers laquelle il aspire à cette heure de toutes les forces de son âme... Qui sait ?... peut-être à sa fiancée, qui sera morte de douleur, ou dont il tremble de ne plus retrouver l'amour !

L'autre sentinelle, au contraire, marche à pas heurtés, brisés, saccadés. C'est un jeune et beau zouave, qui porte haut son turban vert, qui mâchonne furieusement sa longue moustache rousse, et qui, les poings crispés, le regard flamboyant, la respiration presque rugissante, semble en proie à une sourde exaspération contre lui-même, à une terrible et poignante souffrance, à un étrange désespoir, à une sorte de remords.

— Pauvre garçon !... gronde-t-il effectivement avec un regard attendri vers le factionnaire attristé que nous avons dépeint tout d'abord. Pauvre Nicole Lambert ! Il en mourra, c'est certain... Et par contre-coup, ma pauvre sœur aussi... ma pauvre petite Catherinette !... Puis, le père en troisième, ça va sans dire... Et tout ça, par ma faute, à moi ?... sans cœur, va !... misérable !... Ah !... triple assassin que je suis !...

Et il se reprit à tourner au sommet de son monticule avec plus de folle fureur que jamais, avec la vraie rage impuissante des lions captifs dans leur cage de fer.

Nicole Lambert, pendant ce temps-là, s'arrêtant tout à coup, laissait tomber à terre la crosse de son fusil, posait ses deux mains recroisées l'une sur l'autre à la naissance de la baïonnette, et la tête tournée vers la mer, le regard s'envolant vers les côtes de la Normandie, il murmurait :

— Elle dort à cette heure... mais rêve-t-elle à moi, comme elle me l'a promis ?... Peut-être bien que non... Et si c'était à un autre... Il y avait ce grand flandrin de mareyeur qui lui faisait joliment les doux yeux ?... Il est bel homme au demeurant... Et puis, ne dit-on pas que les absents ont tort... Si pendant que je ne suis pas là... Oh ! non... non... Catherinette m'aime. Elle m'a juré d'attendre que j'aie fini mes sept ans... juré au saint pèlerinage des amoureux de chez nous... à la Chapelle-au-Lierre-de-Criquebœuf !... C'est ça qui est un serment... Elle ne voudrait pas y manquer... Non... c'est une honnête fille... non... je connais ma Catherinette... et quoique ça soit bien long, sept ans, elle m'attendra... j'en suis certain... elle m'attendra !

Puis, après un silence, et se plongeant davantage encore dans sa tendre rêverie normande :

— Ah! reprit-il, voici le soleil qui se lève derrière la côte du Heur... Il me semble que j'entends chanter d'ici le coq noir de la ferme au père Campagne! A son coquerico matinal, Catherinette entr'ouvre son grand œil bleu... Oh!... la paresseuse! Mais ça me donne le plaisir d'admirer l'envers de sa petite bouche si rougeotte qu'on dirait une pomme d'api ousqu'on voudrait toujours mordre à même!... Et ses dents donc, si fraîches et si blanches qu'elles rappellent ces brimborions de fleurs qui neigent en avril sous nos pommiers! Mais déjà la voix du bonhomme Campagne a crié dans la basse salle : Ohé! la Catherine... ohé! Faut se lever, n'y a pas à dire, la belle endormie? Elle se vire et se revire encore un tantet dans sa couchette aux blancs rideaux... puis enfin, brout! la voilà debout! Elle passe vivement son cotillon à raies noires et sa chemise de laine pour aller à la mer... car c'est peut-être marée basse... et faut descendre aux moules... Dame... le père Campagne n'est plus riche à cette heure!... Allons! auras-tu bientôt fini d'accommoder devant le miroir ton bonnet de coton... coquette! C'est qu'aussi ça lui va si bien à Catherinette, son bonnet de coton!... Mais c'est pas une raison pour être si longue à s'attifer... Alerte donc, ma Catherinette, alerte! la mer n'attend pas!

Tout à coup enfin, et avec une recrudescence tristesse :

— Hélas! conclut-il, peut-être bien que les fillettes de Normandie sont sous ce rapport-là comme la mer!

Et il reprit de nouveau sa promenade désolée, morne et muette.

Pas tout à fait cependant.

Il vint une minute, plus douloureuse encore que les autres une minute où Nicole Lambert entrevit peut-être dans un lointain mirage les noces désespérantes de Catherinette avec le beau mareyeur, une minute où la brise algérienne apporta soudainement à l'oreille attentive du zouave le bruit étouffé d'un sanglot.

Celui-ci s'arrêta vivement pour la seconde fois, jeta vers le pauvre fantassin un second regard navré, parut prêt à céder à l'excès de son repentir, de la même façon que l'autre venait de céder à l'excès de son chagrin.

Mais se ravisant tout à coup, et avec une nouvelle et farouche brutalité :

— Après tout, éclata-t-il, ce n'est pas ma faute à moi... c'est bien plutôt celle de mon père!...

— Père!... sembla répéter comme à dessein l'écho du désert, que le moindre bruit suffisait pour réveiller au milieu du profond silence de cette limpide nuit.

Le zouave tressaillit à l'espèce de reproche immédiat et solennel que lui renvoyait fantastiquement l'immensité. Il pâlit et rougit tour à tour, il se voila la face de ses deux mains, puis, après un regard en lui-même, et avec un tout autre visage déjà, avec une voix tout autre, il reprit presqu'en pleurant aussi, lui :

— Eh bien... c'est du propre!... Il ne me manquait plus que cette dernière ingratitude-là!... Pauvre père Campagne!... voilà que je l'accuse maintenant... que je l'insulte... que je lui reproche!... Oh!... sans cœur!... Lorsque c'est par folle préférence pour moi... par excès de faiblesse pour son Arthur idolâtré!... Pauvre père Campagne!... Oh!... pardon... père... pardon!

Et le zouave mit un genou en terre... Et non moins faible que le fantassin, le zouave, à son cœur, éclata en sanglots.

Mais presque aussitôt il se releva, et reprit vivement l'attitude commandée par la discipline.

On venait relever les sentinelles.

A peine Arthur Campagne put-il serrer, en passant, la main de Nicole Lambert; chacun d'eux devait retourner avec le caporal d'ordonnance au campement particulier de sa compagnie.

Celle du zouave présentait un étrange spectacle au milieu de l'antique forêt arabe.

En tête du reste de la bande, bizarrement couchés çà et là dans l'ombre, ils étaient une vingtaine environ, parfaitement veillés encore, et s'orientalisant à qui mieux mieux autour d'un grand feu bien flambant, où achevaient de rôtir avec force pétillements, un jeune levraut et deux grands diables de vieux coqs venus là on n'aurait su trop dire comment, tandis que circulait à la ronde, dans un éclat de noix de coco, le contenu d'un petit baril d'alcool, apporté jusqu'en ces lointaines régions on ne savait trop par qui.

Et, tout en attendant le rôti, et tout en lui préparant un plus facile chemin, on discutait, on racontait, on causait.

Mais n'allez pas croire, au moins, que là brise africaine emportât de cet entretien nocturne de banales pensées ou de grossières paroles. A cette époque déjà, on rencontrait, parmi les zouaves bon nombre de fils de famille, qui rachètent noblement quelques erreurs de jeunesse, ou qui sont entraînés par une véritable vocation militaire, des artistes incompris, des gens de lettres méconnus, des étudiants qui ont jeté leurs bouquins aux orties, etc., etc., le tout broché de payeans aventureux, de Kabyles à demi civilisés et de francs gamins de Paris.

Autour de la joyeuse et babillarde flambée, il y avait, même en ce moment, un duc et un vicomte qui portaient de grands noms historiques. Comme on le voit, la société n'était pas des plus mal choisies.

Au moment même où les divers rôtis allaient se découper enfin sur de larges feuilles de bananier, Arthur Campagne revenait précisément de sa faction, et il prit place à son tour dans le cercle, affriandé par l'odeur.

Avant, néanmoins, qu'il ne se fût assis à la turque sur l'herbe, l'un des rôtisseurs, qui ressemblait trait pour trait Hyacinthe habillé en zouave, la loustic, sans aucun doute, la société, lui frappa lestement sur le ventre, et se posant aussitôt après dans une drolatique attitude, s'écria :

— Arthur Campagne... ohé!... cria t...

Mais le frère de Catherinette n'était nullement en humeur de rire.

— Agenor!... fit-il donc du ton le plus bourru.

— Oh! oh!... riposta le cuisinier en chef du festin, en prenant tout aussitôt ses airs de grande cérémonie. Seigneur Oreste, puisque vous paraissez vouloir tenir à distance ce matin votre Pylade, veuillez au moins lui donner tous ses noms, tous ses titres, à savoir : Agenor-Népomucène Tartempion, qu'on surnomme à Pantin Prix-d'honneur, à Alger l'Académicien, au désert le docteur Bistouri, et que les infidèles enfin appellent tour à tour avec le plus profond respect tantôt Blague-Bey, tantôt Carnaval-Pacha!...

Et, tâtant par une seconde calotte la rébarbative humeur de celui qu'il venait de nommer son Oreste, il reprit alertement sa mine de loustic, de nouveau il s'écria :

— Cric!...

La folle gaîté de ce Pylade burlesque était si franchement communicative, sa pose et sa grimace furent tellement désopilantes, qu'Arthur Campagne lui-même n'y put tenir davantage, et que, renvoyant avec usure d'où elle lui venait la calotte reçue d'abord de si mauvaise grâce, à son tour il répondit :

— Crac!

Et tous, gentilshommes, artistes, artisans, villageois, indigènes, de répéter, et par trois fois, solennellement en chœur :

— Crac!... crac!... crac!...

Puis...

Mais je m'aperçois à temps que j'ai peut-être repris d'un peu trop haut ce récit, et qu'il faut avant tout expliquer ce que c'était que le fantassin Nicole Lambert et le zouave Arthur Campagne, sans oublier, bien entendu, Carnaval-Pacha, surnommé également Blague-Bey, également encore Docteur-

Bistouri, également toujours l'Académicien ou Prix-d'honneur, et tout simplement gratifié à la mairie du sixième arrondissement, par monsieur son papa et par madame sa maman, des trois jolis noms d'Agenor-Nepomucène Tartempion.

Un Phœnix de village.

Arthur Campagne et Nicole Lambert étaient originaires tous les deux du même et charmant hameau, Hennequeville, à quelques lieues de Honfleur, presque en face du Havre, dans l'une des plus vertes vallées du vert Calvados, en vue de la mer...

Mais ce n'est point encore ici la place de faire de la marine et du paysage ; nous le décrirons suffisamment, au fur et à mesure que besoin sera, dans tout le cours de ce trop véridique récit ; revenons présentement à nos deux petits paysans.

Fils l'un et l'autre de cultivateurs aisés, ils avaient reçu néanmoins une éducation toute différente.

Le bonhomme Campagne, père d'Arthur, était resté veuf sur le déclin de son âge avec trois enfants.

Un premier garçon, de beaucoup aîné des deux autres, Césaire Campagne, qui, marin et pêcheur par goût, célibataire par vocation, était depuis dix années déjà patron de barque dans l'un des petits ports des alentours, dont il sera parlé plus tard.

Vinrent ensuite Arthur et, à un autre intervalle assez considérable encore, Catherinette.

Catherinette était une simple paysanne, comme son frère Césaire était un simple matelot.

Mais Arthur. Oh ! oh ! un gentleman, un bachelier, s'il vous plaît ? un Parisien, que le bonhomme Campagne appelait, avec une orgueilleuse vénération : *Monsieur mon fils !*

Et maintenant, pourquoi cette dissemblance ? Le voici.

D'abord et d'une, Arthur avait été tenu sur les fonts par une *dame* des environs, à laquelle, par parenthèse, il était redevable de son romanesque nom d'Arthur, et qui, comme les fées des anciens contes, avait prédit à son jeune filleul les plus éblouissantes destinées.

A cela près que les fées ajoutent d'ordinaire à leurs prédictions de fort jolis cadeaux, et que la baronne de Follavoine (c'est le nom de la *dame* en question) ne devait jamais donner à son *cher* Arthur qu'une impulsion des plus fatales, et dans l'avenir des conseils plus pernicieux encore ; on le verra du reste.

Le jeune Arthur, en second lieu, avait montré, dès l'école du village, une précocité d'intelligence, une promptitude à apprendre, tellement merveilleuses, qu'elles stupéfièrent tous les esprits les plus lettrés d'Hennequeville, y compris monsieur le curé lui-même ! Ce fut au point, qu'au bout de quatre ans à peine d'école, il sut lire... à peu près !

— Qu'avais-je dit ? minauda superbement madame la baronne de Follavoine. C'est une nature tout à fait au-dessus de son état... une capacité de premier ordre, et qu'il serait cruel vraiment de ne pas voir cultiver comme elle le mérite !

— Si je le mettais en pension à notre sous-préfecture ? fit avidement le bonhomme Campagne, à Pont l'Evêque !

— Bien ! daigna gracieusement approuver la noble marraine, très bien... en attendant mieux... Plus tard, on verra.

Ainsi fut fait ; et, comme elle n'avait pas dit *on paiera* ! ce fut la bourse du père qui paya.

Il est vrai qu'il en fut largement récompensé, dès la fin du second semestre, par les débuts du jeune phénix.

Au pensionnat de Pont-l'Evêque, Arthur Campagne remporta régulièrement tous les premiers prix des classes supérieures.

La vanité de l'heureux père commença de s'enfler outre mesure des succès du bambin couronné, et lorsque l'éternelle conseillère en vint à opiner avec une sorte de dédain, mêlé de nouveaux éloges et de nouveaux regrets, que la pension de la sous-préfecture n'était qu'une autre *école* également indigne d'un tel génie, le bonhomme Campagne aussitôt s'écria :

— Si je le mettais au grand collège de Caen ! Ça coûtera gros... mais bah ! mes petits moyens me permettent encore ce sacrifice-là !

— Vous le devez à Dieu, qui vous a gratifié d'un tel fils ! approuva solennellement la baronne de Follavoine.

En dépit donc de l'accroissement du budget de la famille Campagne, le jeune Arthur fut conduit en grande pompe au collège départemental.

C'était un enfant si extraordinaire, si merveilleusement prédestiné ; un vrai prodige !

Il se trouva pas mal de gens encore qui applaudirent aux sacrifices que s'imposait le bonhomme Campagne.

De son côté, du reste, le jeune phénomène continua de les justifier glorieusement.

Bien qu'en moindre proportion qu'à Pont-l'Evêque, à Caen, ce furent encore des couronnes, des prix, qu'enregistrait scrupuleusement la presse calvadocienne ; de sorte que chaque année, vers la mi-août, le nom d'Arthur Campagne se trouva imprimé en toutes lettres dans toutes les feuilles de chou du département.

Quel honneur pour le village ! Quelle gloire pour le papa ! Quel avenir pour l'illustre galopin, ce futur grand homme !

— Certainement, disait partout avec orgueil le bonhomme Campagne, bien certainement, môsieur... et la compagnie (voire même lorsqu'il n'avait qu'un seul interlocuteur), très certainement, mon fils Arthur sera avocat... et qui sait ? peut-être bien... notaire !

Notaire ! avocat ! Il n'y a pas bien longtemps de cela, dans les villages non moins que dans les cités, c'était là le *nec plus ultra* de tous les papas, petits bourgeois et paysans aisés !

Hélas !

Fort heureusement pour lui et surtout pour son fils, Nicolas Lambert ne partagea pas ces fallacieuses rêvasseries à l'endroit de son *quiot* Nicole.

Moins âgé de deux ou trois ans que le phénoménal Arthur Lambert fils usa deux ou trois paires de culottes à peine sur les rustiques bancs de *monsieur le maître*, et sitôt qu'il eut chrétiennement accompli sa première communion, sitôt qu'il sut lire, écrire, additionner, soustraire, et par conséquent multiplier, le père Nicolas le mit sans plus de cérémonial aux mancherons de sa propre charrue, afin de présider personnellement à l'éducation agricole de son futur successeur dans l'exploitation de l'excellente ferme normande, qui n'était pas sortie de sa famille depuis près d'un siècle.

Il va sans dire que, d'un côté, le père Campagne s'obérait de plus en plus ; que de l'autre, le bonhomme Lambert continuait tout doucement de s'arrondir.

Mais l'illustre Arthur venait de remporter le premier prix de thème latin et le second de version grecque.

Aux trois quarts fou de joie, le père Campagne s'en fut proclamer par tout le hameau l'ébouriffante nouvelle, et rencontra précisément son collègue Nicolas, qui, pour toute réponse, se contenta de faire sonner narquoisement le sac d'écus avec lequel il s'en allait acheter au bourg quelque nouveau lopin de terre.

Pauvre père Campagne ! Son fils lui-même devait le reconnaître dix ans plus tard, au milieu de sa faction algérienne : il n'était coupable que de trop d'amour !

Et cependant...

Outre le matelot Césaire qui, fort heureusement, ne demandait rien autre chose que sa barque de pêcheur à bord de laquelle il était empereur et roi, feue madame Campagne n'avait-elle pas laissé un troisième enfant... une toute jeune fillette encore... Catherinette ?

Mais... bah ! leur frère Arthur n'était-il pas destiné à une prodigieuse fortune ? Leur frère Arthur ne rembourserait-il pas, et bien au-delà, les énormes sacrifices que coûtait son éducation? Leur frère Arthur ne pourvoirait-il pas à toutes les éventualités?

Donc, tout pour Arthur !

Aussi, lorsque revenant une troisième fois à la charge, la baronne Follavoine en vint à minauder avec sa prétentieuse mièvrerie de fausse grande dame :

— Mon *cher* filleul vient de terminer sa seconde d'une façon fort brillante... je ne dis pas... mais ce ne sont là, néanmoins. que des succès de collège de province! Voyez mon fils Astolphe? Il n'a pas de prix, c'est une justice à lui rendre; jamais même un simple accessit... Un vrai cancre, comme on dit... je ne m'en plains pas... cela sied à son grand nom! Mais il est élevé dans un des collèges royaux de la capitale, avec tout ce qu'il y a de plus illustre et de plus riche parmi la jeunesse française... Des jeunes millionnaires... des jeunes marquis et des jeunes ducs... Il a même pour condisciple un prince du sang! Rien que ceci vaut tout un avenir de fortune et de gloire! Et puis quelles façons on apprend là! quels sentiments! Quelle fine fleur de quintessence française! Ah! cher monsieur Campagne, combien il est regrettable qu'un enfant tel que le vôtre soit privé de ce complément nécessaire de toute éducation distinguée, de ce grand baptême parisien, sans lequel il n'est pas de véritables grands hommes! Quel dommage, en un mot, que cet admirable Arthur ne puisse pas aller faire au moins sa rhétorique et sa philosophie à Paris!

Le bonhomme Campagne n'avait pas compris grand'chose à ce pompeux discours, mais il n'en avait peut-être été que plus profondément convaincu.

— Paris! avait-il répété au fur et à mesure en lui-même, tout en écarquillant de gros yeux ébaubis. Des écoliers millionnaires, des petits marquis et des petits ducs! un prince du sang! Mon fils aurait pour camarade un prince du sang! mon fils irait peut-être plus tard à la cour... Arthur Campagne!

A ce dernier argument, non moins bouffi d'orgueil que la grenouille de la fable, il s'écria :

— Tant pis, ma foi ! il ne sera pas dit que je l'aurai empêché de devenir un véritable grand homme, et d'être une seconde fois baptisé comme madame la baronne affirme qu'on l'est dans la capitale. Il ira donc, c'est décidé!... Mon Arthur ira à Paris!

Grande fut l'allégresse du fortuné galopin, lorsque madame sa noble marraine lui annonça en personne cette glorieuse nouvelle. Pour la première fois, les vacances lui parurent trop longues, tant il était impatient de s'envoler vers cette dévorante chandelle où se sont brûlés tant d'autres papillons, plus ou moins brillants, de la province.

Bien que presqu'enfant encore, Catherinette remarqua seule cette fiévreuse impatience, et, sans y pressentir la préface de toutes les autres ingratitudes, elle s'en affligea néanmoins comme d'un fâcheux pronostic.

Césaire se contenta de faire une grimace ; c'était là la seule marque de désapprobation, qu'en dehors des absorbantes questions de la pêche, se permettait jamais Césaire.

Le père Campagne, lui, ne remarqua rien du tout. Eh! mon Dieu! peut-être était-il plus impatient encore que son fils de le voir débuter enfin sur un théâtre digne de lui.

Et, en attendant ce grand jour, il le promenait triomphalement dans tous les alentours, répétant à toutes les créatures douées d'oreilles, et au besoin à tous les arbres du chemin :

— C'est mon fils ! vous avez dû voir son nom dans la feuille du département. Il a remporté deux prix cette année au collège de Caen. Je l'envoie à Paris, dans un autre bien plus grand collège, où il n'y a que des princes, à ce qu'il paraît. Faut ça, pour son grand baptême!

Et, au retour :

— Dis donc? demandait-il au savantissime Arthur, en se frottant les mains d'un air tout guilleret, Dis-moi donc un peu en latin : voici des pommes qui feront du fameux cidre dans un mois. Dis-moi donc en grec ; nous mangerons ce soir en rentrant de la fameuse soupe aux choux !

L'illustre lauréat daignait répondre, et le bonhomme était en folle jubilation durant tout le reste du chemin.

Qu'on ose prétendre après cela que l'étude du grec et du latin ne sert pas à quelque chose !

L'heure du grand départ sonna enfin au cadran du clocher d'Hennequeville.

Arthur Campagne se mit en route pour Paris, comme jadis un paladin marchant à la conquête de la Terre-Sainte.

Une première déception l'attendait dès son arrivée.

Phénomène unique et sans conteste dans son village, il avait déjà rencontré quelques rivaux, presqu'aussitôt vaincus, à la pension de la sous-préfecture. Ces rivaux étaient devenus plus nombreux, plus difficiles à vaincre au collège de Caen.

Mais à Paris...

A Paris, Arthur s'entendit nommer avec stupeur le vingt-septième à la première composition.

De plus, loin de l'admirer comme d'habitude, ses nouveaux condisciples se moquaient ouvertement de ses airs calvadociens, et l'avaient surnommé, dès le premier jour, le huron d'Hennequeville !

Heureusement pour lui, notre jeune héros avait la force des paysans en même temps que leurs ridicules. Quelques rudes taloches, distribuées avec un certain discernement, le firent promptement respecter, même des plus irrévérencieux et des plus fiérots.

D'autre part, il était doué d'une grande promptitude d'assimilation, et devint, en peu de temps, tout aussi Parisien que les plus purs Parisiens du collège.

Enfin, grâce à la surexcitation constante qu'avait reçue sa jeune vanité, il se sentit tellement irrité de ses premiers revers, il se piqua d'une telle émulation, il se mit à *piocher* avec une telle ardeur, qu'au bout de quelques mois à peine, il avait distancé les moins alertes de ceux qui se trouvaient avant lui, et que, combattant presqu'en première ligne à la grande bataille de la fin de l'année, il parvint encore à raccrocher quelques nominations assez méritoires à la distribution des prix du collège, voire même au concours général, un huitième accessit.

Un huitième accessit !... Ces deux mots sonnèrent on ne peut plus agréablement aux oreilles du bonhomme Campagne, dont l'ingénuité littéraire s'exagérait singulièrement la valeur des mots toutes les fois qu'il s'agissait de son idole. Un huitième accessit!... Son fils Arthur avait *remporté* un huitième accessit!... Le huitième accessit devait être indubitablement la plus honorifique de toutes les conquêtes universitaires!...

Et puis, ce n'était plus seulement dans la *feuille* départementale, ce fut, cette fois, dans tous les journaux de Paris qu'on imprima le nom d'Arthur Campagne, ce fut dans le *Moniteur universel !*

Notre vieux fou de père se fit envoyer un *quarteron* d'exemplaires du *Moniteur;* il se procura tous les autres journaux de Paris, il les colporta dans tous les établissements publics et dans toutes les fermes des alentours, il en tapissa du haut en bas sa propre chaumière; il en eût volontiers, ni plus ni moins qu'à la procession de la Fête-Dieu, jonché le chemin vicinal, par lequel devait revenir le jeune triomphateur hennequevillois, pour passer ses vacances au village.

Peu s'en était même fallu que le bonhomme Campagne ne proposât au conseil municipal, dont il faisait alors partie, d'ériger un arc de triomphe à l'entrée du hameau.

A défaut de ces honneurs officiels, le célèbre lauréat recueillit, dans toute l'étendue du canton, tous les autres avantages de la gloire.

Sa jeune tête en tourna bien quelque peu.

Mais, on a dû le comprendre déjà, notre Arthur avait bon cœur.

Il n'en aima pas moins son brave père Campagne, son rude et tout maritime frère Césaire, surtout sa jolie petite sœur

Catherinette.

Celle-ci, du reste, le lui rendait bien.

Néanmoins, Monsieur son frère, passant à ses yeux pour une sorte de divinité, elle se sentait bien moins à son aise avec lui qu'avec un autre garçon du village qu'elle aimait également beaucoup, mais un vrai petit paysan, celui-là : c'était Nicole Lambert.

Trop adolescent encore lui-même pour s'inquiéter de cette affection naissante, notre rhétoricien repartit, enchanté, pour faire sa philosophie.

Nouvelle aptitude cette dernière année de collége, nouveaux succès de troisième classe, pour Paris, à la Sorbonne ; à Hennequeville, néanmoins, toujours mêmes vacances triomphales.

Mais, déjà mieux éclairé par l'âge, tout à fait jeune homme, Arthur comprit les enfantines amours de Nicole et de Catherinette, s'amusa parfois, en vrai Parisien qu'il était devenu de cette pastorale villageoise, et certain soir d'orage, les ayant surpris abrités tous les deux sous le jupon retroussé de Catherinette, il prit l'habitude de les appeler en souriant les Paul et Virginie d'Hennequeville.

Catherinette et son ami Nicole, qui ne connaissaient aucunement leur compatriote Bernardin de Saint-Pierre, ne comprirent pas trop ce que cela voulait dire, mais ils ne purent se défendre instinctivement de rougir tous deux jusqu'aux oreilles, et sans savoir pourquoi, de se sentir délicieusement émus l'un et l'autre.

Octobre, cependant, approchait.

— Voici le temps de commencer *notre droit !* dit en se frottant les mains le bonhomme Campagne.

Arthur eût préféré l'étude de la médecine.

Mais être médecin... fi donc !... c'est une science utile à l'humanité !...

Être avocat... ça ne sert à rien, qu'à brouiller des petites choses et à remuer des grands mots... à la bonne heure !

Arthur Campagne alla donc se faire inscrire à l'École de Droit.

La première année de Quartier-Latin se passa bien.

Si bien que, cédant à sa prédilection particulière, Arthur trouva le temps de suivre, par-dessus le marché, quelques-uns des cours de l'École de Médecine.

— C'est unique !... disait orgueilleusement le fortuné bonhomme Campagne, qui commençait à chercher dans le village, et de bonne foi, je vous l'assure, la place où l'on érigerait la statue de monsieur son fils.

Ce furent encore, cette année-là, de bonnes et franches vacances.

Hélas ! ce devaient être les dernières !...

Résolu plus que jamais au travail, vierge encore d'ingratitude et de mensonge, Arthur reprit le chemin de Paris, laissant tout le village ébaubi de la persistance de son aptitude, le bonhomme Campagne plus enthousiasmé que jamais, mais qui, cependant, averti sans doute par ce secret instinct qui parle au cœur des pères, venait de dire pour la première fois à son fils, avant le départ : sois bien sage !... Laissant enfin la petite sœur Catherinette, qui ne prêtait plus à personne son jupon en guise de parapluie, et qui paraissait commencer à comprendre pourquoi monsieur son frère appelait Nicole Paul, et Catherinette Virginie.

Malheur !.. trois fois malheur !... La funeste influence de la baronne de Follavoine allait de nouveau souffler et d'une façon décisive, cette fois, pour l'avenir d'Arthur Campagne.

Il avait retrouvé à Hennequeville sa noble marraine qui avec une solennité plus que jamais impériale, lui avait dit :

— Mon fils Astolphe sortait du collége, au moment même où votre brave homme de père s'est décidé à vous y mettre enfin. J'ai sincèrement regretté pour vous qu'il fût trop tard, pour qu'une sorte de camaraderie protectrice s'établît entre mon filleul et mon fils. Mais, depuis votre admission à l'École de Droit, depuis une année déjà, je vous avais autorisé à lui rendre vos devoirs. D'où vient donc qu'Astolphe ne vous connaît pas encore ?... D'où vient que le baron de Follavoine attend toujours la première visite de M. Arthur Campagne ?

Le fils du paysan avait balbutié quelques excuses polies.

A vrai dire, les souvenirs qu'avait laissés le noble cancre au collége n'étaient pas de nature à faire ambitionner sa connaissance, à plus forte raison, sa protection. D'ailleurs, le baron Astolphe demeurait au quartier d'Antin, c'était un des jeunes lionceaux du turf et du sport ; Arthur n'avait pas osé...

— Va donc voir le fils de ta marraine ! lui avait souvent répété le bonhomme Campagne, qui ne manqua le matin ment insister encore ce jour-là. Va donc faire visite à M. le baron Astolphe. M'est avis cependant que ça te ferait une fière société !

— Dites un guide précieux !... s'était miévreusement récriée l'illustre dame. Un aimable Mécène, un élégant Mentor !

— Afin que mon *cher* filleul n'y manque pas cette année, je veux pousser la *marrainerie* jusqu'à le charger d'une commission pour son futur ami. Ne manquez pas de venir prendre mes ordres ce sujet au château... ou je me fâcherais cette fois pour tout de bon... je vous en préviens... Arthur n'y manquez pas !...

La fatale commission avait été donnée.

Sitôt de retour à Paris, Arthur Campagne endossa son habit le plus neuf, s'étudia aux airs les moins étudiant-piocheur, et avec un reste de répugnance, qui peut-être était un pressentiment :

— Allons !... se dit-il, allons donc, puisqu'il le faut, chez M. le baron Astolphe de Follavoine !

Jeunesse dorée.

Loin de moi l'intention de chercher un prétexte à médire ici de la noblesse impériale, pas plus que de l'autre noblesse.

Soyons justes, cependant.

Aux jours les plus fortunés de l'empire, alors que tant d'officiers jeunes et beaux ne faisaient qu'apparaître un instant dans nos villes, ainsi que de brillants météores, et presque aussitôt repartaient pour de nouvelles victoires, trop souvent même hélas ! pour ne plus revenir, toutes les convoitises des jeunes filles à marier, toutes les intriguailleries des mamans plus ou moins embarrassées de jeunes filles à pourvoir, étaient incessamment braquées sur les fugitives épaulettes, et, semblables aux sirènes de l'antiquité, les happaient pour ainsi dire au passage.

Les hommes, d'ailleurs, étaient si rares alors !... Ils avaient alors si peu le temps d'aimer et d'être aimés !...

De là, beaucoup d'unions précipitées, inconsidérées, bâclées en un jour, ainsi qu'un dénoûment d'opéra-comique, et presque toujours rompues dès le lendemain, si ce n'était par la mort, du moins par un départ.

De là grand nombre de veuves qui avaient à peine été mariées, grand nombre de mères qui n'avaient pas même eu le temps d'apprendre à être femmes !

Telle avait été l'histoire de mademoiselle de Verte-Epine et du commandant Follavoine.

Mademoiselle de Verte-Epine, issue d'une infiniment petite noblesse de Normandie, avait passé les mauvais jours de la révolution à l'étranger, on ne savait trop comment, l'époque intermédiaire et quelque peu païenne du Directoire et du Consulat.. peut-être le savait-on trop !

Bref, vers le milieu de l'Empire, elle s'était retrouvée à Falaise, sa ville natale, doyenne des filles majeures et fort menacée de servir de Figaro à Sainte-Catherine.

Sur ces entrefaites, le commandant Follavoine, un soldat de fortune, était venu pendant huit jours honorer de sa présence la proverbiale cité normande, dans les ruelles de laquelle il avait joué à la toupie et à la poquette.

Il était jeune encore, bel homme au demeurant, en passe de devenir promptement général.

Quelle occasion désespérée pour mademoiselle de Verte-Épine !

Certes, le pauvre commandant Follavoine ne songeait nullement au mariage.

Mais mademoiselle de Verte-Épine l'avait mis dans sa tête. Une tête de vieille fille qui se noie dans le célibat !

Il fallut bon gré, mal gré, qu'y passât l'infortuné commandant Follavoine !...

Avant même la fin du premier quartier de la lune de miel, il était au-delà du Rhin.

Le jour précisément où madame Follavoine s'aperçut que M. Follavoine lui avait laissé un tendre souvenir, elle apprit en même temps que son mari venait d'être nommé lieutenant-colonel.

Du même coup, quelques mois plus tard, elle se trouva mère, colonelle et baronne.

Le tout avec accompagnement d'une lettre écrite au nom de l'empereur, et dans laquelle il était dit que le colonel-baron Follavoine était mort en héros au champ d'honneur.

Ce nouveau titre, ce dernier grade étaient en outre corroborés d'un fort joli cadeau de condoléance en espèces sonnantes.

Avec le cadeau, notre veuve, as ez peu désolée du reste, s'acheta une sorte de maisonnette à clochetons, dans les alentours de Trouville, dont la réputation commençait à naître. Elle appelait cette maisonnette son château ; à force de la lui entendre nommer ainsi, les bons paysans du voisinage s'habituèrent à la nommer de même.

Quant au titre, elle jugea convenable de l'allonger d'un particule, minaudant avec le sentimentalisme prétentieux de l'époque.

— Ce n'est pas pour moi, triste Andromaque que je suis désormais. Ce sera pour le fils de mon Hector, pour le baron Astolphe *de* Follavoine !

Le temps se chargea de légitimer cette légère adjonction au brevet impérial ; le temps est sous ce rapport-là fort bon enfant.

Et notre Andromaque se mit à mener grand train beaucoup plus grand train que ne le lui permettait son mince revenu.

Vint fort heureusement la Restauration.

Comme tant d'autres, elle sut se poser en victime de la Révolution. Les parchemins trop neufs de la baronne de Follavoine s'éclipsèrent avec art derrière le vieil écusson des Verte-Épine. Notre fine mouche butina dans le milliard d'indemnité ; puis, annuellement, dans la cassette de chacun de *ses* princes, si providentiellement revenus... pour redorer fort à propos son opulence de demi-monde.

L'éducation du jeune Astianax ne devait, en outre, rien coûter ; une bourse généreusement accordée par madame la dauphine y pourvut.

Nous avons vu le profit qu'en tira le baron Astolphe de Follavoine, et l'approbation dont sa folle mère encourageait son paresseux dédain pour toute espèce d'étude.

Les années de la Restauration s'écoulèrent ainsi, la veuve et l'orphelin passant l'un et l'autre, celle-là dans le monde, celui-ci au collège, pour aussi riches vraiment que vraiment d'antique noblesse.

Mais 1830 venait d'arriver. O misère !

Adieu les pensions, les gratifications, les revenants-bon de toute espèce de la veuve Andromaque ; adieu même la bourse de l'orphelin Astianax !

Il est vrai que ce roi des cancres allait entrer en philosophie ; sa tendre mère se contenta de ne pas se souvenir qu'elle avait à payer au nouveau gouvernement cette dernière année de collège, et ce fut tout.

Du reste, tout en se posant plus que jamais en victime des révolutions, tout en gémissant sans cesse des pertes énormes que les événements de juillet venaient de lui faire éprouver, la baronne de Follavoine continua son train de princesse, comptant avec quelque raison que le passé lui garantissait un avenir de trois ou quatre années au moins de crédit.

Le baron Astolphe de Follavoine s'était lancé, cependant, à corps perdu dans le brillant tourbillon des lionceaux de première année.

Et, comme il entendait dire partout autour de lui : mon père paiera, mon oncle paiera, ma tante paiera — il se prit à dépenser follement sur la foi d'une caution semblable, et comme es autres il dit aussi : ma mère paiera !

Durant près de deux années, les choses parurent aller ainsi ; les fournisseurs de Paris sont encore si complaisants de nos jours pour les fils de famille !...

Au bout de ce laps plus que convenable, certains d'entre eux commencèrent néanmoins à faire la grimace, et menacèrent en grognant d'aller présenter leurs factures à madame la baronne de Follavoine.

— Allez !... répliqua superbement Astolphe.

Le lendemain, nonobstant, de cette menace, sa mère le fit appeler au boudoir, sa favorite retraite :

— Baron, dit-elle d'un air des plus gracieux, on est remonté ce matin jusqu'à moi pour obtenir le paiement de vos dettes.

— Baronne... riposta non moins gracieusement Astolphe, en effet... j'ai cru pouvoir tout naturellement compter... et mes créanciers aussi...

— Ils ont eu grand tort... Par suite des révolutions, je ne puis même plus payer les miens...

— Madame... Il se pourrait !

Et le baron Astolphe paraissait au comble de la stupéfaction.

— Il se peut, monsieur mon fils, reprit sans s'émouvoir le moins du monde la baronne. Du reste, le temps est venu pour nous deux de causer un peu sérieusement... Vous êtes en âge de me comprendre, baron... Asseyez-vous.

Le jeune lionceau, qui n'en pouvait revenir encore, s'assit machinalement sur le rebord quelque peu défraîchi d'un sopha grec, à pieds de sphinx jadis dorés, pur style empire.

— Ainsi que tout le monde, débuta sentencieusement l'ex-Aspasie du Directoire, vous me croyez fort riche, et je m'en applaudis. C'est un insigne mensonge, mais j'ai mis toute ma gloire à le faire adopter par le monde comme une des plus incontestables vérités. Il y a deux choses dans cette vie, mon cher baron : être ou paraître. Quand on ne peut pas la première, il faut pouvoir la seconde, sinon, vous ne comptez plus. Mais, au demeurant, c'est à peu près la même chose Nous jouissons donc de la plus brillante apparence, et vous devez en rendre grâce à votre tendre mère, baron de Follavoine. Mais gardez-vous bien de donner le moindre coup d'épingle dans ce ballon si bien doré, si bien gonflé !... Vous montreriez à tous ce qu'il contient, à savoir : un peu de vent !

— Un peu de vent !

— En d'autres termes, si vous le voulez, pas un sou !

— Mais que voulez-vous donc que je fasse, madame !... se récria assez aigrement le pauvre Astolphe tout déconfit. Quelles ressources imaginer ? quel avenir...

— En effet, sourit notre intrigante maternelle, vous étiez fort embarrassant à caser, baron. Quelque odieuse que semble nous paraître encore la nouvelle dynastie, le nom de votre père eût pu vous y pousser à la rigueur dans la carrière des armes. Malheureusement, le colonel ne vous a laissé avec son titre ni sa prestance aventureuse, ni son mollet apollonien. Vous êtes petit, mon cher Astolphe, vous êtes maigriot ; le lorgnon, dont vous mésusez, plutôt par nécessité déjà que par mode, vous conduira de fort bonne heure aux lunettes. Il faut en convenir... allons... vous auriez fait un vilain soldat...

— Mais, madame... la diplomatie, l'administration, la magistrature.

— Dans toutes ces carrières, mon pauvre fils, il faut du talent... vous n'en avez pas... De la fortune, vous savez présentement à quoi vous en tenir là-dessus... Non... non... là... franchement... je ne vois pas à quoi vous êtes bon...

— Aux affaires, peut-être, madame. Le nouveau roi n'a-t-il

pas dit : Enrichissez-vous !... Telle est la devise du jour.

— Fi donc !... Ah !... baron, avant de prononcer ce mot malfaisant, vous auriez dû pressentir que la douce sollicitude de votre mère recherchait depuis longtemps pour vous quelque chose de mieux, et que déjà peut-être, en femme d'esprit qu'elle est, elle l'avait trouvé...

— Ah !... fit Astolphe, qui commençait effectivement à deviner que la baronne avait quelque but secret en le dénigrant ainsi, qui devenait de plus en plus curieux de comprendre enfin où voulait en venir sa mère.

— Baron de Follavoine !... s'expliqua-t-elle du ton de haute cérémonie que doivent avoir M. de Buol ou M. de Menteufeld aux conférences de Vienne, dans les environs de Trouville, non loin de notre château... entre nous, je pourrais dire notre maison... il existe une sorte de grand et bas Normand, que sans doute vous n'aurez pas remarqué, car il ne brille pas par l'apparence, celui-là... mais bien par une belle et bonne réalité de trois ou quatre millions... peut-être davantage. Une vraie mine d'or, que j'ai su découvrir depuis longtemps déjà, et qui, sans que vous vous en doutiez, sans qu'il le soupçonne lui-même, se trouve à cette heure en pleine exploitation... réalisable prochainement, je l'espère, à votre profit.

— A mon profit... Comment donc nommez-vous ce Crésus de village ?

— Je ne le nomme pas encore... vous pourriez faire quelque sottise qui contrecarrerait tous mes plans.

— Mais ces plans... au moins... vous allez me les dire...

— En partie... Bien que vous et moi, nous ne vous reconnaissions pas comme apte à grand'chose, il vous reste cependant une ressource, mon cher Astolphe, une spécialité !

— Laquelle ?

— Vous êtes bon à marier...

— Déjà ?...

— Le plus tôt possible... car l'échafaudage de mensonges, dont je vous ai fait presque un trône là-bas, peut s'écrouler en aussi peu de temps qu'il en a fallu beaucoup pour le construire.

— Soit... mais je ne vois pas trop encore.

— Attendez donc... Nous y voici... Notre vieux millionnaire en sabots a une fille unique...

— Une paysanne... Ah !...

— Espériez-vous donc quelque princesse de la rive gauche, ou quelque héritière de gros banquier de la Chaussée-d'Antin ?

— Assurément non... surtout après ce que je viens d'apprendre !

— Acceptez donc avec enthousiasme la poulette aux œufs d'or que j'ai dénichée pour vous !

— Mais c'est que vraiment... en conscience... elle doit être...

— Affreuse... Oui... Elle l'était du moins... Mais je l'ai déjà décrassée pas mal, et je repars dès demain pour vous la débarbouiller tout à fait.

— Comment ?...

— Fiez-vous donc à moi... Epousez donc ma *Peau-d'Ane* les yeux fermés... Ce sera une baronne de Follavoine très présentable, je vous l'assure. D'ailleurs, si bon vous semble, vous ne la présenterez pas... vous la laisserez là-bas, en Normandie, dans notre maison, qui deviendra véritablement un château, et vous n'amènerez à Paris que la dot... d'abord... puis les autres millions qui ne tarderont pas à vous revenir, tant le diable doit avoir hâte d'emporter votre futur beau-père.

— Et vous croyez que sa fille consentirait...

— J'en réponds... Je la formerai, je la dresserai moi-même en conséquence. Et pourvu que vous reveniez de temps en temps jouer votre rôle de mari auprès d'elle, dans la belle saison, à l'époque des chasses, tout à votre aise, elle s'estimera très heureuse d'être baronne de Follavoine dans son coin, et d'administrer vertueusement vos revenus, tandis que de votre côté, à Paris, vous les dépenserez... vous, en mari-garçon... et cette fois garçon trois ou quatre fois millionnaire !

— Ces derniers mots achèvent de me convaincre ! s'écria le lionceau, qui se releva tout ravi. Décidément, baronne, vous êtes une mere comme il m'en fallait une... Je ne discute plus avec vous, je ne raisonne plus, j'obéis... vous avez carte blanche... Allez !...

— Méchant !... fit la vieille coquette, en lui tendant sa main à baiser.

Puis, au moment où il allait ressortir du boudoir, le rappelant tout à coup :

— Astolphe !... dit-elle. Et ces maudites dettes que nous oublions... De la franchise... allons... combien ?

— Une vingtaine de mille francs tout au plus... bagatelle !...

— Non pas... c'est sérieux... Notre beau-père n'aurait qu'à prendre ces renseignements... Il faut satisfaire vos créanciers... Envoyez-les-moi tous...

— Vous voulez donc les payer ?

— Avec de belles promesses... oui... mais soyez sans crainte, ils ne vous tourmenteront plus... A charge de revanche, n'est-il pas vrai, Astolphe ?

— Plaît-il ?

— Je veux dire qu'à ton tour, ingrat !... quand tu seras riche réellement, tu paieras réellement les miennes...

— Oh !... baronne... ma mère !... bien certainement.

— Il m'abandonnera le tiers de la dot ! s'écria finalement la rusée femelle avec un attendrissement de haute comédie. J'en étais bien certaine et je ne refuserai pas... car j'aurai la conscience de l'avoir bien mérité !... Quant au reste, plus tard... nous verrons... lorsque notre vieil Harpagon sera mort... une pension d'une trentaine de mille livres... Je l'accepterai de même, ô mon fils !... et ce sera la récompense d'une tendre mère qui a eu tant de mal à élever son enfant !

Déjà depuis un instant, Astolphe mordillait la blonde extrémité de ses inoffensives moustaches, et commençait à grimacer à la façon d'un jeune singe qui, croyant mordre à belles dents dans un fruit mûr, a rencontré tout à coup sous sa langue trop prompte un fruit vert.

— Ma mère !... parvint-il à balbutier enfin. Croyez bien que... jamais assurément l'intention de... mais...

— Assez !... interrompit avec plus d'habileté que jamais la merveilleuse intrigante. Assez, mon fils, assez... je me borne à ce faible hommage. C'est convenu... j'ai votre parole, baron de Follavoine... mais ne m'offre pas plus, ô trop généreux enfant !... Tais-toi !... Tu me contraindrais à te dire non, pour la première fois de ma vie. On connaît le désintéressement des Verte-Epine !... Je pars dès ce soir pour travailler à ton bonheur... Dans un an, dix-huit mois, deux années au plus tard, j'aurai la douce gloire de voir s'accomplir ce rêve de ma vie ! Adieu, mon cher Astolphe, viens dans mes bras !... Baron de Follavoine, inclinez votre front sous mon baiser, afin de recevoir la bénédiction de votre noble mère !...

Et ce Bertrand-dandy, et ce Robert-Macaire en cotillons, s'embrassèrent par-dessus l'épaule, ainsi qu'on fait encore à la Comédie-Française dans les épanchements solennels.

Le lendemain, effectivement, la châtelaine normande était repartie pour son fabuleux manoir, où tout dernièrement nous l'avons vue contraindre en quelque sorte Arthur Campagne à rendre hommage au baron de Follavoine.

Aussitôt après le départ de la baronne, son fils s'était dit avec le touchant respect filial qui caractérisa cette époque légèrement *auberge des Adrets* :

— Ma vieille carotteuse d'ancêtre va me tirer aux jambes, c'est évident. Mais laissons toujours se conclure ce désirable hyménée. Après la noce, nous rabattrons les honoraires de cette *agente* matrimoniale par trop écorcheuse. En attendant, vivons ! Elle a harangué mes créanciers, je connais maintenant son truc... quel chic !... Au lieu d'avoir vingt mille livres à solder, me voici présentement pour deux mille louis de crédit sur la banque du confortable et des amours. Palsambleu... baron, mon ami... profitons-en !...

C'est dans ces épicuriennes dispositions qu'Arthur Campagne allait trouver son noble suzerain.

Les deux jeunes gens se toisèrent d'abord, ainsi qu'à leur âge toujours il arrive entre deux futurs amis accouplés par leurs familles.

Comme nous l'avons fait pressentir déjà, Astolphe avait une mine chafouine au-dessus d'un corps rabougri. De plus, des conserves bleu clair. Sans son tailleur, en un mot, plutôt l'air d'un clerc d'huissier que d'un gentilhomme.

Arthur Campagne, bien au contraire, était grand et fort, franc et brun, d'une physionomie sympathique et vivement colorée, comme eût dit notre Aspasie aux temps anacréontiques du Directoire.

Mais quel affublement! Quel style! Quelle désinvolture! Bien plutôt un fashionable de village qu'un étudiant-lionceau de Paris.

— Eh... bon Dieu!... lui dit le baronnet, après dix minutes à peine d'entretien. Bon Dieu, mon cher, d'où sortez-vous!... Comment vivez-vous donc à vingt ans? Qui vous coiffe, qui vous chausse, qui vous habille? Quoi, vous n'avez qu'une simple grisette en petit bonnet plissé pour unique maîtresse!.. Quoi, vous hivernez au-delà des ponts, vous *passez* chez Flicotaux, vous ignorez complétement le monde du sport et du turf, vous ne lardez pas incessamment votre conversation de barbarismes d'écurie ou d'atelier!... Quoi!...·pas de chevaux, pas de lansquenets, pas de panatellas, pas de dettes surtout, pas de dettes!... Ah! fi... mon cher!... fi donc!... On m'avait dit le plus grand bien de vous, et je vois avec chagrin, qu'en dépit de tous vos triomphes de collège, votre éducation de gentleman reste encore complétement à faire! M'agréez-vous comme professeur ès-bien vivre? Consentez-vous que dès ce soir je vous inocule l'A B C D de la jeune France? Le voulez-vous, mon bon?... Que diable, je suis le fils de votre marraine... Dites... voulez-vous?

A ce discours humiliant, l'apprenti-avocat sentit grimper à son visage tout son sang, le sang vaniteux du bonhomme Campagne!...

Se remettant néanmoins de cette première faiblesse, il répondit presque aussitôt avec une feinte humilité:

— Je vis comme je dois, je parle comme je sais, je suis vêtu comme je puis. Monsieur le baron, dans sa trop grande bienveillance pour moi, sans doute, oublie que je ne suis que le fils d'un pauvre paysan.

— Charmant! se prit à ricaner Astolphe. Adorable... délicieux, ma parole d'honneur! Il est sage comme une image, il répète comme un perroquet bien appris ce que lui a fredonné sa nourrice, il croit aveuglément aux doléances de son papa... Mais, grand ingénu que vous êtes, vous ne savez donc pas qu'en fait d'argent tous les pères sont des blagueurs! Le vôtre surtout, j'en suis certain! Pauvre, lui!... Un paysan de notre chère Normandie... Allai marchai... Tous les paysans de chez nous ont des vieux louis d'or placés, cachés, enterrés de tous les côtés!... Essayez de retourner un peu les sacs bleus, qui ne renferment soi-disant que des gros sous, et vous verrez bien que ces gros sous-là ne sont pas de cuivre!... Jetez au vent de la sensiblerie paternelle quelques adroites *carottes* d'avant-garde, elles produiront plus facilement, je vous le garantis, que celles que récolte chaque printemps votre très honoré père. Allons donc, jeune homme... que diable... vous avez vingt ans... Il faut vivre!...

Tous ces sataniques arguments, et bien d'autres encore, chatouillèrent quelque peu l'inflammable tempérament de notre étudiant, jusqu'alors en réalité trop sevré de plaisirs.

Il tint bon, nonobstant, contre cette première attaque, et bien que d'une voix déjà moins austère, il reprit:

— Je veux bien admettre à la rigueur que mon père soit un peu plus aisé qu'il ne cherche à le paraître à mes yeux; mais il ne saurait être en tout cas un millionnaire... mais il a déjà fait de très grands sacrifices pour mon éducation et doit en faire de plus grands encore... mais j'ai un frère, monsieur le baron, j'ai une sœur...

— Bien... très bien... O fils vertueux!.. O frère trois fois

digne du prix Monthyon!... Je n'insiste plus... je m'incline devant tant de sagesse, je veux bien paraître convaincu de tant d'éloquence. Mais cette éloquence même présage un grand talent d'avocat, une fortune!... Pourquoi ne pas en jouir à l'avance quelque peu?... Pourquoi ne pas légèrement escompter l'avenir? Je crois en toi, futur Démosthènes. Veux-tu que je sois ton banquier, ou plutôt ta caution?... Veux-tu que dès demain je te donne mon hottier, mon chapelier, mon tailleur, mon coiffeur, et tous mes autres fournisseurs?... Veux-tu dès ce soir je te donne mes amis... et mes amies... Ils et elles vont venir, je les attends à souper. Ne me prive pas du plaisir de leur présenter un sage tel que toi; reste avec nous, ô jeune Socrate du quartier Latin!... Soupez avec nous, mon bon... il, vrai, vous désobligeriez singulièrement le fils de votre auguste marraine en ne restant pas ce soir avec lui. Plus on est de fous plus l'on rit. Palsambleu! la fête sera complète!...

Faite de cette façon, l'invitation était de celles qu'on ne saurait longtemps refuser, sous peine de sauvagerie par trop ridicule.

Arthur resta.

Les amis arrivèrent d'abord, et c'étaient pour la plupart d'anciens camarades de collège, qui faisaient ou ne faisaient pas leur droit de l'autre côté de l'eau.

Puis, les amies.

Des Lisettes empanachées, des lionnes de Bréda-square, des Mogador, des Rose-Pompon, des Marguerite-Gauthier, des Marco!...

Bien que d'abord quelque peu confus, notre héros se mit en train dès la troisième bouteille de champagne.

C'était un convive joyeux, il eut, au bout d'une heure, pour amis, tous les convives mâles; c'était au demeurant un fort joli garçon; dès le premier regard il avait eu pour amies tous les convives femelles.

La nuit passa comme un éclair, et l'on ne se quitta qu'après s'être répété vingt fois: au revoir! Ceux-ci tout haut et la main dans la main, celles-là tout bas et la lèvre sur les lèvres.

Le soleil était déjà bien haut à l'horizon, lorsque Arthur Campagne rentra le lendemain matin chez lui!

— Oh!... fit, en lui tendant sa clef, son concierge... un concierge vertueux qu'édifiait depuis une année déjà sa bonne conduite, que scandalisa profondément cette première nuit passée au dehors... Oh!... mosieur!

Arthur se réveilla trop tard ce jour-là pour le cours du matin.

Le soir, malgré sa bonne intention de s'y rendre, bien qu'il fût sorti tout exprès pour cela, notre étudiant déraillé tourna, sans trop s'en apercevoir, d'un côté tout différent, se trouva bientôt aux Champs-Elysées, et jusqu'à la nuit close y resta, silencieux et fébrile, à regarder passer et repasser les fils de famille et les filles qui n'en ont plus, à bâtir maints châteaux en Espagne... à piaffer... à hennir... à rêver!

En repassant le pont, cependant, son bon génie daigna lui parler à l'oreille, et lui dit:

— Crois-moi... reste fidèle à l'autre côté de l'eau!...

Sensible à cet avertissement de sa conscience inquiète, il se coucha ce soir-là en murmurant:

— Non!... bien décidément, non... je ne retournerai pas chez ce baron de malheur!...

Mais ce monde était bien trop attrayant, mais notre étudiant était bien trop enfiévré de fougueuse jeunesse, pour qu'un pareil serment pût être tenu.

Huit jours plus tard, habillé désormais par le fashionable *taylor* d'Astolphe, Arthur Campagne agissait, parlait, aimait et dépensait en véritable dandy.

— Je n'en travaillerai pas moins pour cela, s'était-il dit pour s'excuser au moins vis-à-vis de lui-même.

Il commença, nonobstant, de manquer le cours une fois par semaine, puis une semaine par mois.

A partir du second semestre, il ne reparut plus à l'Ecole de droit.

En revanche, sous les mille prétextes d'immémorial usage, il écrasa le bonhomme Campagne de crédits supplémentaires.

Les premières *carottes* réussirent si facilement, que le fils prodigue s'y habitua sans remords aucun, tant il était convaincu maintenant que le baron de Follavoine avait raison, que la bourse paternelle serait inépuisable.

Déjà les feuilles mortes commençaient à joncher la terre, lorsque notre paysan-gentilhomme daigna rendre visite enfin... et visite d'intérêt cette fois... à la chaumière natale.

— Le travail l'aura retenu ! pensa le pauvre père Campagne.

Son fils d'ailleurs était si métamorphosé cette fois, si mince et si pâle... Pauvre Arthur !

Aussi, lorsque huit jours tout au plus après son arrivée, l'étudiant qui n'étudiait plus voulut à toute force retourner à Paris,., bien entendu, la poche remplie à nouveau :

— Ne travaille pas tant !,.. supplia avec ingénuité l'héroïque papa. Ménage-toi, mon garçon... C'est ton père qui t'en conjure... ménage-toi !...

Arthur eut une certaine rougeur au front... la dernière rougeur de la probité filiale !,..

Et, plus profondément touché peut-être encore qu'il ne se l'avouait à lui-même, il regrimpa sur l'impériale de la diligence, en se promettant de bon cœur de regagner le temps perdu, de revenir avocat dès les premiers jours de septembre prochain, de réaliser, grâce à la nouvelle influence que lui conférerait ce titre pompeux, le mariage de Catherinette et de Nicole, plus amoureux l'un de l'autre que jamais !

Mais Arthur avait vingt-deux ans... mais le pli fatal était pris... mais tant de bonnes résolutions provinciales se sont éteintes en repassant la barrière de Paris !

La troisième année de droit alla plus de travers encore que la seconde.

Plus d'étude, plus de cours, plus même d'inscriptions !

En revanche, des plaisirs, des dépenses, des folies.,.

Et des *carottes* donc !...

Sans compter que le gentilhomme Arthur n'était déjà plus le même en aucune façon que le paysan Arthur...

Pauvre père Campagne !

La mouche et l'araignée.

Deux nouvelles années se sont écoulées, sans qu'Arthur reparaisse à Hennequeville.

La diligence de Paris à Caen vient de passer à l'embranchement du chemin vicinal qui aboutit au village.

Un paysan, un vieillard, se détache tout à coup de l'ombre d'une haie déjà jaunie par l'automne, et court après la lourde voiture, qu'il finit par arrêter à force de cris et de coups de bonnet.

— Encore !... ricana le conducteur en passant sa tête mécontente sous l'avant de la bâche. Encore vous, papa Campagne !

— Est-ce que mon fils n'est pas aujourd'hui dans la diligence ? demande avec une bénigne obséquiosité le vieux paysan.

— Ah çà... mais... ça sera donc tous les jours le même arrêt, la même question ?...

— Dame... jusqu'à ce qu'il arrive !

— Eh bien... merci !...

— Moquez-vous de moi tant qu'il vous plaira, mais au moins ayez la complaisance de me répondre. Mon fils Arthur est-il avec vous ?

— Eh !... non, vous le voyez bien... pas plus aujourd'hui qu'hier... Hue, la grise !

— Savez-vous par hasard s'il n'aurait pas retenu sa place pour demain... Hé ! hé ! dites... savez vous point ?...

— Rien de rien sur l'avenir, vieux fou ! Les conducteurs de la Royale disent pas la bonne aventure... Hue donc, postillon... nous sommes en retard... sauvons-nous !

Et la voiture disparut, en enveloppant dans un nuage de poussière le vieux paysan consterné.

Au bout d'un instant cependant, après un navrant soupir, après une larme essuyée du revers de sa manche, il se secoua tant bien que mal, et s'en fut reprendre son poste d'observation au-dessous de la haie, en murmurant :

— Il m'aura peut-être écrit du moins le pourquoi il ne vit pas encore ces vacances-ci... s'il attendait le passage du printon... Oui... oui... c'est cela... Attendons !

Une heure environ après la diligence, le messager de la poste apparut enfin.

Il y avait une lettre pour monsieur Campagne père.

Avec quelle folle joie le père Campagne paya ses douze sous !

Voici ce que contenait la lettre :

« Après ma dernière maladie, durant laquelle vous avez eu la toute paternelle bonté de m'envoyer tant d'argent, je me trouvais naturellement fort en retard pour subir mon dernier examen, ma thèse, et j'ai dû prendre les leçons particulières de l'un des plus illustres docteurs de la faculté, afin de regagner en toute hâte le temps perdu. Réjouissez-vous donc, mon excellent père, le désir favori de votre vieillesse va s'accomplir dans une quinzaine de jours tout au plus, dans une quinzaine de jours tout au plus je vous reviens avocat. Les conseils de mon nouveau professeur, son influence surtout me le garantissent à n'en plus douter. Avocat, papa Campagne !.,, docteur en droit !... Mon fils Arthur !... Je vous entends d'ici fredonner ces grands mots sur toute la gamme de l'enthousiasme paternel. Pour l'augmenter encore, aussitôt après ma réception définitive, je veux aller vous embrasser bien vite avec ma robe noire et mon bonnet carré. Quel beau jour, père... heim... Quel beau jour !

« Mais, vous le comprendrez sans peine, de telles leçons ne s'obtiennent pas sans bourse délier, une aussi puissante influence coûte fort cher, et souvent même, toujours, lorsqu'elle n'est pas payée d'avance, elle se change en malveillante intervention, qui vous fait essuyer une défaite certaine au lieu de vous obtenir une victoire assurée. Bref, ce qui me reste de mes économies ne me suffira pas, il me faut de l'argent.

« Encore !... allez-vous dire, peut-être ? gardez-vous-en bien, mon père ! c'est la dernière lettre de change que je tire à vue sur votre inépuisable affection, c'est bien la dernière, je vous le jure. Ne me faut-il pas d'ailleurs déposer avant tout les droits exorbitants de l'université. Et puis mon retour là-bas, mon retour *sub togâ*!... C'est du latin, papa ; ça veut dire retour avocat... *advocatissimus*!... Votre billet de mille francs y passera jusqu'au dernier centime, allez ! car c'est un billet de mille que vous m'enverrez par le retour du courrier, mon excellent père, et sans un seul jour de retard, je vous en conjure, ou bien tout ce que nous avons fait, vous et moi, jusqu'à ce jour, serait perdu... à jamais perdu !

« A bientôt donc, mon vénérable et vénéré père !... A bientôt les mille francs, n'est-ce pas ? Puis, presque immédiatement après, en échange, la robe noire et le bonnet carré de docteur en droit, sous lesquels et avec le plus profond respect comme avec la plus sincère affection, je suis,

Votre fils très reconnaissant,
Arthur CAMPAGNE.

P. S. Une franche poignée de main au grand frère Césaire ; mille baisers à la petite sœur Catherinette.

Cette suprême *carotte*, cette superlative et émouvante supplique, ne produisit cependant pas l'effet de béate admiration, d'orgueilleux et fol enthousiasme que faisaient naître ordinairement ses sœurs aînées.

Le bonhomme Campagne parut tout d'abord n'avoir compris que deux seuls mots... et ces deux mots, il s'en retournait en les répétant avec une sorte de stupeur :

— Mille francs !

Chemin faisant, néanmoins, la tête basse, les yeux comme rivés à la lettre, il la relut longuement, la relut encore, la relut toujours ; il finit par se convaincre mot à mot, phrase par phrase, de la vérité, de la valeur et de l'urgence de tous les arguments qu'elle renfermait.

Mais sa stupeur ne sembla qu'en augmenter encore, mais plus absorbé que jamais il continua de marcher devant lui, comme un aveugle, comme un sourd, nous ajouterions même comme un idiot, comme un muet, s'il ne se fût pas incessamment répété à lui-même d'une voix haletante et brève :

— Mille francs!... Oui... oui... je le vois bien... Il faut mille francs... mille francs... où trouver encore mille francs !

— Prenez donc garde !... cria tout à coup quelqu'un sous ses pieds. Mais prenez donc garde, papa Campagne, vous allez tomber du haut de la dune !

Le vieillard releva vivement les yeux.

Il était arrivé, sans s'en apercevoir, au bord de la mer.

— Tiens, fit-il, alors tout étonné, tout ébloui. Tiens... c'est toi, quiot Nicole... Par où donc t'en vas-tu par-là !... M'est avis que ce n'est pas-là le chemin d'un homme de terre.

— Ne le voyez-vous donc point à la charge de mes épaules?... repartit allégrement Lambert fils, car effectivement c'était lui qui avait fort à propos bélé le bonhomme Campagne au fin bord de la falaise. J'accompagne votre fille Catherinette qui accompagne elle-même le grand Césaire à son bateau.

Déjà le vieillard, comme réveillé d'abord en sursaut, regardait avec une plus lucide attention tout ce qui l'entourait.

A l'horizon, dans un éloignement d'environ trois lieues, la haute côte verdoyante qui domine le Havre et son magnifique port qui resplendissait à cette heure sous les ardents rayons du soleil de midi ; plus près, et s'étendant devant ses yeux jusqu'aux roches moutonneuses du rivage, et se plongeant à l'ouest jusqu'aux brumeux lointains de la haute mer légèrement agitée par une folle brise, la verte baie de Seine toute parsemée de rapides voiles blanches ; à ses pieds enfin, quelques toises plus bas, le galet sonore, puis au-delà du galet le jaune banc de sable, sur lequel tretinaient en ce moment une vingtaine de petits escadrons de pêcheurs, qui se hâtaient vers autant de *plates* échouées à fleur du banc, car le flot commençait à revenir, et il fallait se rembarquer vivement pour la marée prochaine.

En tête de ces pêcheurs attardés marchait neptuneusement une sorte de tambour-major maritime, à jambes nues, à cotte blanche, à veste bleue, à bonnet rouge : le grand Césaire.

Près du grand Césaire, une alerte fillette en cotillons courts, qui ne portait plus à cette heure sur sa tête éveillée que son petit casque de coton plus blanc que neige.

Car, en bonne petite sœur qu'elle était, Catherinette avait voulu se charger de la moitié de ce que devait porter Césaire, et Nicole Lambert, ainsi qu'il venait de le proclamer lui-même, s'était amoureusement chargé de ce que portait Catherinette, à savoir tout un attirail de manes et d'appelets de pêcheur, sous lequel le jeune paysan, *l'homme de terre*, trébuchait à chaque pas.

Le bonhomme Campagne contempla durant quelques instants en silence ce large tableau rayonnant, animé, qui depuis plus de soixante ans, deux ou trois fois par jour pour le moins, récréait ses grands yeux naïfs.

Puis, tout à coup, comme frappé d'une inspiration soudaine, il se prit à courir aussi lestement que le lui permettaient ses vieilles jambes sur le bord de la dune, ne tarda pas à trouver une descente de douaniers établie presque à pic, et gagna bientôt le galet, puis le sable, en criant :

— Césaire !... ohé, Césaire !

— Qu'y a-t-il, père ?... demanda enfin le gigantesque pêcheur, en s'arrêtant sur le sable à la façon d'un navire qui viendrait de jeter l'ancre.

— Une lettre de Paris, répliqua le vieillard.

— Le frérot file-t-il présentement ses douze nœuds à l'heure ?

— Il va mieux, Césaire... merci pour lui... Il va mieux, mais sa longue indisposition nous a coûté gros...

— Probable ! c'est comme qui dirait des avaries a un bâtiment... faut de la restauration.

— Et puis, il a dû prendre un nouveau professeur...

— Encore ?

— Un extraordinaire... un très fameux, à ce qu'il paraît... très influent surtout... et qui conséquemment se paye très cher...

— Probable...

— Bref, il lui faut de l'argent... Oh !... mais là... il lui en faut...

— Toujours donc !

— Ah ! Césaire...

— C'est pas un mot de reproche, père. On ne peut plus rien me demander à moi... j'ai fait humainement tout ce que je pouvais... davantage même que je m'en serais cru capable... J'ai mis comme qui dirait au Mont-de-Piété mon bateau... ma pauvre chère *Frétillante* !... par ainsi...

— T'en repentirais-tu donc, Césaire? fit gravement le bonhomme Campagne, en arrêtant de nouveau son fils aîné, qui venait de relancer en avant une de ses grandes jambes du côté de la mer montante.

— D'abord... non ! répondit le triton. C'était pour achever de faire du frérot un grand homme, comme vous assurez qu'il le sera... probable !... Ça donc été de tout cœur... Mais voici tantôt six mois de la chose, et notre grand homme n'est pas encore signalé en rade, avec les deux mille francs en question qu'il devait vous rendre sous six semaines au plus tard, afin que vous me les repassiez de la main à la main, comme disait un ancien matelot, et que je puisse, à mon tour, relever de quarantaine ma pauvre prisonnière de *Frétillante!* Mais tout ça, ça n'est pas encore le plus contristant de l'histoire.

— Qu'y a-t-il donc, Césaire?

— Il y a que j'en suis venu aux détails de l'emprunt avec l'homme...

— L'homme !...

— Celui qui prête de l'argent à tout le canton, pardine ! Vous n'en ignorez pas, puisque c'est vous-même qui m'avez montré le chemin de ses écus. Pauvre père !... M'est sentiment que vous le connaissez peut-être encore mieux que moi...

— Hélas ! soupira du plus profond de ses douleurs le bonhomme Campagne.

— Pour lors, reprit Césaire en louvoyant tout à l'entour du vieillard d'une hanche honteuse, pour lors il m'avait dit en me donnant l'argent : Je ne prête jamais aux marins, mon ami, j'achète. Ta plate sera donc à moi durant une année... provisoirement... A cette échéance, si tu me rembourses avec ponctualité mes deux mille deux cents francs (il ne m'en avait baillé que deux mille tout rond, mais c'était dans nos arrangements, je ne le contrarie point là-dessus), si tu t'acquittes, ta plate te revient, sinon je la garde au définitif.

— Très bien, c'est convenu... que je réponds.

— Mais voilà que le lendemain matin, au moment où, comme aujourd'hui, j'allais embarquer, mon homme accourt sur le sable, m'arrête par ma cotte, et me dit : Eh bien!... Eh bien, Césaire, qu'est-ce que tu vas faire dans *mon* bateau?...

— Votre bateau... soit... au provisoire... mais faut bien que je m'en aille pêcher avec pour vous rembourser vos écus !

— Mais si tu me l'abîmes en naviguant, qu'il me dit, mais si tu me le perds à la mer...

— Dame ?

— Puisque je risque en perte, tu comprends, faut au moins que je risque en bénéfice...

— N'avez-vous donc pas mes deux cents francs d'intérêts, que je me récrie, qu'est-ce que vous convoitez donc encore?

— Oh ! mon Dieu ! qu'il me riposte d'un air bonasse, pas grand'chose... va, mon ami... Voyons un peu... comment vous arrangez-vous d'ordinaire pour le partage de la pêche?...

— Une part pour le bateau, que je lui explique, une part pour le patron, une part pour le matelot, une demi-part pour le mousse.

— En tout, trois parts et demie?

— Oui.

— Soit! qu'il a l'air de me concéder. Nous ne changerons rien à ces bons vieux usages. Seulement, comme le bateau est mon gage bien à moi reconnu durant une année, durant cette année-là j'aurai la part du bateau. — (C'était déjà bien dur, mais c'était pas encore fini, allez.)

— Va pour la part du bateau! que je m'arrache du fin fond des entrailles avec une chienne de grimace.

— Je prétends aussi à la part du patron, qu'il réitère, car tant que le bateau m'appartiendra, c'est moi qui suis le patron du bateau.

— Le patron du bateau, que je riposte en me fâchant cette fois, et pour tout de bon, je vous le jure, le patron du bateau, c'est celui qui le conduit, qui le commande, qui y travaille...

— Ta ta ta!... qu'il interrompt, je ne l'entends point ainsi, c'est moi qui serai considéré comme le patron dans le partage de la pêche.

— Mais alors, puisque je ne serais plus que matelot, il faudra bien que j'aie ma part comme tel, et l'autre aussi, sans compter le mousse.

— Allons, allons!... qu'il a l'air d'accepter enfin, comme s'il m'accordait quelque chose de bien généreux... je ne veux pas te contrarier là-dessus, mon garçon, tu vois que j'y mets du mien.

— Joliment... ça serait donc quatre parts et demie, dont deux pour vous qui ne feriez rien de rien.

— Que de t'avoir prêté mes deux cents pistoles.

— Tonnerre!...

— Et comme je ne prétends les perdre en aucune façon, j'exige qu'on ajoute une demi-part encore, que je toucherai, bien entendu, pour les assurances...

— Mais...

— Et pour les réparations...

— La *Frétillante* est toute neuve...

— Donc, cinq parts.

— Dont deux et demie pour vous?

— Oui.

— Fallait donc me dire tout de suite que vous vouliez la moitié de la pêche... Eh bien!... non... cent mille fois non... vieil usurier que vous êtes... Allez-vous-en à tous les diables!...

— Césaire! interrompit enfin le bonhomme Campagne, avec un cri de véritable épouvante. Comment... tu lui as dit ça... Césaire?

— Dame... fit le naïf colosse, non moins effrayé de son audace. Dame... père... vous comprenez... la tête n'y était plus... Songez donc, ça lui fera plus du triple de son prêt, à ce vieux corsaire-là... Et il voudrait encore par-dessus le marché de la reconnaissance. Car, après ma rebufade, il renfonça son chapeau sur ses deux oreilles, et s'en fut les deux mains dans ses poches, en me disant: C'est ainsi que tu me récompenses de t'avoir obligé... Bien... bien... à ton aise, mon garçon... La *Frétillante* ne démarrera donc pas de son ancre de toute l'année. Bien le bonsoir!

— Tant pis! que j'avais répondu d'abord; ainsi soit il!

— Et deux jours durant, je tins bon. Mais rester à terre!... mais voir la marée redescendre en laissant ma pauvre *Frétillante* éternellement échouée sur sable, ni plus ni moins qu'un marsouin mort! Ah! c'était par trop dur! Je m'en fus retrouver l'homme vers le soir du troisième jour, nous signâmes un chiffon de papier, et dès quand le flot, je repris la mer en pleurant de joie comme un enfant... Mais, vous le comprenez bien, père... ce qui me touche avant tout, c'est la rançon de la *Frétillante*. Et comme il ne me reste plus pour y arriver qu'un cinquième dans ma pêche, car j'ai grand peur que notre grand homme ne soit pas encore en disposition à

l'échéance, je n'ai pas de temps à perdre. Par ainsi, voici la mer qui nous gagne... Au revoir, père... Arrangez-vous sans moi pour envoyer à Paris l'argent qu'il y faut... M'est senti-ment que j'ai fait pour Arthur, tout ce que pouvait faire un bon cœur, et qu'on ne pourra jamais me reprocher d'être un mauvais frère... Embarque donc, moussaillon! A demain, père, à demain!

Et Césaire, enlevant des bras de Nicole les manes et les appelets qu'il renvoya comme fétu de paille sur sa large épaule, serra énergiquement la main du bonhomme Campagne, entra dans l'eau salée jusqu'à la ceinture, et s'en fut vers sa plate à grandes enjambées dignes d'un demi-dieu marin.

Catherinette et son père restèrent seuls sur le sable, car Nicole Lambert s'était remis à distance respectueuse, aussitôt après avoir apporté à Césaire ce que Césaire lui avait demandé par un signe.

— Ton frère est bien dur pour son frère!... murmura tristement le vieillard en s'appuyant au bras de la fillette.

— Oh! non... se récria tendrement celle-ci... Non, père... Ça ne serait point justice de dire cela. Ce bon Césaire est comme moi, dont vous avez pris la dot... à ce que vous m'avez dit... pour Arthur... et vous avez bien fait, père!... Mais nous n'avons ni l'un ni l'autre rien à lui donner... alors sur-tout qu'il s'agit de billet d'un mille francs!

— C'est vrai tout de même ce que tu dis là... mes pauvres enfants!... c'est bien vrai!

Jamais peut-être la folle prédilection du bonhomme Campagne pour son fils Arthur, jamais son injuste et naïf aveuglement à l'endroit de Catherinette et de Césaire, n'en étaient arrivés à cet amer et machinal aveu.

Aussitôt après, cependant, il retomba dans son silence, dans sa rêverie, ne songeant plus uniquement déjà qu'à son fils Arthur.

Egalement silencieuse et triste, Catherinette marchait toujours aux côtés de son père, en lui donnant le bras.

Convaincu qu'on continuait à s'occuper d'affaires de famille, Nicole Lambert les suivait à une distance plus que jamais respectueuse, et s'amusant à des ricochets.

— Père! dit tout à coup la jeune fille, du ton de quelqu'un qui va hasarder une proposition.

— Quoi donc, fillette? fit le vieillard.

— Si vous vous adressiez à cet homme qui a prêté déjà... pour Arthur... à Césaire?

— Cet homme!...

Et le vieillard avait frissonné soudain.

— Dame!... reprit Catherinette, je ne connais rien aux affaires d'argent, moi. Mais, puisqu'on emprunte bien sur un bateau, il me semble qu'on doit pouvoir emprunter itou sur quelque ferme!...

— La ferme!...

Et le vieillard parut ressentir intérieurement une secrète et poignante douleur.

— Je vous ai fait de la peine... père... pardon!

— Non, fillette... non! Bien au contraire... ton idée ess bonne... C'est le seul moyen, le seul! D'ailleurs, je devais aller chez cet homme aujourd'hui... pour autre chose... pour moi-même... et je n'osais point... Mais c'est pour mon fils Arthur... Allons... il le faut... allons!

Et, se séparant de sa fille après lui avoir enjoint à plusieurs reprises de ne pas le suivre, il s'enfonça dans les terres à pas précipités.

Catherinette le regarda s'éloigner, immobile et pensive en-core au bord de la mer qui commençait à mouiller ses sabots, mais déjà se disant avec une certaine joie : j'ai tout de même eu là une fameuse idée... Arthur aura ses cent pistoles... et le père sera content!

Quelques minutes plus tard, ce fut une allégresse d'une autre nature, une complète allégresse.

Nicole, qui marchait toujours, rejoignit tout naturellement Catherinette.

Comme un couple de mouettes enfin réunies, les deux amoureux s'envolèrent à grand bruit de sabots vers l'un des nids les plus verdoyants du bord de la dune, et là, blottis l'un et l'autre et se tenant seulement avec une chaste innocence par les deux petits doigts enchaînés, ils restèrent deux grandes heures à regarder la mer, sans se rien dire.

Mais comme ils étaient heureux !

Hélas ! il n'en était pas ainsi du bonhomme Campagne, tournant et retournant depuis une heure déjà tout à l'entour d'une immense ferme normande, sous la haute porte rougeâtre de laquelle il n'osait pas encore, il ne voulait pas encore, et devait encore pénétrer.

C'est qu'au-delà de cette porte béante et de cette vaste cour assombrie par l'épais feuillage des pommiers, c'est que dans cette fatale maison à peine entrevue du dehors... c'est qu'il y avait l'usure !

L'usure... si funeste déjà dans les villes... dans les campagnes, cent fois plus funeste encore !

Un artiste de nos jours, philosophe et poète en même temps qu'artiste, Rambert, dans une composition qui rappelle à la fois Holbein et Albert-Dürer, vient de nous allégoriser ainsi cette impérissable lèpre.

Dans une horrible demeure, sordide, solitaire et muette, où l'air pénètre à peine, jamais le soleil... (on dirait l'antre du crime, si ce n'était celui de l'usure) une gigantesque toile d'araignée est rigoureusement tendue.

Dans l'un des coins de cet épouvantable réseau à prendre des hommes, l'exécrable insecte-tigre est là, gigantesque comme sa toile, la tête à proportion petite, les antennes courtes, les griffes acérées, le ventre énorme... ou, pour mieux dire, ce n'est qu'un ventre visqueux, velu, grisâtre, et surtout tellement gonflé qu'il semble prêt à rompre !

L'impitoyable bête n'est cependant pas repue. On devine qu'elle est prête encore à faire sang de tout. Ses pattes venimeuses ont cessé d'ourdir la trame perfide... son œil glacique épie... ses serres guettent, entr'ouvertes... tout son être espère encore, attend toujours une nouvelle proie, que le désespoir ou la folie va sûrement précipiter dans la toile.

La voilà ! tenez ! voyez-vous... Mais ce n'est point une grosse mouche... non... c'est une créature à l'image de Dieu, c'est un homme !

Déjà, il ne se débat plus... déjà son corps frissonnant à peine est entouré, garrotté, empêtré, immobilisé, dans un linceul de fils liténgineux, inextricables... déjà son œil s'est clos pour ne plus voir... déjà sa tête retombe... déjà l'épouvante le tue pour lui épargner au moins les dernières douleurs !

Seulement alors, l'araignée s'avance... horrible à voir, tant il y a de féroce joie, de fileuse volupté, de dévorantes aspirations dans son œil qui flamboie, dans ses griffes qui s'entr'aiguisent, dans sa trompe qui se pourlèche avec ses mâchoires béantes, dans tout son corps qui va meurtre sans se hâter, sûrement, impunément, car la victime est assez morte déjà pour ne plus pouvoir se défendre, et d'avance elle jouit du flair de son sang avant de le pomper, de l'absorber de l'épuiser jusqu'à la dernière goutte !

L'usure est patiente comme l'araignée, l'usure est experte et rusée comme elle, comme elle l'usure est impitoyable et lâche, car elle vous lie d'abord, et vous dévore ensuite.

Eh bien ! le bonhomme Campagne était en ce moment la mouche humaine... Cette grande et sombre ferme, devant laquelle il hésitait tant à entrer... pauvre père Campagne, c'était la toile ! Cet homme qui peut-être le guettait de loin par quelque invisible fenêtre de sa maison aux trois quarts cachée dans les branches... cet homme, c'était le terrible vampire de Rambert, c'était l'araignée, c'était l'usure !

. . . .

L'heure, cependant, s'écoulait ; le bonhomme Campagne prit enfin son courage à deux mains, et s'élança au pas de course sous la porte fatale.

Une seule servante hébétée récurait un vieux chaudron sur le seuil de la maison.

— Monsieur le maire... y est-il ? demanda timidement le vieillard.

— Monsieur le maire répéta lentement la maritorne aux mains noircies... il est en conversation depuis plus de deux heures dans son cabinet... avec la dame...

— Avec quelle dame ?

— Eh ! parbleu, mon brave Campagne, avec moi ! répondit inopinément une seconde voix qui descendait l'escalier.

— Madame la baronne de Follavoine ! fit le vieux paysan tout surpris, en reconnaissant la noble marraine de son fils.

— Moi-même ! s'empressa de répliquer à haute voix la *dame*, qui se trouvait parée de ses plus brillants atours, ni plus ni moins que si elle fût revenue de quelque grande visite cérémoniale au faubourg Saint-Germain. Qu'y a-t-il donc à cela d'étonnant, mon brave Campagne ? Ne savez-vous pas que je suis une des meilleures amies de notre cher conseiller-général ?

— Ah ! fit le vieillard, c'est lui qui a été élu.

— Grâce surtout à l'activité électorale de mon fils Astolphe !... poursuivit la baronne de Follavoine sur un ton plus élevé encore, et comme avec l'intention d'être entendue de l'étage supérieur. Grâce aussi, sans aucun doute, à votre vote particulier... Mais montez donc, mon brave Campagne... on vous avait vu venir de loin, on vous attend... Montez donc vite, vous dis-je... Notre excellent et digne ami, monsieur le conseiller-général Pailleux, est là-haut !

Le billet de mille francs.

Nous retrouvons enfin notre Pailleux.

Mais ce n'est plus le Pailleux d'il y a vingt ans, le Pailleux mi-Lorrain, mi-Bourguignon de Saint-Martin-sous-Bois, le Pailleux qui sortait à peine de la gueuserie, qui rampait obscurément et presque timidement encore dans sa voie fatale, qui se contentait de ronger dans son coin les os à peine garnis de viande que lui avaient valu la trahison, la duplicité, le crime, ces trois premiers pourvoyeurs de sa cupide avarice, et par conséquent de sa fortune à venir.

Depuis vingt années, la dot de Marie-Rose et les trente-deux mille francs de Maximilien de Rensdorf avaient fait bien des petits.

Riche déjà pour un paysan lorsqu'il était venu s'établir en Normandie, espérant avec quelque raison que son passé resterait éternellement inconnu, désireux de se créer avant tout une réputation meilleure, Pailleux s'était observé bien soigneusement à se poser dans ce nouveau canton en gros cultivateur considéré de tous, et il y était rapidement parvenu, bien que rognant et rapinant toujours sur tout, bien qu'obligeant déjà le voisin à assez forts intérêts, bien qu'avaritieux et processif en diable... Mais que voulez-vous ? en Normandie tout cela passé souvent pour vertu !

Ajoutez que, parallèlement à l'incessante multiplication de ses écus, l'intelligence financière de ce Rotschild campagnard avait continué presque quotidiennement de s'accroître. Au jour où recommence cette histoire, personne ne connaissait au juste sa fortune. Mais la moitié de son canton lui appartenait, mais il avait de la terre dans tous les coins du département, mais on lui soupçonnait des placements avantageux au Havre, à Rouen, et jusqu'à Paris, sans compter la cachette aux louis d'or dans lesquels il avait la passion, disait-on, de se baigner les mains chaque soir.

Puis, lorsque son inextinguible soif d'argent avait commencé néanmoins à se sentir satisfaire, l'ambition des distinctions était venue, des dignités villageoises, des honneurs !

Déjà depuis dix années, Pailleux était membre du conseil de fabrique, du conseil municipal.

Le ministère Polignac le fit adjoint, car l'exagération royaliste dominant alors, Pailleux avait toutes les apparences de l'un des partisans les plus passionnés du trône et de l'autel.

Au lendemain de la révolution de juillet, il sut prouver qu'il avait toujours été libéral enragé dans le fin fond du cœur, et il devint maire de son village, auquel cette position officielle nous force à donner un nom de fantaisie et que, pour éviter toute réclamation, nous nommerons en conséquence *Fleur-sur-Mer*.

Nul doute que si le temps lui en eût été donné, notre Pailleux eût encore subi deux autres complètes transformations : qu'il se fût trouvé républicain de l'avant-veille au lendemain de la République, bonapartiste de tous les temps à la renaissance de l'Empire.

Mais ce détail est par trop commun pour les lecteurs de notre époque ; nous tenions à constater qu'elle aura vu des Paillasses même au village : passons.

Par quelques mots échappés à la baronne de Follavoine vers la fin du chapitre précédent, on a dû voir quel nouveau titre était en droit de porter Pailleux.

Et que cela n'étonne pas. Depuis déjà qu'il était premier magistrat de *Fleur-sur-Mer*, monsieur Pailleux avait de plus en plus dépouillé le paysan pour revêtir la peau neuve du bourgeois, et les basques de sa veste s'étaient allongées jusqu'à devenir presque un habit. Un certain jour, le tailleur de Pont-l'Évêque avait été mandé. Une autre fois, le passager du Havre avait apporté une paire de fauteuils, des chaises de crin et une pendule dorée. Chaque fois que monsieur le maire allait dans une des petites villes des alentours, pour *affaires*, sa carriole revenait toujours pleine d'une foule de paquets de toutes sortes. Bref, il commençait à se monter, à vivre, à dépenser ; quitte à faire payer au prochain son surplus de dépense, à se départir de son premier système de modération, à pomper désormais, sans ménagements aucuns, jusqu'à la dernière goutte du sang des pauvres abeilles des alentours, ainsi qu'on a déjà pu le remarquer à propos de la plate de Césaire, ainsi qu'on va le voir bien davantage encore dans l'emploi d'araignée qui va suivre.

Lorsque le bonhomme Campagne entra dans le cabinet d'en haut, lequel était tout récemment tendu d'un beau papier roussâtre, à dix-huit sous au moins le rouleau, Pailleux était à l'affût depuis longtemps déjà devant un vieux secrétaire en acajou écaillé qui sentait l'occasion d'une lieue, Pailleux était tapi dans un grand fauteuil à bras en cuir, jadis vert, et qui décelait évidemment la même origine, Pailleux faisait mine de fureter attentivement quelques papiers jaunis, mais en réalité, comme l'araignée de Rambert, du coin de sa toile, il guettait en dessous sa proie.

Oh !... oh !... nous vous l'avons bien dit, ce n'était plus le paysan d'autrefois, traitant une affaire sur le marché ou sur la place de l'église, en se frappant la main dans la main pour se donner parole, voire même au cabaret en face d'une pinte.

C'était le monsieur exploiteur ; c'était l'homme d'affaires, l'homme en règle, flanqué de notaires, d'avoués, d'huissiers surtout, de tous les oiseaux de proie de l'usure ; avec sa tactique, sa politique et sa diplomatie ; avec son code élimé à force d'usage, et qu'il le feuilletait si souvent que pour mieux apprendre à en éluder les lois.

Si notre pauvre père Campagne eût été moins naïf, rien qu'à l'aspect de l'attitude magistralement reployée de Pailleux, rien qu'à entrevoir son air, tantôt oblique, tantôt fixe, alors qu'il regardait ou son visiteur ou ses sacs d'écus, rien qu'à entendre surtout la façon narquoisement hargneuse dont il entama l'entretien, tout autre que le bonhomme Campagne se serait dit : je suis en face d'un ennemi !...

— Ah !... ah !... venait-il de débuter enfin, viendriez-vous me complimenter par hasard sur mon élection, monsieur Campagne... M'est soupçon cependant que je n'ai pas eu le bonheur de mériter votre voix ?

Le vieillard balbutia machinalement quelques paroles inintelligibles.

— Ne niez pas... je le sais... Du reste, chacun son opinion...

liberté, libertas, voisin... n'en parlons plus !..

Puis se frappant le front tout à coup, et déjà sur un autre ton :

— Eh mais ! reprit-il, ce n'est point là le motif de votre visite... oublieux que je suis !... N'est-ce point aujourd'hui l'échéance de nos hypothèques ?...

Et il feignit de chercher des papiers timbrés qui se trouvaient sous sa main.

— C'est vrai, voisin... mâchonnait durant ce temps-là le bonhomme Campagne. C'est vrai tout de même voisin... c'est aujourd'hui !...

— Je vais vous signer quittance, fit l'usurier en prenant une plume.

— Quittance ?... répéta le vieux cultivateur, avec un air visiblement embarrassé.

— Ne m'apportez-vous donc point de l'argent ? demanda Pailleux en avançant la lèvre inférieure.

— Je viens vous en demander, voisin...

— M'en demander ! encore !... Vous tombez mal, voisin.. Je n'ai pas le sou, mon bon Dieu... les temps sont durs !...

Et Pailleux se reployait davantage encore sur lui-même, ainsi qu'au moment de s'élancer, fait la bête fauve.

— Je le sais mieux que personne !... soupira péniblement le bonhomme Campagne, de plus en plus inquiété de la tournure que prenaient les choses. Et pourtant ces cent pistoles-là me sont aussi nécessaires que l'eau du ciel à nos champs !

Pailleux se détendit tout à coup, et comme mu par une impulsion généreuse, il fourra tout d'un trait une clef dans le tiroir de son coffre-fort.

Campagne tressaillit, croyant tenir déjà la somme.

Mais le prêteur retira tout aussitôt sa main de la clef, et se retournant tout d'une pièce vers l'emprunteur avec un œil étonné :

— Mille francs ?... fit-il.

— Mille francs ! réitéra simplement le bonhomme Campagne.

— Et vous ne me donnez rien sur l'intérêt des hypothèques ?...

— Je viens vous demander de les renouveler, monsieur le maire...

— Renouveler !... renouveler !... Et les garanties ?...

— Mes biens ne vous sont engagés que pour les trois quarts de leur valeur... j'offre le dernier quart pour garantir le renouvellement, les frais et les intérêts.

Il y eut un silence, durant lequel le pauvre emprunteur eut froid dans le dos.

— La terre perd de plus en plus, reprit l'usurier en hachant ses phrases comme chair à pâtée. Je ne sais trop si ce quart serait suffisant... Une baisse encore, et je suis au-dessous de mon prêt... Savez-vous, voisin, que ce n'est pas tout profit pour obliger !... Je cours des risques...

— Ma ferme ne s'envolera pas ! fit en rougissant le vieillard. Et si la récolte est mauvaise, si ce que j'espère ne se réalise pas enfin, si le ciel nous est contraire... Il n'y aura jamais de malheureux que mes enfants et moi !

Pailleux sentait la pauvre mouche s'empêtrer de plus en plus dans ses fils. Tout en ayant l'air d'hésiter encore, de balancer en lui-même le pour et le contre, de faire le gros dos, de se crisper les mains aux bras de son grand fauteuil, la proposition du voisin l'avait trop réjoui dans le fin fond pour qu'il pût concevoir un seul instant le malin plaisir de refuser.

Seulement, comme le chat, il jouait avec la souris prise.

— Allons !... fit-il donc enfin avec un laisser-aller superbe, allons, voisin... vous savez que je suis un bon homme tout rond en affaires... Terminons d'abord celle-là ?...

— Terminons ! consentit douloureusement Campagne.

Quelques minutes plus tard, tous les biens de la famille Campagne étaient entre les griffes crochues de Pailleux ; l'usure lui en répondait.

Cette fois donc il tourna la clef de son coffre-fort, fourra les hypothèques renouvelées tout au fond du tiroir, puis le referma brusquement, hermétiquement, ce qui fit chanter dans le ventre du meuble un bruit d'or.

Après quoi, l'œil mi-clos, la lèvre souriante, digérant en quelque sorte cette première proie, notre araignée rentra dans son silence expectatif, somnolent, en apparence oublieux de tout ce qui se passait à l'entour de sa toile.

— Est-ce qu'il ne se souvient plus de l'autre affaire? pensait depuis un instant déjà le bonhomme Campagne, en toussotant, en remuant sa chaise, en promenant des regards de plus en plus inquiets sur Pailleux qui semblait n'y prendre garde.

Mais la pensée d'Arthur qui avait un si impérieux besoin d'argent, d'Arthur qui attendait avec une si légitime impatience, d'Arthur qui allait peut-être manquer son avenir, si la somme n'arrivait pas à temps, cette pensée terrifiante rendit au pauvre père tout son courage, et il se hasarda tout d'un coup à rompre enfin le premier ce second entr'acte embarrassant.

— Je vous ai parlé, reprit-il, de cent pistoles dont nous avons grand besoin, maître Pailleux?

L'honnête cultivateur venait de dire deux mots de trop : grand besoin.

Ces deux mots-là vont lui coûter cher!

— Pardon! se récria vivement Pailleux avec une feinte bonhomie. Pardon, voisin... je n'y pensais plus... Comment vous êtes si fort en peine pour un méchant billet de mille franc... vous, l'un des plus riches propriétaires de la commune!... Ah ça... mais vos terres ne valent donc plus rien?

— Hélas! répliqua avec amertume le vieillard, hélas... depuis qu'elles sont grevées d'hypothèques, elles ne rapportent plus qu'à vous!...

— Comment donc cela? fit curieusement l'usurier, qui savait fort bien à quoi s'en tenir là-dessus.

— Dame! expliqua timidement le cultivateur. Dame! la terre ne rapporte que trois pour cent, et vous nous prêtez à...

— A six! interrompit vivement Pailleux... toujours à six voisin... intérêt légal!

— Ça serait déjà bien assez disproportionné comme ça! mais nous avons en sus deux pour cent de commission, trois pour les renouvellements, sans compter l'enregistrement... et le notaire!...

— Faut bien se mettre en règle!... conclut philosophiquement Pailleux.

Puis, se redressant tout à coup, et avec une fougue d'éloquence qui semblait avide de s'exercer en vue d'une plus vaste arène à venir.

— C'est votre faute aussi! se prit-il à déclamer avec force gestes à l'avenant. C'est l'impéritie entêtée de tous les agriculteurs de ce pays, qui seule cause toutes leurs misères. Jamais vous n'entendrez rien à la gérance de vos fermes. Elles ne rapportent que trois, dites-vous? faites-les rapporter davantage, c'est facile. Exemple : je suppose douze arpents que je divise ainsi : trois arpents en blé d'un produit de cent doubles décalitres... un arpent et demi en avoine de cinquante doubles décalitres encore... deux arpents d'herbes artificielles de seize cents bottes de vingt-quatre kilogrammes et demi... etc... etc.

Nous vous faisons grâce du reste du discours, car ce fut un véritable discours agronomique en trois points.

— Mais! s'évertuait à intercaler le bonhomme Campagne, chaque fois que le sempiternel orateur s'arrêtait un instant pour reprendre haleine, mais, monsieur Pailleux, ce n'est point là le motif qui m'amène. Il s'agit tout simplement de cent pistoles, qu'il me faut pour achever de faire de mon fils un avocat. Dame... l'instruction coûte gros à Paris!

— L'instruction! repartit de plus belle monsieur le maire de Fleur-sur-Mer, qui s'étudiait évidemment à quelque hasardeuse harangue méditée pour la prochaine séance du conseil général. L'instruction publique! le nouveau gouvernement

l'encourage fort... j'en suis fort partisan! j'en fus toujours très fort partisan! de l'instruction! Qui oserait prétendre le contraire? Est-ce que je ne donne pas l'exemple? est-ce que ma fille Madeleine n'a pas été deux années durant au pensionnat de Caen? est-ce qu'elle n'achève pas de se perfectionner présentement dans l'une des premières maisons d'éducation de Paris? Peut-être certains d'entre vous me blâmeront-ils, ainsi qu'ils blâment mon voisin Campagne, ici présent. Peut-être me taxera-t-on d'ambition. A cette insinuation perfide, je n'ai qu'un seul mot à répondre, messieurs et chers collègues, adressez-vous à madame Pailleux... c'est madame Pailleux qui l'a voulu!

Pauvre bonhomme Campagne! Il avait emprunté à l'adjoint, il venait de renouveler au maire, il allait avoir affaire maintenant au conseiller général!

— Mais! continuait-il, sans plus de succès, à jeter en guise d'accompagnement à travers la symphonie Pailleux, mais il ne s'agit pas purement de votre fille Madeleine... il est uniquement question de mon fils Arthur.

Tout à coup, cependant, Pailleux enfin s'arrêta. L'accès était passé. L'ambitieux disparut entièrement, l'homme d'argent seul resta.

Et, rentr'ouvrant un tantet le fameux tiroir aux espèces :

— Nous disons donc, reprit-il, qu'il vous faut cinq cents francs.

— Mille... voisin... mille francs!

— Fichtre!

Et la caisse une seconde fois se referma.

Mais pour se rouvrir une seconde fois, avec une lenteur calculée, tandis que l'usurier disait au pauvre emprunteur, qui venait d'avoir un nouveau soubresaut en arrière, qui de nouveau se penchait en avant :

— Voisin... voisin... Allons... il ne sera pas dit que vous vous en retournerez les mains vides de chez votre conseiller général. Vous me ferez une reconnaissance sur hypothèques. Cent dix francs d'intérêts perçus en dedans, et tout sera dit. Vous voyez, voisin Campagne, que nous sommes plus accommodant qu'on veut bien le dire...

Le coffre-fort bâillait à toutes mâchoires.

— Doucement! fit néanmoins l'emprunteur, qui essayait, mais en vain, de débattre ses intérêts, et qui s'engluait de plus en plus dans la toile d'araignée. Doucement... le perçu en dedans nous semble un peu dur, eu égard à notre position du moment. Je préfère vous payer le tout à l'échéance, intérêt et capital, mais j'ai besoin pour aujourd'hui de la somme tout entière!

— C'est l'usage! articula sèchement l'usurier.

Et il eut un geste de la paume de la main, comme pour clore à tout jamais sa cassette.

— Soit! s'écria précipitamment le bonhomme Campagne, qui suait sang et eau. Soit... allons... percevez en dedans!

— Ah!

Le fameux tiroir s'ouvrit enfin.

Mais non point encore ainsi que s'ouvrent tous les tiroirs.

Il y eut un va et vient, un grincement douloureux du bois contre le bois, des temps d'arrêt, des retours soudains, des lenteurs désespérées, ni plus ni moins que s'il se fût agi pour Pailleux de s'ouvrir à deux mains les entrailles.

Puis les écus apparurent, petits tas à petits tas, parfois même un à un.

Et il les palpait, les caressait, semblait prêt à vouloir les retenir encore, les comptait et les recomptait, les empilait et les rempilait, égalisait enfin les neuf petites colonnettes d'une main frissonnante et toujours prête à se refermer en dedans, comme la first.

— Ah! gémissait Pailleux durant toute cette suprême comédie de l'avarice à son quart d'heure de Rabelais. Ah! voisin... voisin... il faut tant se donner de mal pour faire entrer là-dedans ces pauvres écus, c'est si facilement qu'on les voit ressortir ! Cent dix francs d'intérêt seulement ! Après tout, je ne sais pas pourquoi je ne vous retiendrais pas aussi d'avance tout le papier notarié qu'il vous faudra payer en surplus au jour du remboursement, à savoir :

— Oh ! s'emporta tout a coup le bonhomme Campagne, qui commençait à sortir à la fin de sa placide humeur. Oh le notaire ! le notaire !

— Sur quoi l'hypothèque, voisin ? demanda seulement alors Pailleux avec un coup d'œil étrange.

— Toutes nos terres sont engagées ! balbutia le pauvre cultivateur.

— L'usurier ne l'ignorait pas.

— Dame ! fit-il, nonobstant d'un air ingénu. Dame !... alors... comment ? sur quoi pourrions-nous vous prêter ? il me faut bien une garantie !

— Il me reste le mobilier et les instruments de labour de la ferme.

— Non !... rejeta bien loin Pailleux d'un ton très fort apitoyé. Oh ! non... pas cela. D'ailleurs cela ne suffirait point.

Puis, se renversant inopinément en arrière, et avec une expansion des plus patriarcales :

— Tenez ! s'écria-t-il bonassement. Tenez, voisin... je m'en vais vous faire une proposition...

Une proposition...

— Qui vous procurerait d'abord l'énorme avantage de toucher vos cent pistoles toutes rondes, ce à quoi vous me paraissez tenir tout particulièrement.

— Oui... oui...

— Une proposition qui vous épargnerait en ceci toute espèce d'accointance avec les gens de loi que vous me semblez exécrer si fort !

— Quoi ! respira le vieillard ravi. Quoi... pas de notaire !...

— Vous n'auriez conséquemment à payer : ni les honoraires et commission, qui coûtent 7 francs 10 sous — ni l'expédition de la grosse, 4 francs 12 centimes, joints au répertoire — ni l'état de change, timbre, minute, enregistrement, transcription au bureau des hypothèques, en tout 12 francs 24 centimes au nom du fisc, — ni enfin, au remboursement, la quittance et radiation de 10 francs 71 centimes — au total 35 francs 56 centimes d'économie ! Hein !... j'espère que voici une proposition à considérer, papa Campagne !

— Mais, en fin de compte, voyons un peu... voyons la proposition.

Pailleux ne répondit pas directement encore, et se rongea durant un instant les ongles.

Puis, avec la même spontanéité que tout à l'heure, bien qu'avec une expression déjà toute différente :

— Vos vaches se portent bien ? dit-il avec une sorte d'envie mal déguisée sous une apparence de félicitation.

— Dieu merci ! jeta le bonhomme Campagne sans soupçonner le piège.

— Vous êtes bien heureux, vous ! tournailla diplomatiquement Pailleux. Je les admirais l'autre jour encore à travers votre haie. Quatre superbes laitières ! ah !... ce n'est point comme ici... j'avais voulu faire abandonner nos terres par les miennes... et c'est une fameuse économie agricole, je le prétends toujours... mais ces garçons de charrue sont si malfaisants !... Ils me les ont surmenées, épuisées, perdues ! J'allais être obligé de quérir le boucher... fort heureusement, j'ai trouvé à les vendre à un de mes bons amis... une occasion... (quelle occasion avait dû trouver Pailleux... je plains l'ami !) Le lait et le beurre manquent ici... C'est vraiment comme une malédiction... comme un sort ! Ah ! voisin... voisin... je suis vraiment bien malheureux !

Et il fit une nouvelle pause savante.

Le pauvre emprunteur ne répondit pas. Mais il avait compris ; Pailleux convoitait ses vaches.

— Il vous faut donc absolument cet argent ? reprit avec un semblant d'effort le perfide usurier.

— Absolument... c'est le mot ! avoua franchement Campagne, qui avait hâte de terminer enfin cette affaire. Sans ces mille francs, mon fils Arthur perd le fruit de trois années d'étude. Il me les faut, à quelque prix que ce soit !

— Nous sommes vraiment bien à plaindre tous les deux ! se lamenta Pailleux avec plus d'astucieuse bonasserie que jamais. Vous de ne pas avoir ces mille francs, moi de ne plus avoir mes vaches... Et voici précisément ce qui fait que vous tombez mal, voisin... je gardais cette somme pour en acheter d'autres...

— Allons ! ricana fiévreusement le bonhomme Campagne, à bout de patience à la fin, à bout de courage, à bout de forces... allons... allons... maître Pailleux, je vois bien décidément qu'il n'y a pas moyen de faire affaire avec vous !

— Peut-être ?... avança tranquillement l'usurier. Peut-être y aurait-il moyen de nous arranger ensemble...

— Comment ?

Et le vieillard refourrait sous sa chaise son chapeau qu'il venait à l'instant de retirer de là.

— Je vous prête mon argent, prêtez-moi vos vaches ; et quand vous me rendrez mes écus, je vous rendrai vos bêtes.

— Mais, regimba vertement cette fois le vieux paysan, mes bêtes ont du lait, vos écus n'en ont point.

— D'accord, repartit allégrement Pailleux, mais en revanche mes écus ne coûtent rien à nourrir.

Puis, avec le ton bref et décisif d'un ultimatum léonin :

— Finissons-en ! conclut-il. C'est à prendre ou à laisser... oui ou non... voulez-vous ?

De brûlant de sueur qu'il était, le vieillard redevint froid comme glace depuis les pieds jusqu'à la tête.

Pailleux déjà se levait, rencaissant ses écus d'un revers de coude.

— Prenez donc mes pauvres bêtes ! gémit douloureusement le bonhomme Campagne, qui ferma les yeux à son tour, et laissa retomber sa tête sur sa poitrine.

C'était le pauvre moucheron qui fait le mort afin de ne pas se voir dévorer vivant.

— A vous l'argent ! osa ricaner Pailleux, en pesant de ses deux mains crochues sur les épaules du vieillard atterré.

C'était la hideuse araignée qui bondit pour prendre possession de sa proie triomphante.

— J'aimerais mieux un billet de banque, eut la force néanmoins de murmurer encore la victime. C'est plus facile à envoyer à Paris, et, vous n'en ignorez pas, c'est pour mon fils Arthur !

Déjà les neuf piles de pièces de cent sous avaient été englouties à grand fracas dans le ventre du coffre-fort.

Il en ressortit un grand portefeuille noir usé, râpé, écorné. De ce portefeuille, un billet de mille francs.

Pailleux le prit avec une sorte de dévotion, le déploya méticuleusement, l'examina à plusieurs reprises à la lumière, le souffla pour bien se convaincre qu'il n'était pas double, et se décida finalement à le tendre au bonhomme Campagne.

Mais se ravisant tout à coup au moment même où celui-ci allait le saisir, et comme dernier raffinement de l'impitoyable usure :

— Allez me chercher vos bêtes ! exigea-t-il, en rengaînant en un clin d'œil le billet de banque dans le portefeuille noir. Allez et revenez avec. Donnant donnant, rendant rendant !

Le vieillard se précipita, sans répondre, au dehors.

Du reste, il était temps ; une minute de plus, et il étouffait.

Il descendit en trébuchant l'escalier, il traversa la cour sans rien voir, il courut en décrivant des zigzags jusqu'à maison.

Il était ivre... il était fou !

Seulement, aux approches de son herbage, il entendit tout à coup un long et lamentable mugissement de la plus ancienne de ses vaches.

Une autre, la plus jeune, la plus folâtre, accourut en bondissant à sa rencontre, et lui lécha les mains.

4

Les animaux ont des pressentiments étranges.

Pauvre bonhomme Campagne ! il s'arrêta tout net, et laissa tomber une larme sur la corne noire de sa vache favorite.

Cette larme-là, son bon ange dut la remonter au ciel, afin de l'inscrire à l'*avoir* des douleurs terrestres du bonhomme Campagne, afin de l'ajouter au terrible *doit* de Pailleux !

A l'heure où nous en sommes, celui-ci n'éprouvait cependant aucuns remords. Bien au contraire, il semblait ravi de sa journée, et l'œil et le poing tournés vers la vitre par laquelle il regardait s'en aller sa victime, il la menaçait encore, il ricanait, il disait :

— Ah !... tu n'as pas voté pour moi... toi ! Ah ! tu ne veux être ni mon ami, ni mon esclave !... Patience... nous verrons... prends garde !

— Prends garde toi-même ! dit tout à coup une voix derrière Pailleux.

Il se retourna vivement.

Une femme, qui sans doute avait tout entendu, venait d'entrer par une porte ignorée de tous... une femme en qui la nature avait incarné le type de la paysanne, mais qu'une sorte de contrainte semblait vouloir assez mal à propos transformer en bourgeoise... une femme de cinquante ans environ, à la robuste encolure, à l'exubérante santé, à la force virile, mais au sourire franc, à la voix douce, au regard bon... même un peu triste.

— Pailleux ! continua-t elle lentement, prends bien garde ! Durant près de vingt années, grâce à moi surtout, tu as tenu en bride tes méchants instincts, et nous nous en sommes bien trouvés tous les deux... trop bien même ! Mais depuis déjà six mois, Pailleux, tu ne m'écoutes plus, tu ne ménages plus rien, tu redeviens le Pailleux de Saint-Martin-sous-Bois... Prends garde de finir comme à Saint-Martin-sous-Bois ! c'est la Souillotte qui te dit ça... Pailleux... prends bien garde !

Déjà Pailleux lui avait jeté une main sur les lèvres ; déjà, tremblant de terreur et de colère, il répondait cependant à voix basse :

— Tais-toi ! malheureuse... je n'ai jamais été à Saint-Mar-sous-Bois... je ne connais pas de Souillotte... La Souillotte ! si l'on savait ! mais non... non... il n'y a plus ici que l'ère de notre Madeleine... on ne connaît que madame Pailleux !

— Soit ! consentit-elle, mais n'oublie pas non plus mon avertissement, et... pour l'enfant surtout... pour notre Madeleine... ménage un peu l'avenir !

— Mais qu'est-ce que je fais donc de si mal ? Ils m'ont nommé... je les tiens... je suis roi ! reprit monsieur le conseiller général avec un dédaigneux orgueil, et en faisant asseoir galamment auprès de lui madame son épouse.

Il y eut entre les deux anciens parias de Saint-Martin une longue conversation, que nous nous réservons de rapporter plus tard, et qui ne fut interrompue que par le retour du bonhomme Campagne qui ramenait avec lui ses vaches.

— Pauvre homme ! fit madame qui, d'après l'invitation de monsieur, regardait dans la cour. Pauvre vieillard ! comme il a l'air malheureux !

— Examine donc ses bêtes bien plutôt, disait Pailleux, comme elles sont grasses !

— Il pleure... Dieu me pardonne... il pleure !... Ah !... Pailleux... Pailleux... ces larmes-là te porteront malheur !

— Vois donc leurs pis... ont-elles du lait !

Mais déjà madame Pailleux s'était enfuie, révoltée qu'elle était et chassée par sa nature d'autrefois, par le cœur de la Souillotte.

La porte officielle, du reste, se rouvrait.

Le pauvre papa Campagne s'avança tremblant, pâle, anéanti.

Il livra à l'usure tout ce qui lui restait de sa prospérité morte, il lui fut permis de toucher enfin l'insaisissable billet de mille francs.

Dès le soir même, il partit pour Paris, ce dernier billet de mille francs, si douloureusement, si terriblement, si chèrement acheté !...

Le voyez-vous ?... il arrive...

Non point dans le quartier du travail, mais dans celui du plaisir !... Non point à la mansarde de l'étudiant studieux, mais à la salle à manger du gentilhomme-dandy... Dandin !...

Il tomba précisément au milieu d'une folle orgie, ce pauvre billet de mille francs, qui a déjà coûté tant de larmes, et qui, sans aucun doute, en coûtera dans un avenir prochain bien davantage encore !

Il revoit le jour au milieu d'un joyeux déjeuner de lionceaux aux trois quarts ruinés, et de filles perdues aux sept sixièmes.

— Comment !... chantonne l'une d'elles (et, Dieu me pardonne... elle est grise !). Comment... vicomte *Arthur*... on commence à déraisonner... et tu ne nous donnes pas de champagne ?...

— En voici qui nous arrive... en voici !... riposte le *vicomte* Arthur, en faisant flotter d'une main le billet de mille francs, tandis que de l'autre il allume son cigare avec la lettre paternelle, qu'il n'a pas même daigné lire !...

Puis, se tournant vers l'un des convives, légèrement râpé celui-là, pantagruéliquement affamé... le parasite ordinaire, le pitre à bons mots de toute semblable réunion :

— Agénor ! déclama-t-il pompeusement, Agénor-Népomucène Tartempion, second prix d'honneur du grand concours général... descendez à la cave avec ce précieux talisman... Soldez comptant, puisqu'il le faut désormais... et surtout, rapportez-nous avec fidélité la monnaie du chiffon Joseph !

— J'en remettrais plutôt de ma poche, dussé-je revendre en baisse quelques-unes de mes actions sur les mines de *Va-t'-en voir s'ils viennent, Jean* ! ricane drolatiquement le susdit Agénor, qui disparaît après avoir agrippé au vol le billet de mille francs... le douloureux billet de mille francs du pauvre père Campagne !...

A la vue de la banknote, cependant, l'une des lorettes a jeté vivement ses lèvres à la joue du *vicomte* Arthur.

Parmi les convives mâles, il en est plus d'un qui a cligné de l'œil, en se caressant le menton.

Dix minutes plus tard, les bouchons sautent au plancher... la pétillante mousse déborde des verres... les convives sont tous debout, fantastiquement groupés par Bacchus et Vénus.

— Mesdemoiselles et messieurs ! entonne alors l'amphitryon couronné de roses vivantes, avant de tremper vos impatientes lèvres dans cette joyeuse liqueur, je propose un toast en l'honneur de celui qui nous l'envoie. C'est de toute justice. A l'auteur de mes jours, messieurs !... Mesdemoiselles, à mon vieux richard d'ancêtre !... Buvons tous à la santé du papa Campagne !...

Pauvre bonhomme de père !... Oh ! s'il avait pu voir, entendre, deviner !... Oh !... s'il avait su !

Lendemain d'orgie.

Le déjeuner du *vicomte* Arthur s'est prolongé jusqu'au lendemain matin.

Dix heures viennent de sonner à la pendule Pompadour qui décore l'élégante cheminée de sa chambre à coucher... une vraie bonbonnière de fils de famille.

Une demi-obscurité paresseuse règne encore dans ce sanctuaire coquet du plaisir facile, et lutte de reflets hasardeux avec les dernières bougies qui achèvent de s'éteindre au milieu des porcelaines bouleversées, des cristaux gisants et des bouteilles vides.

L'amphitryon sommeille encore, enveloppé dans une soyeuse robe de chambre à grands ramages, moelleusement étendu dans une ample bergère de velours, une main reposant sur le cou d'un flacon, l'autre pendante vers le tapis et, par un miracle d'équilibre, continuant à soutenir le long tuyau bruni d'une riche pipe turque.

Le seul bruit, qui parfois s'élève, est un ronflement mystérieux, mais sonore, sous les longs plis retombants de la nappe damassée qui cache entièrement le ronfleur.

Tout à coup enfin, les rideaux de l'alcôve s'entr'ouvrent, et la tête chatfonine du baron de Follavoine apparaît.

D'abord un long bâillement.

Puis, après, un regard vers la pendule :

— Dix heures et demie ! se récria-t-il vivement. Déjà ! Eh vite... eh vite... baron... va-t'en reprendre ta chaîne... infortuné captif que tu es !

Et, sautant à bas du lit, il commença lestement, bien qu'avec toutes les formalités voulues, sa toilette de lion à tous crins.

Campagne fils dormait toujours.

— Innocent villageois ! fit Astolphe, tout en mettant au pillage la menue parfumerie de son hôte. Candide agriculteur, barbouillé de latin ! O naïf Arthur !... O mon élève !... Qui jamais eût dit, il y a quinze ans, à nous voir tous les deux, lui galopin en gros sabots, moi gentleman-moutard, qu'un jour viendrait cependant où ce serait moi qui serais l'obligé, lui l'obligeant... moi la poche vide et lui l'assiette pleine !

Ces deux derniers mots étaient motivés par l'aspect des restes du billet de mille francs, qui, bien qu'écorné déjà par le champagne et surtout par l'embrasseuse lorette de la veille, suffisaient encore à remplir une porcelaine de dessert.

Le baron de Follavoine était un de ceux qui, lors de l'apparition de la banknote, avaient cligné de l'œil en se caressant le menton.

— O ma noble mère !... reprit-il en mettant des sourdines à son enthousiasme. Vous aviez sans doute pressenti, sans doute vous aviez flairé dans l'avenir ce détail. O perspicace sorcière que vous êtes ! Peut-être même n'avez-vous fait un homme de cela (et il montrait le filleul), qu'afin que ce matin il me soit permis de puiser dans ceci (et il mettait ses doigts dans l'assiette).

Puis, de l'autre main, réveillant Arthur :

— Adieu ! fit-il négligemment. Adieu, bel endormi... Je t'emprunte cent écus de plus... et je m'en retourne avec à Sainte-Pélagie !

— Ah ! bâilla à son tour Campagne fils.

— Que veux-tu ? reprit Astolphe en allant renouer sa cravate devant un miroir de Venise. Que veux-tu, mon bon... il le faut... Mon auguste mère ne veut pas à toute force payer mes fournisseurs. Et c'est sa faute, pourtant ! Elle m'annonce un superbe mariage pour dans deux ans tout au plus (note le laps) et me dit : en attendant, va...

— Je fus !

— Mais voilà qu'à l'échéance convenue, l'héritière en question se trouve trop verte encore... Pas moyen de la cueillir. Les créanciers, que de confiance j'avais cultivés, m'accordèrent un délai de six mois. C'était fort gracieux de leur part. Après ce semestre extraordinaire, pas plus de mariage encore... pas plus de dot que dessus mon index ! Ma fiancée ne voulait pas se mûrir... Des retards, des difficultés, des fatalités... que je soupçonne à peine. Ça regarde la baronne, qui se chargeait de les aplanir. Tout ce que je sais... moi... c'est qu'on me fourra dedans et que j'y suis encore !

— Infortuné baron !

— Je ne me plains pas de Sainte-Pélagie... du directeur, principalement... C'est un des amis de ma mère. Mon intelligente maman a des amis partout ! Trois mois à peine après ma séquestration, il m'a procuré, par attestation complaisante du médecin, quinze jours de relâche qui m'étaient nécessaires... à ce qu'il paraît... pour ma petite campagne électorale en faveur de mon futur beau-père. Victoire complète... à une voix de majorité. Nonobstant, je suis rentré sous les verrous... Hélas !...

— Mais hier matin...

— Nouvelles vacances, généreusement accordées par mon cher geôlier, sous prétexte de mettre ordre à mes affaires...

c'est fait ! poursuivit Astolphe, en introduisant dans son gilet les quinze louis d'Arthur Campagne. Mais il s'agissait cette fois de vingt-quatre heures seulement. Il en reste une... juste le temps de rentrer sous ma carapace. Adieu donc ! Mais avant de m'éclipser, deux mots... s'il te plaît, mon bon... deux mots sur la grande affaire... Où en sommes-nous ?

Campagne fils allait répondre.

Tout à coup, et semblant sortir des entrailles du parquet, éclata ce même ronflement formidable que nous avons eu l'honneur d'ouïr déjà, mais que nos deux jeunes léopards entendaient pour la première fois, car depuis vingt minutes environ, depuis le premier bâillement du baronnet, le ronfleur s'était tu.

Les deux amis s'entre-regardèrent d'abord, étonnés.

Puis, Arthur, encore étendu dans son fauteuil, Astolphe, toujours debout, soulevèrent chacun en silence un des coins de la nappe.

Une créature humaine leur apparut alors, un des convives oublié de la veille, un buveur tombé sous la table et qui dormait là béatement couché en rond, à la manière des grands chiens.

— Tartempion ! éclatèrent de rire simultanément les deux gentlemans.

— Soiffard ! — ajouta superbement Astolphe.

— Je vais l'éveiller... proposait Arthur. Agénor... ohé !... Agen...

— Non ! arrêta vivement le baron. Non pas... Il nous gênerait pour l'explication. Laisse-le cuver en repos son vin... et parle sans crainte... parle ?

La nappe, lâchée des deux coins, se rabaissa sur le ronfleur.

— Tout va bien pour toi, reprit à voix basse le *vicomte*, la belle pensionnaire me semble prise à notre hameçon de soie, prise par le cœur ! La correspondance se passionne, ainsi que tu as pu jour par jour en juger, et ce matin même, j'espère...

— Aitchih ! éternua tout à coup la nappe, en guise d'interruption.

Les plis en même temps se soulevèrent à la façon du tapis sous lequel Elmire cache Orgon. Un nez incisif parut d'abord... le nez d'Hyacinthe, nous l'avons dit. Puis, une paire de gros yeux éblouis, les yeux d'Odry... Puis les joues pittoresques de Grassot... Puis, le menton grêlé d'Arnal... Enfin la voix problématique de ce pauvre Serres, qui, tout enrhumé, dit avec le troisième bâillement de la nappe :

— La probité Tartempionienne m'oblige à vous prévenir par ce aitchih que votre cher et féal Agénor-Népomucène vient de rompre momentanément avec Morphée... que, par conséquent, il entendrait désormais... qu'il a déjà entendu...

— En ce cas, interrompit brutalement Astolphe, en ce cas tu sais que tu nous gênes... va-t'en !

— Laisse-nous ! corrobora plus amicalement Arthur.

Tartempion s'était levé durant cette double invitation peu flatteuse pour un amour-propre délicat, et bâillant maintenant des bras :

— O franchise touchante ! déclama-t-il philosophiquement. O doux privilèges d'une amitié sincère ! Ce n'est pas à d'autres qu'à moi qu'on oserait dire ce va-t'en si poli, et hospitalier laisse-nous ! Mais je saurai me montrer digne d'une si gracieuse confiance, ô camarades trop délicats... vous voulez vous priver de la présence de Tartempion... vous auriez l'abnégation de vous passer d'Agénor.. vous êtes assez désintéressés pour vivre quelques instants loin de Népomucène... Eh bien... j'aurai plus de grandeur d'âme encore que vous-mêmes... soyez satisfaits, mes bons amis... oui... oui... je m'en... je reste !

Et, après un simulacre de retraite, il rebondit en arrière, et retomba anacréontiquement assis sur la table du festin.

— Trève de sottes plaisanteries ! se récria le baron, en bousculant d'un côté l'indis...

— Allons! priait de l'autre le *vicomte* souriant malgré lui, allons!

— Vicomte, à bas les pattes! regimba superbement l'effronté parasite. A bas les griffes, baron! Silence, tous les deux... et supportez mon humeur, chers maîtres, puisque vous ne pouvez vous passer de mon esprit! Du reste, rien que quelques instants... J'éprouve le besoin d'un épanchement rétrospectif. Ecoutez donc la lamentable élégie de mes tribulations passées, ô fils trop heureux qui vivez de vos mères et de vos pères. Le mien, bien au contraire, a toujours vécu de moi! Semblable à feu Saturne, le papa Tartempion me croqua presqu'en naissant, ou plutôt me sala, me poivra, m'assaisonna comme comestible d'avenir. C'était, du reste, un assez vilain monsieur que cet auteur apocryphe de mes jours. Comment m'avait-on obtenu?... où?.. de qui?... j'ignore, n'ayant pu retrouver la coquille de l'œuf dont j'ai dû sortir. Peut-être le père que j'eus m'avait-il tout simplement volé quelque part, mais dans un palais ou dans un château assurément : j'ai le droit de me croire de très haute naissance, étant fort laid! Abrégeons! Papa Tartempoin était... la dernière syllabe de son nom, ce qui l'ennuyait fort, mais il avait son plan. Dès que je revins de nourrice, il m'acheta un rudiment latin, il me l'incarna sans pitié, il me l'inocula, il m'en bourra férocement dès cette tendre époque, qui, pour tous les autres enfants, n'est qu'un *far-niente* perpétuel, le paradis de la vie. Mais pas pour moi, non... Les déclinaisons furent mes premiers bégaiements, les versions et les thèmes mes premiers jeux... Je ne connus d'abord d'autre jardin que celui des racines grecques, et je les savais par cœur avant que ne fussent poussées celles de mes dents! Bref, lorsque cet excentrique papa-pédagogue m'eut suffisamment abruti pour la petite spéculation qu'il méditait, il m'exhiba tout à coup au collège, en septième, externe libre. A la première composition, je fus le troisième. Il me calotta. A la seconde, le second. Nouvelles calottes. A la troisième, le premier. On ne calotta plus. Ma jeune logique naturellement en conclut qu'il était de l'intérêt de mes oreilles de conserver le numéro un. Je devins donc le premier de ma classe, en permanence, à perpétuité!

— Eh bien... oui... c'est convenu... c'est entendu... nous le savons, tenta d'interrompre encore une fois l'impatient baron de Follavoine.

— Bravo! applaudit le plus débonnaire Arthur. Bravo... bravissimo... la suite au prochain numéro!

— Non pas! reprit de plus belle notre Télémaque burlesque. Non, pas, s'il vous plaît!.. Mon Enéide vous intéresse trop vivement, ô masculines Didons barbues, pour que je vous laisse ainsi le bec dans l'eau, à la fin d'un aussi palpitant chapitre. D'ailleurs, ce matin, j'ai de la mélancolie à l'âme, il faut absolument qu'elle déborde en prose mélodieuse. Ecoutez donc encore, écoutez!

— Ah!

— Oh!

— Lors donc que ce résultat glorieux, mais espéré, fut bien établi, bien patent, bien officiel... mon désintéressé producteur revêtit son habit noir le moins roux, sa cravate blanche la moins jaune, et s'en fut cérémonieusement trouver les divers maîtres de pension du collège Charlemagne, auxquels il tint à peu près ce langage : « Je suis l'heureux père du jeune Tartempion! vous le connaissez tous. Il remportera cette année au collège, tous les prix. Plusieurs même probablement au concours général (M. Cornet ne parlerait pas autrement à propos du concours de Poissy), si le ciel exauce toutefois les vœux d'un père, et si mon cher élève continue à être cultivé comme il le fut au sortir des boîtes à lait de sa nourrice. En cas de défaite, du reste, il est d'âge encore à redoubler la plupart de ses classes. Ergo, succès certain. Je vous offre mon lauréat. Trois fois heureuse, messieurs, trois fois florissante l'institution qui le possédera dans son sein, car elle l'emportera chaque année sur ses rivales, car chaque année elle pourra faire insé-

rer à la quatrième page des journaux : « L'institution Kalempin continue à se maintenir au premier rang parmi toutes les pensions de la capitale ; cette fois encore, tant de prix, tant d'accessits, la recommandent à la préférence des pères de famille, etc., etc. » Ou bien encore : « Le jeune Tartempion, qui vient de briller d'un si vif éclat universitaire, appartient à la célèbre institution Brabanchu. Qui ne s'empresserait, ayant un fils, de le confier au Mentor qui forme de tels élèves. . etc. » Et autres réclames triomphantes, qui ne manquent jamais d'allécher les bons bourgeois, plus ou moins vaniteux, de Paris et des départements... voire même des colonies et de l'étranger.

Ici, monsieur Agénor fit une pause.

Le baron Follavoine essaya d'en profiter pour couper court une troisième fois à la loquace fantaisie du narrateur sempiternel.

— Eh bien... soit... oui... oui! intervint à son tour Arthur. Nous connaissons cette histoire tout aussi bien que toi, et c'est en conséquence de tout cela que nous t'avons surnommé *Prix-d'honneur!* Oui... tu fus notre illustre camarade de classes... oui, tu fis des études resplendissantes... et qui plus est, gratis!

— A l'œil! comme disait élégamment papa Tartempion! poursuivit nonobstant l'incongédiable Agénor. Mais ce n'était pas assez pour ce père modèle, il lui fallait sa part, sa prime, ses droits d'auteur! Oui, messieurs, il me mit à l'enchère. Ce fut tout aussitôt une noble émulation entre tous les gargotiers universitaires. Celui-ci débuta par cent écus de pension pour le propriétaire du jeune Tartempion. — Six cents francs! s'empressa de crier un autre. — Mille! fit un troisième. — Quinze cents! — Cent louis! — A cent louis le lauréat, messieurs. à cent louis! — Cent dix! — Cent vingt! — Cent cinquante! — Cent cinquante et une feuillette de vin! (on n'osait pas encore dire un pot). — Cent cinquante louis, une pièce de Beaune, et les vieux habits noirs du preneur, toujours pour le papa Tartempion. Gardez-vous cependant, messieurs, gardez-vous bien de le traiter de négrier scholaire. Il ne vendait pas son fils, il le louait à l'année. N'était-ce pas son droit? Il y a des saltimbanques qui chipent des moutards pour en faire des clowns et des jongleurs. Il m'avait dressé au saut-de-corps du thème grec... lui... Il m'avait désossé le cerveau pour me rendre apte au grand écart de la dissertation latine... et il en retirait un honnête profit... Quoi de plus juste? L'encan, du reste, recommençait loyalement à chaque fin-septembre, et suivant mes succès de l'année précédente, il y avait tantôt de la baisse, tantôt de la hausse. J'étais coté! Bref, ce petit commerce inconnu dura jusqu'à mon plus grand prix d'honneur, que mon vertueux père dévora comme les autres, y compris la prime du gouvernement qu'il sut réaliser en nature. Mais le caillou cette fois était trop gros. Tartempion-Saturne expira... d'indigestion paternelle.

— Il est mort... *De profundis...* n'en parlons plus... Fiche ton camp! s'écria Astolphe furieux.

— Agénor! fit Arthur que l'impatience également commençait à gagner. Agénor, laisse-nous seuls enfin... je t'en prie... puisque c'est terminé?

— Oh que non pas! dénia vivement l'impassible *Prix d'honneur.* Oh que non! c'est à partir seulement de cette perte douloureuse que commencèrent mes véritables tribulations. J'étais seul dans la vie, j'avais vingt ans, je ne pouvais plus me remettre en pension moi-même! Partant, plus de chaud dortoir, ni de nourriture saine et abondante! Pour unique héritage, papa Tartempion m'avait brouillé avec le gouverneur. J'allais bientôt le regretter pourtant, comme un guide précieux qui m'eût assurément imaginé quelques nouveaux exercices. Mais non... moi, qui croyais tout savoir, je ne savais pas même encore que je ne savais rien! Sitôt que j'eus acquis cette triste conviction, je me jetai tout naturellement à corps perdu dans la presse politique. Opposition radicalissime! On sortait à peine de la fièvre enne, c'était le bon moment! Je me présente, je livre échantillon, mais ce sont surtout mes triomphes scholastiques qui me font admettre... très difficilement! Hélas! mes trois premiers articles font condamner au maximum trois journaux, qui tombent... tués sous moi! Je veux en enfourcher un quatrième... réputation faite, carrière manquée, plume malheureuse! Je la retaille, néanmoins, et j'écris un long roman historique. Forcé de vendre mon manuscrit à un fabricant de la susdite denrée, lequel mettra sa marque, sa signature, et en recueillera par conséquent tous les fruits; bénéfices nets pour votre serviteur: cinquante francs! c'est-à-dire un chapeau, des bottes, et un gilet dont j'avais le plus urgent besoin, et que je porte encore présentement. Les voici: textuel! que faire, cependant?... J'avais déjà pensé à quelque emploi administratif ou universitaire, mais mon éclat politique venait de me clore à tout jamais les guichets du trésor public! Idem un peu partout. Ma vraie vocation, mes anciens succès en histoire naturelle, m'eussent poussé vers l'école de médecine, et je rôdai longtemps aux alentours du monument, mais pas le sou pour acheter une contremarque! Restait l'état primitif de papa, la *pionnerie*. Voilà qui me va peu! Ventre affamé, cependant, j'en mangeai durant un trimestre, et sur le pupitre de ma chaise accommodante, j'écrivis une superbe tragédie, qui devait enfin me porter au pinacle de la fortune et de la gloire. J'y comptais fort. Refusé à l'unanimité, rue Richelieu, mais après une longue attente, je ne me décourage pas cependant, je remets ma tragédie en prose pour le boulevard. Même succès auprès de tous les directeurs qui exploitent le crime. Je la reprends de rechef, et par trois ou quatre fois, j'y remets de la gaité et des couplets! Nulle part, pas plus de bonheur! Je la chorégraphie... échec et mat en haut! Mais plus heureuse enfin en bas, elle est reçue aux Funambules, où vous m'avez fait l'affectueux honneur de la venir siffler à la première représentation. Elle subsiste encore nonobstant... mes chers amis... et si vous n'êtes pas curieux d'aller la resiffler au boulevard du Temple, il vous est du moins permis de la revoir encore... à mes jambes... où elle vient de subir une certaine transformation. Oui... messieurs... cette œuvre capitale, cette œuvre têtue, cette œuvre Protée, qui fut primitivement une grande tragédie, un drame ensuite non moins superbe, puis un mélodrame, puis un mimodrame, puis une comédie, puis un vaudeville, puis un opéra comique, puis un ballet, puis enfin une pantomime à grand spectacle... La revoici encore maintenant... c'est une culotte!

Et Tartempion, qui venait de se poser d'après l'antique, montrait d'un doigt éploré son pantalon, qui avait été neuf.

Les deux lionceaux cette fois n'y purent tenir davantage, et, malgré leur secret dépit, ils éclatèrent simultanément de rire.

—Enlevé! entonna victorieusement et joyeusement Agénor. A la bonne heure! les voilà gentils! c'est tout ce que je voulais!... je suis satisfait... soyez-le de même. En récompense... je vous laisse! oui... je m'attache une paire de pattes, et je m'en vais... Bonsoir, les amis, bonsoir!

Mais, au moment de sortir, revenant tout à coup sur ses pas:

—A propos! fit-il. A propos, Arthur, j'ouvre ce soir un grand concours d'archéologie, ma science favorite, tu sais? Prête-moi donc vingt francs, pour la location de ma salle... Il me faut payer d'avance!

Arthur lui tendit une pièce de vingt francs.

—Le lampiste non plus ne me fera pas crédit... ajoute cent sous?

Puis, posant le louis d'or au beau milieu de l'écu d'argent:

—Ça fait un œuf sur le plat! conclut-il. Disparaissez, muscades! et Tartempion idem!

Et la porte, cette fois, se referma pour tout de bon.

—Dépêchons! fit Astolphe avec une certaine anxiété. Dépêchons... onze heures et demie!... Peste... on m'attend là-bas!...

—Comme je te le disais, répondit Arthur à mi-voix, tout est pour le mieux. Bien que ce rôle m'ait un peu répugné, nous touchons au but, et tu vas voir par toi-même que...

Un soudain et franc éclat de rire l'interrompit.

Vivement les deux amis regardent, stupéfaits.

Entre les deux battants entr'ouverts de la porte, c'était de rechef la tête ébouriffée de Tartempion, qui, durant quelques secondes encore, continue de leur rire impunément au nez; puis qui, d'une voix traînarde et narquoise, leur dit à tous les deux:

—Fallait donc clore votre huis... conspirateurs!... avant de vous entre-causer à l'oreille de ce grand secret polichinellien... que vous ne voulez pas à toute force que votre ami Agénor puisse pénétrer... et qu'Agénor votre ami pourrait vous narrer et vous renarrer tout au long, jusque dans ses plus minuscules détails, ni plus ni moins que sa propre histoire...

—Toi!

—Pas possible!

En réponse à cette double exclamation dubitative, l'effronté parasite rebondit une troisième fois au milieu de la chambre, et avec la soudaine et folle volubilité d'un démonstrateur d'exhibitions curieuses:

—J'ai dit! je prouve... enfila-t-il tout d'un trait. Il était une fois un baron et une baronne, la mère et le fils, qui convoitaient d'une égale ardeur certain mariage avec une rustique millionnaire, fille unique d'un vieux nabab normand. — Je te demande deux années, dit la mère; en attendant amusez-vous, baron. Le baron s'amusa tant et tant, qu'au bout des deux années il y avait urgence. Par malheur, la jeune nababesse n'était pas encore complétement dépaysannée. A dix-huit ans, c'est difficile. Puis, le père était dur en diable à amener un oui décisif. La susdite baronne demanda six autres mois. Force fut bien à l'impatient baron de les accorder. Il le fallait... il le fallait.

—C'est que c'est cela, maugréait Astolphe.

—Cela parfaitement! reconnut avec non moins d'étonnement Arthur.

—Mais nos six mois se passent... mironton mironton mirontaine! poursuivit Agénor en intercalant dans son récit des couplets comme dans sa tragédie. Mais nos six mois se passent, et l'hymen ne vient pas (*bis*). — Saperlotte! jura le fils, il serait bien temps. — Ne m'accuse pas, riposta la mère, j'ai fait de mon mieux... Que veux-tu... ce vieux Crésus villageois élève chaque jour des difficultés nouvelles!... J'ai cependant conquis pour toi deux occasions superbes! — Lesquelles, maman? — Primo: notre paysan ambitionne un fauteuil au conseil général, et tu vas te faire le courtier électoral de sa candidature... assez épineuse du reste, car notre vieux Fesse-Mathieu n'est pas des plus adorés dans son arrondissement.

—A quel trou de serrure était-il donc? pensa tout haut Arthur.

—Inouï! grommelait Astolphe de son côté. Dieu me damne! on dirait entendre ma mère!

—Bien que convaincu des périls à courir, continuait sans s'interrompre le moins du monde Tartempion, notre intrépide baronnet entonna le j'*Irai* de Robert-le-Diable, un compatriote du beau-père; puis, en poème: quelle est la seconde occasion favorable? demanda-t-il. — A force d'adresse, répondit la mère, et pour achever de rendre notre héritière digne d'être baronne, j'ai obtenu qu'elle passerait quelques mois dans un grand pensionnat de Paris... Elle arrive demain. — Bravo! victoire! vous la ferez sortir tout naturellement chez vous, je pourrai la voir enfin, et pour la première fois!... car jusqu'à présent vous m'avez enjoint de rester dans la coulisse, sous prétexte de craindre que je ne fasse quelque sottise.

—Tartempion!...

Tartempion ne s'émut nullement de cette foudroyante apostrophe d'Astolphe, et de plus belle poursuivit:

— Elle me verra... nous nous verrons... Peut-être ? interrompit la maman, mais assurément pas chez moi... — Comment ? — Pourquoi ? — Crésus s'y est opposé. — Pourquoi ? — Que sais-je ? Il prétend que ce serait trop d'honneur pour lui... — Hypocrite ! — Etrange plutôt... insaisissable ! Fort heureusement pour nous, la bonne femme de mère n'y met pas tant de malice, et j'ai pu savoir par elle l'adresse du pensionnat en question. — A quoi cela nous avance-t-il, madame la baronne ? vous n'avez pas, que je présume, l'intention de me faire jouer le rôle du comte Ory ! — Pas tout à fait, monsieur mon fils ; mais j'ai fait meubler pour vous un délicieux petit appartement, dont le principal avantage est d'avoir une fenêtre perdue qui donne sur la cour du couvent de votre belle. — Compris... parfait ! — De plus, je l'ai déjà légèrement préparée, elle considère un peu son père comme un Capulet, elle a vent de la fenêtre de Roméo... Un pur hasard, bien entendu ? — Parbleu ! — Bref, à vous d'agir, baron ! mettez tout en œuvre, il s'agit de votre fortune... Œillades donc, tendres sourires, doux poulets... enlèvement même, si vous pouvez... je vous donne carte blanche... Allez, baron, allez !

— De plus en plus l'accent de la baronne ! se prit à ricaner Astolphe, qui se défâchait quelque peu. Décidément, Agénor... toi, qui cherches encore une profession sociale... Bien décidément, *Prix-d'honneur*, tu devrais te faire comédien !

— Tiens ! fit entre deux parenthèses Tartempion, tiens... tiens... c'est une idée, nous la méditerons à loisir !

Puis, reprenant aussitôt son récit :

— Qui fut enchanté ? ce fut notre baron. La fenêtre était on ne peut mieux située, l'appartement charmant ! Inutile, je pense, de vous le décrire. Dès le soir même, notre futur Don Juan se disposait à y établir ses batteries conquérantes. Hélas ! trop de fois hélas ! il avait compté sans les recors. Juste au moment où il allait franchir le seuil de sa nouvelle maison... à la minute même où il mettait le pied sur la première marche qui conduisait à son observatoire amoureux, les impitoyables griffes des recors le happèrent au passage, le firent monter dans un affreux fiacre jonquille, sous la bonasse mine duquel il n'avait pas su deviner le traquenard à débiteurs récalcitrants, et, comme fin finale, vous me le conduisirent bel et bien à Sainte-Pélagie !

— A Sainte-Pélagie ! répéta penaudement le baron de Follavoine.

Le vicomte Arthur s'était contenté de sourire.

— Fatalité ! reprit Tartempion. Restait cependant la mère. Mais le chiffre de la dette était un si gros chiffre !... mais la fureur des créanciers, qui ne croyaient plus au mariage, était une si féroce fureur ! Bref, la baronne ne put pas, ou ne voulut pas payer, et le baron resta sous les verrous. Que faire ? comment arriver désormais au but ? Qu'allait devenir surtout le télégraphe d'amour ?... Tout autre que notre Faublas eût été fort embarrassé, mais lui pas. Il avait un ami...

Ici, Arthur tressaillit à son tour.

— Un intime ami, qu'il manda en toute hâte à son cabanon, et avec lequel il eut un long entretien mystérieux, tandis que sous la fenêtre entr'ouverte, à quelques pouces à peine des deux conspirateurs... et sans qu'ils s'en doutassent... un troisième intime fumait silencieusement sa pipe au soleil.

— Ah ! firent à la fois les deux écouteurs, comprenant enfin comment ils avaient été écoutés.

— L'ami captif disait à l'ami libre : « Lance-toi obligeamment à ma place, occupe l'appartement sous mon nom, laisse-toi prendre pour moi par notre pensionnaire ingénue, qui ne me connaît pas (du reste, la distance est grande). En un mot, reprends par complaisance ce rôle d'*enflammateur*, que m'avait donné la baronne dans sa comédie, et que je n'ai pu seulement que répéter. » L'ami libre refusa longtemps ; cette intrigue à visage découvert, cette mascarade sans masque, cette tromperie répugnait à sa franchise, à sa loyauté. Finalement, il céda néanmoins à l'ami captif, et, le décor étant mis, le jeune premier retrouvé, on leva le rideau. Mes compliments, messieurs... bien loin de vous siffler à mon tour, déjà j'applaudis, et j'applaudirai plus tard bien davantage encore, si toutefois le dénoûment réussit aussi bien que les deux premiers actes ! Un conseil cependant : prends garde, Astolphe... et ne te rengorge pas tant d'avance. L'ami Arthur est vraiment trop joli pour faire l'amour par procuration... impunément... et bien que de la cour à la fenêtre on ne puisse pas détailler les traits, je crains nonobstant que la pensionnaire, quelque peu hasardeuse, ne soit surprise fort désagréablement le jour de la présentation officielle du véritable baron de Follavoine !

Trop parfaitement convaincu de son propre mérite pour daigner prendre en considération ce sage avertissement, Astolphe continua de ricaner d'un air vainqueur, et, le lorgnon déjà dans l'œil, répondit... ou ne répondit pas :

— Bien !... très bien, cocasse indiscret que tu es ! Nous comprenons, à la rigueur, que tu aies pu surprendre notre conversation du rez-de-chaussée de Sainte-Pélagie... tu sais tout jusque-là... parfait... Mais le reste !

— Oui... ajouta Arthur... le reste de l'histoire !

— Le second acte ? Inutile que je vous le raconte... il se joue tous les jours ici... ici même... et voici l'heure justement... Je n'ai donc qu'à frapper les trois coups... Prenez vos stalles.

Aussitôt après la pantomime de cette dernière boutade, Tartempion courut lestement ouvrir une petite porte, à demi dissimulée dans la tapisserie, la porte d'un élégant cabinet de toilette.

A droite, un chiffonnier en bois de rose, dans les vingt ou trente tiroirs duquel l'agile Népomucène sut en un clin d'œil découvrir une longue cordelière en soie couleur de muraille.

En face de la porte, la fenêtre déjà mentionnée, qui donnait effectivement sur le vaste jardin ombrageux de l'un des plus aristocratiques pensionnats de demoiselles de Paris.

C'était l'heure probablement de la classe, car les quinconces de la récréation étaient silencieux, paraissaient déserts.

Au bruit, cependant, de la fenêtre qui venait de s'ouvrir, une blanche robe se dégagea tout à coup d'un massif de rhododendrums en pleines fleurs, une jeune fille se montra, une *grande* qui sans doute ne suivait plus les classes, une *pensionnaire en chambre*, une Clarisse de vingt ans environ, à la taille élevée, à la vigoureuse carnation, à la magnifique chevelure d'un fauve ardent que dorèrent avec un soudain éclat les rayons du soleil.

Etait-elle, du reste, ou n'était-elle pas jolie ?... Il était impossible de le préciser à une telle distance, à une telle hauteur.

— Scène première !... avait déjà murmuré Tartempion. Monologue !...

Puis, sans se montrer toutefois, il jeta la cordelière au dehors, et la fit rapidement filer tout le long de la muraille, qui tombait à pic sur le jardin, et qui n'avait de ce côté nulle autre fenêtre que celle de l'appartement choisi par la baronne ; une femme de précaution, comme on sait.

— Maladroit ! venait de s'écrier Astolphe, en tirant Agénor en arrière. Malheureux... tu vas tout gâter !

— Joue ton rôle toi-même ! avait dit Agénor, en poussant Arthur devant lui, près de la fenêtre. En scène donc à ton tour... tu vas manquer ton entrée !

Puis, lorsque les deux amants furent en présence, celui-ci à sa fenêtre perdue dans les frises, celle-là tout au fond en core du jardin, au sixième plan :

— Scène deux !... annonça Tartempion. PANTOMIME ET DUO !...

Effectivement, bon gré mal gré, Campagne fils était à son rôle.

Une main tantôt à son cœur, tantôt à ses lèvres... de l'autre, aidé par Agénor toujours placé derrière lui, il achevait de faire descendre la cordelière dans le jardin

— Ça y est !... fit Tartempion en arrivant au dernier tour de l'écheveau. Attention !... Scène trois : ARTHUR, MADEMOI-SELLE TROIS-ETOILES, un fil de soie, messager des amours !

Celle, cependant, qu'Agénor venait d'appeler mademoiselle Trois Etoiles, s'avançait à pas indécis et tremblants, bien que précipités, vers l'extrémité flottante de la cordelière.

L'imprudente pensionnaire ne tarda donc pas à y arriver, l'œil toujours aux aguets, un doigt sur ses lèvres entr'ouvertes, deux autres doigts en train de plonger dans le calice béant de sa gorgerette frémissante.

Il en sortit enfin un rose poulet, qui se prit aussitôt à l'hameçon du lacet tendu par Arthur.

— Hisse !... hisse donc ! fit Népomucène qui, toujours blotti derrière Arthur, commençait à remonter la lettre, avec le gestes et la mélopée des matelots tirant sur un câble.

La lettre ne tarda pas à voltiger sur le rebord de la fenêtre.

Campagne fils s'en saisit, avec un mouvement de recul pour rentrer dans la chambre.

Mais Agénor le retint en position, l'étayant de l'épaule à l'épaule.

Puis, prenant l'avant-bras de son jeune premier d'une main, de l'autre lui poussant le coude, il le contraignit à embrasser la tendre missive, à la porter mélodramatiquement à son cœur, à la relever enfin vers le ciel.

Le tout, en disant :

— Chaud... chaud ! de la pantomime... et de la passion en perspective... Saperlotte... enlevons le baisser du rideau !

Comme afin de donner raison au soi-disant metteur en scène, la cloche du couvent retentit tout à coup, et pareille à une gazelle effarouchée, la jeune fille disparut, après un rapide geste d'adieu.

Tartempion, durant ce dénoûment, avait défait le nœud de la cordelière, et, par conséquent, désemprisonné l'amoureuse épître.

Il la passa d'abord prestement devant le nez d'Arthur, puis, la remettant entre les anxieuses mains d'Astolphe :

— A votre faciès, vicomte de Campagne, conclut-il, baron de Follavoine, à votre nom !

Déjà celui-ci rompait le cachet.

— Victoire ! s'écria-t-il radieux, après avoir lu.

— Voyons ? demanda ensuite Arthur d'un ton indifférent.

Il n'y eut pas jusqu'à Tartempion, qui voulut à toute force lire à son tour.

Quant au lecteur, il s'en passera s'il vous plaît... du moins présentement.

Contentons-nous de lui dire, s'il ne l'a pas toutefois deviné déjà, que cette lettre était signée : Madeleine Pailleux.

Madeleine.

Etrange nature, éducation plus étrange encore : voilà Madeleine.

Il semblait, qu'en suçant le lait de deux mères, elle se fût incarné tout à la fois et la campagnarderie un peu païenne de la Souillotte, et la toute chrétienne tendresse de Marie-Rose.

Mais elle avait perdu celle-ci avant même de la connaître assez pour lui conserver un pieux souvenir ; mais elle avait été élevée, avait grandi, même dans la plus complète ignorance de son nom.

Voici comment :

Il y a quelque vingt ans, sur l'impériale de la diligence de Sens à Paris, nous avons laissé notre petite Madeleine, nocturnement emportée par la Souillotte et Pailleux, alors encore seulement la servante et le maître.

Celle-là n'ayant plus d'autre pensée que sa fille, que joyeusement elle berçait, suspendue à son sein.

Celui-ci, songeusement renfermé dans son carrick, et se disant :

— La Souillotte, présentement, me tient et me domine, il faut absolument que je trouve un moyen de dominer la Souillotte et de la tenir à mon tour.

On était arrivé à Paris.

Là, deux choses avaient tout d'abord profondément étonné la Souillotte.

Premièrement, l'excessive amabilité de Pailleux envers elle.

En second lieu, l'incompréhensible prolongation de son séjour à Paris que, primitivement, l'on ne devait que traverser.

— Ah çà ! demanda enfin la Souillotte, d'où vient que nous restons ici si longtemps ?

— Onze jours... pas davantage ! répliqua galamment Pailleux.

— Et pourquoi donc onze jours ?

— Pour la publication de nos bans.

— Nos bans ?

— Oui... je t'épouse !...

— Moi... ta femme !... se récria la Souillotte, avec une stupéfaction qui présageait un refus.

— Il le faut ! s'empressa de répondre Pailleux. Il le faut, pour que le pays où nous allons arriver tout neufs... chacun considère Madeleine comme ta fille, ce qui ne sera, du reste, un mensonge que vis-à-vis de la loi. Il le faut, pour que tout le monde, y compris surtout Madeleine, s'habitue naturellement à te nommer sa mère.

— Comment... personne ne se douterait que Marie-Rose...

— Marie-Rose n'aura jamais existé pour nos nouveaux voisins ; pour nos nouveaux voisins, il n'y aura jamais eu qu'une seule et unique madame Pailleux... toi !

— Et je pourrais l'entendre m'appeler sa mère ?... et jamais Madeleine ne soupçonnerait...

— Rien de rien !...

La Souillotte eut un premier mouvement pour crier oui, tant cette enivrante perspective lui enthousiasmait le cœur.

Mais, se rappelant aussitôt tout ce qu'elle devait à la mémoire de Marie-Rose :

— Laisse-moi réfléchir jusqu'à demain, fit-elle.

La nuit tout entière se passa pour la Souillotte, en hésitations, en prières, en folles évocations de l'ombre de Marie-Rose.

La pauvre morte ne parut pas, comme bien vous imaginez, mais la Souillotte finit par se croire inspirée de son esprit, lorsque lui vint enfin ce raisonnement spécieux :

— On n'ignore plus rien là-haut ! ma chère maîtresse connaît maintenant la vérité ; elle sait que Madeleine est ma fille... à moi... bien ma fille !... En refusant l'offre de Pailleux, c'est donc ma propre part que je me volerais à moi-même dans l'affection de mon enfant ! Elle m'appellera sa mère, a promis Pailleux... pourquoi non ? Marie-Rose ne peut pas m'en vouloir ! D'ailleurs, j'aurai plus d'autorité sur notre petite Madeleine ; je pourrai mieux l'élever, mieux la défendre au besoin contre son père lui-même... si ce besoin arrivait un jour, ainsi qu'a semblé le prévoir Marie-Rose... et les mourants ne se trompent jamais ! En acceptant enfin, plus de navrante retenue dans la maison, plus de masque, plus de mensonge... car ailleurs a dit... il me l'a bien dit, Pailleux... je pourrai nommer en toute liberté ma fille !...

La Souillotte consentit donc à devenir madame Pailleux.

Le mariage se fit quelques jours après.

— Me voici donc ta femme ! fit, en rentrant à l'hôtel borgne qu'ils habitaient, la Souillotte qui n'en pouvait revenir encore.

— Ma femme... oui !... ricana tout en se frottant les mains Pailleux, c'est-à-dire mon esclave...

— Ton esclave !...

— Penses-tu donc, ma chère et tendre amie, que je t'ai épousée pour tes beaux yeux ?

— Mais pourquoi donc... pourquoi ?...

— Eh ! parbleu... tout simplement pour ne plus t'avoir à craindre... tout simplement pour me débarrasser de toi !...

— Qu'est-ce qu'il y a donc là-dessous, mon bon Dieu! palpitait avec épouvante la Souillotte.

— C'est bien facile à comprendre cependant... daigna expliquer Pailleux. Tu ne voulais plus lâcher l'enfant, j'étais contraint de l'emmener avec moi. N'étant que ma servante, et connaissant tous mes secrets, tu me tenais à ta merci. Étant ma femme, te voici mon associée, ma complice. Partant, bouche close, mais de plus, obéissance absolue... car si tu contrecarres jamais mes plans, si tu tentais de me résister encore... c'est moi maintenant qui parlerais...

— Toi?

— C'est moi qui dirais à ta fille... à ta fille, entends bien?... prends garde de trop aimer cette femme-là... ce n'est pas ta mère!..,

— Ah!...

— Ce n'est que la seconde madame Pailleux... tu n'as pas une goutte de son sang dans les veines... Ce n'est qu'une belle-mère pour toi... mon enfant... rien qu'une belle-mère!...

— Jamais!... Pailleux... ne lui dis jamais cela!... sanglota la Souillotte, qui tremblait de voir se refermer tout à coup devant elle le beau paradis, un instant entr'ouvert, de la maternité future, et qui venait de tomber aux genoux de son seigneur et maître maintenant, et qui fébrilement étendait vers lui ses mains suppliantes.

— Soit... mais obéis!... Tais-toi!...

— Oui... oui... je te le jure.

— A ces deux conditions, madame Pailleux, nous serons bons amis toujours!...

Et triomphant, il était parti pour la Normandie, avec la Souillotte désormais muselée.

Plus haut, nous avons déjà dit l'histoire de son émigration à *Fleur-sur-Mer*.

Durant de longues années, madame Pailleux était restée fidèle à sa promesse de vaincue; à peine se permettant un conseil, un avertissement, un sage rappel à la prudence.

Sans cesse reployée, du reste, sur elle-même, sans cesse s'observant jusque dans ses moindres paroles, la *bonne bête* d'autrefois disparut complétement sous la bonne fermière, sous la bonne mère surtout.

Madame Pailleux était donc heureuse.

Oui... d'abord... car la petite Madeleine renforcissait et croissait à miracle.

Mais, bientôt, il fallut reconnaître en elle deux affligeantes vérités.

Madeleine serait laide, Madeleine annonçait une indomptable et sauvage nature.

Esquissons d'abord le portrait physique.

Sous certains points, la *petite Pailleux* ressemblait à sa mère, qui, comme on le sait, n'avait jamais été renommée ni pour sa beauté ni pour sa grâce.

Il y avait même du plus incorrect encore dans cette seconde édition de la Souillotte.

Ainsi la Souillotte n'avait été que rousse, et Madeleine était rouge.

Il est vrai, qu'en revanche, elle avait une peau bien autrement blanche et fine que sa mère.

Mais des yeux si grands, si noirs, si brillants! voilà ce qui faisait surtout passer Madeleine pour le laideron du village. Ces vilains yeux-là tiennent toute la figure de l'enfant, disait l'un. — Dirait-on pas les deux phares de Sainte-Adresse? ajoutait un autre, les escarboucles vivantes d'un lutin des bois, d'un vrai farfadet! Suivant l'opinion générale, d'ailleurs, il n'était pas naturel d'avoir les yeux si noirs!

Quant au caractère, c'était... ma foi... bien autre chose encore!

L'enfant était forte et brave, il est vrai, avenante et souriante à tous!

Mais si vagabonde, si volontaire, si tapageuse, si gamine, que c'en était à surprendre les plus effrontés polissons, les plus intrépides garnements du canton.

Parfois elle s'était égarée durant des deux ou trois jours tout entiers, dans les grandes forêts normandes, et elle y avait joyeusement vécu, sans le moindre embarras, en vrai Robinson de dix ans, en vraie fille des bois qu'elle était, en vraie petite guenon comme l'appelaient en riant les matelots de *Fleur-sur-Mer*.

Puis, lorsque revenue, grondée, surveillée au village, Madeleine ne pouvait plus trop songer à quelque excursion nouvelle, elle allait s'asseoir toute seule sur le bord de la mer, et la contemplait avec une telle extase passionnée que ses grands yeux semblaient en grandir encore.

Puis, tout à coup, elle se relevait, bondissait, gambadait, gesticulait follement, avec des cris et des chants étranges, avec des sanglots et des éclats de rire, et finalement courait se jeter à corps perdu dans la mer, plongeait sous les plus hautes vagues, allait au loin, revenait suivant son seul caprice, nageait comme un poisson, sans que jamais personne lui eût appris à nager, le tout au grand ébahissement de maître Pailleux, aux terreurs désespérées de la Souillotte.

Que voulez-vous? c'était une petite fille à laquelle il manquait évidemment des nageoires ou des ailes... c'était effectivement une petite *guenon*, moitié marsouine et moitié mouette.

Voulait-on la retenir dans le village? allait-elle à l'école avec les garçons, car à cette époque il n'y avait à *Fleur-sur-Mer* qu'une seule et même classe pour les deux sexes, c'était, par ma foi, bien pis encore!

Mettre en révolution toutes les ruelles de la commune, retrousser ses cottes pour une partie de bille ou de toupie, voire même jouer aux soldats et s'imposer comme général en chef à toute la moutarderie du village, telles étaient les peccadilles quotidiennes de notre endiablée gamine.

Un jour même... horreur dont frémissent encore les annales de *Fleur-sur-Mer!* Un jour, le maître d'école dut s'adjoindre le garde-champêtre et le gendarme pour ramener au toit paternel la terrible Madeleine qui, enrégimentant sous ses ordres toutes les filles de la classe, venait d'en rosser à plate couture tous les garçons.

Ces fâcheuses excentricités, tant morales que physiques, affligeaient profondément madame Pailleux, mais non point son mari, et lorsque le soir, sous le manteau noirci de la cheminée campagnarde, elle lui disait:

— Pailleux, notre fille sera laide.

— Qu'importe! répliquait-il orgueilleusement, elle sera riche!

— Pailleux, j'ai crainte que notre fille ne soit méchante.

— Tant mieux! ricanait-il avec quelque apparence de raison. Il n'y a de vraiment heureux que les seuls méchants ici-bas!

Ajoutons, qu'en lui-même, Pailleux ne partageait nullement les façons de voir de ses voisins, qu'il considérait au contraire la petite Madeleine comme le résumé de toutes les perfections enfantines, car il l'aimait, ainsi que nous l'avons déjà dit, pour le moins autant que l'aimait la Souillotte, car elle était gâtée par lui davantage peut-être encore que par sa mère.

Les choses allèrent ainsi jusqu'aux approches de la douzième année de Madeleine.

Vint pour elle la sainte époque de la première communion.

Le catéchisme commença tout d'abord par l'ennuyer horriblement; aussi le désertait-elle chaque dimanche afin d'aller courir les bois et le rivage.

Mais le curé de ce temps-là (un digne vieillard, qui venait de mourir précisément à l'époque où nous avons repris cette histoire) avait compris le caractère singulier de Madeleine, et se donna la peine d'aller la trouver dans ses sauvages retraites.

— Comment? lui dit-il avec douceur, comment, mon enfant... vous ne vous plaisez pas à mon église?

— J'aime mieux l'ombre des grands chênes, répliqua franchement Madeleine. J'aime mieux le bruit et le mouvement de la mer qui monte!

— Je ne vous blâme nullement de ces goûts-là, ma fille! poursuivit avec une souriante indulgence le vieux pasteur. Mais qui fait reverdir à chaque printemps ces grands chênes dont l'ombrage vous est si cher?... Mais qui fait redescendre et remonter chaque jour cette immense mer qui vous donne tant de joie? O mon enfant... c'est Dieu!

— Dieu?

— Dans mon église, on apprend à le connaître, à l'aimer... Venez donc dans mon église, Madeleine... venez.

Et le sage pasteur n'eut plus qu'à marcher devant sa fugitive et rocailleuse brebis, qui, toute songeuse déjà, déjà presque catéchisée d'avance, le suivit à pas lents jusqu'au clocher du village.

A partir de ce simple entretien, une complète transformation s'opéra dans l'étrange caractère de Madeleine.

Profondément touchée par les poétiques mystères de notre sainte religion, séduite jusqu'au fond de l'âme par le charme harmonieux des attractions catholiques, elle s'éprit d'un naïf et fol amour pour le Christ et pour la Vierge Marie, pour tous les martyrs et tous les saints, notamment pour sa tendre et belle patronne, qui, comme elle, avait une chevelure d'or et de feu.

Bref, toute son exubérance, toute sa passion, toute son exaltation, se tournèrent soudainement en enfantine sainteté.

Elle aimait toujours la mer, cependant, les grands bois, toujours.

Mais elle s'y plaisait seulement maintenant, immobile et rêveuse.

C'est que les chansons de la vague sur le galet et du vent dans les arbres ne s'adressaient plus seulement à ses sens, à ses nerfs, à son cerveau; c'est qu'elle y savait démêler déjà la grande voix de Dieu qui parlait maintenant à son âme!

Dans le village, par exemple, plus de turbulences masculines, plus même de fiévreuses impétuosités de fillettes.

Quand ses compagnes passaient, rubans et chansonnettes au vent, le dimanche, et l'appelaient à quelque joyeuse *cueillerie* de noisettes ou de fraises...

Quand les garçons de son âge se hasardaient encore à la pousser du coude dans les rues, en faisant sonner billes contre toupies dans leurs *pokettes*, ou bien avec petits bateaux et grands cerfs-volants dans leurs mains...

Madeleine avait bien encore un premier mouvement, une première impulsion, pour courir, pour sauter, pour taper...

Mais elle s'arrêtait aussitôt, et, plus calme déjà, reportait ses grands yeux noirs vers la croix du clocher.

C'était là son phare, son étoile, sa vie!

Aussi quelle première et quelle seconde communion!

Ce même village, qui l'avait surnommée le démon, l'appelait maintenant la sainte.

D'ordinaire, cependant, la phase religieuse de la vie s'arrête là. Il semble que ce soit une dette qu'on avait envers le ciel, et que, cette dette une fois honnêtement payée, on se trouve parfaitement quitte avec lui.

Il n'en fut pas ainsi de Madeleine. C'était une de ces natures qui se donnent tout entières, et dont la passion, à moins d'un hasard qui vienne tout à coup en changer le cours, ne s'éteint jamais.

Or, comme rien ne pouvait encore révolutionner de nouveau son âme, elle continua d'être l'édification vivante de *Fleur-sur-Mer*.

Cette grande dévotion, du reste, allait fort à Pailleux. On était alors en pleine Restauration, lui-même il affichait les dehors du fanatisme le plus exagéré : c'était dans ses petits intérêts ambitieux.

madame Pailleux ne raisonna pas ainsi; elle vit même avec un certain chagrin cette métamorphose religieuse; il lui semblait qu'ainsi adonnée à Dieu, Madeleine était un peu moins sa fille.

Or, plus encore peut-être que toute autre mère, la Souillotte avait occasion d'écouter les instincts jaloux, de s'effrayer des moindres fantaisies du cœur de Madeleine.

Explique qui voudra ce mystère? soit qu'il existe des parents qui ne savent pas inspirer à leurs enfants toute l'affection qu'ils désireraient obtenir, soit qu'il se rencontre des enfants en qui la piété filiale ne se développe jamais qu'à demi, le nombre des familles est beaucoup plus grand qu'on ne pense au sort desquelles jamais aucune espèce de sympathie ne suspendra son nid d'hirondelle!

Certes, Madeleine se savait tendrement aimée de ses parents, et se croyait à leur égard on ne peut plus obéissante au second des commandements de son Dieu. Mais, à son insu, sans aucun doute, il n'y avait pas en elle cette aveugle foi, cette respectueuse estime, ce véritable et profond amour qui sont la juste récompense de certaines mères et de certains pères. C'était toujours en dehors de la maison qu'elle s'était sentie heureuse, qu'elle avait aimé.

Tout enfant, son expansive sauvagerie avait recherché pour sympathiques témoins de ses pleurs et de ses joies les vagues et les chênes.

Plus tard, toujours à l'exclusion de la famille et de ses doux épanchements intimes, il lui fallait l'église, et son mystérieux recueillement infini.

A coup sûr, plus tard encore, lorsqu'elle serait femme, son âme habituée au reploiement intérieur aurait bien plus de confiance dans la Vierge Marie et dans sainte Madeleine que dans sa mère!

Quant à se douter elle-même de tout ceci, quant à y croire le moins du monde... oh! non!... vous l'auriez surprise autant qu'affectée... la franche fille... en lui démontrant qu'il en était ainsi.

Mais la mère avait tout deviné, elle... Mais la Souillotte avait donc raison de s'inquiéter, et d'être triste.

Il est vrai qu'en revanche, le bon Dieu, que priait de si bon cœur Madeleine, semblait vouloir atténuer quelque peu sa primitive laideur. Son visage se formait assez régulièrement; ses yeux se tenaient une moins notable place, ils ne paraissaient plus jusqu'au vermillon de sa chevelure qui ne blondit, qui ne se dorât de jour en jour, comme aux rayons de ce soleil des premiers temps qui faisait ruisseler les admirables têtes des vierges antiques. Déjà même, au lendemain de sa première communion, on eût dit... Dieu me pardonne! que sainte Madeleine, sa patronne, l'avait magiquement rasée durant la nuit, pour la recoiffer de sa propre chevelure, de cette magnifique chevelure d'or dont l'a si superbement habillée le Titien!

Nos bonnes gens de *Fleur-sur-Mer* n'y voyaient pas de si loin; seulement, au lieu de l'appeler encore le laideron, ils se contentaient de dire en parlant d'elle :

— C'est tout de même une drôle de fille!...

On atteignit ainsi la révolution de juillet.

Madeleine avait alors quinze ans.

Ce serait une singulière étude à faire que celle de l'influence des idées nouvelles sur les populations, sur les individus, les moins métamorphosables en apparence, les plus éloignés comme les plus en dehors de toute espèce de mouvement politique.

La petite recrudescence voltairienne qui jetait bas les croix à Paris et brûlait l'archevêché, se fit ressentir jusqu'à la paisible et religieuse paroisse de *Fleur-sur-Mer*.

Pailleux, qui tenait à faire admettre qu'il n'avait jamais eu la sottise de croire en Dieu, cessa dès le dimanche suivant d'aller à la messe.

Bien plus, tremblant que la religion de sa femme et de sa

fille ne portât quelque préjudice à sa nouvelle mascarade, il voulut impérieusement exiger qu'elles ne parussent plus ni l'une ni l'autre à l'église.

Bien que tenant à ses petites habitudes pratiquantes, madame Pailleux eût néanmoins consenti sans mot dire.

Madeleine ne dit rien non plus. Seulement, comme il se ouva qu'elle s'était confessée la veille, elle communia le lendemain.

Je laisse à penser la fureur de Pailleux.

— Bigote entêtée! cria-t-il de façon à se faire entendre de la paroisse tout entière. Je t'avais bien défendu cependant de remettre les pieds dans la sotte boutique des prêtres. Je ne le veux pas, entends-tu bien... non... je ne veux pas chez moi de bigote!

— Chassez moi de la maison si bon vous semble! répliqua respectueusement, mais avec une énergique résolution, Madeleine. Je vous obéirai, mon père... en cela comme en toute autre chose... excepté lorsque vous voudrez me défendre d'aller à l'église.

— Comment! tu continuerais à ne pas te soumettre aux ordres de ton père?

— Avant mon père, il y a Dieu!

— Ainsi, tu iras encore?

— Toujours!

— Oh... non!

— Si!

— Malheureuse!

Et Pailleux, ivre de colère, leva la main sur sa fille. Déjà la Souillotte avait fait un rempart de son corps à Madeleine; déjà la Souillotte, retenant, avec son ancienne force revenue tout à coup, les deux mains de Pailleux, lui criait:

— Ta fille! Pailleux... c'est ta fille... souviens-toi de Marie-Rose!

A ce nom, à ce souvenir, Pailleux recula tout à coup jusqu'à l'autre extrémité de la chambre.

Madeleine, cependant, ne s'était point émue, et avec cette froide exaltation catholique qui vole au devant de toute espèce de martyre:

— Frappez! venait-elle de dire, en tombant à genoux. Frappez, mon père... j'irai ensuite prier à l'église pour que Dieu vous pardonne!

Pailleux la trouvait enfin plus tenace que lui-même; il était vaincu par son enfant.

Tellement vaincu, qu'il avoua sa défaite, qu'il éclata tout à coup en nerveux sanglots, qu'il courut lui-même relever sa fille, qu'il lui prit la tête dans ses deux mains, qu'il l'embrassa follement à plusieurs reprises et qu'il lui dit:

— Pardon... Madeleine... pardon! Mais ne retourne pas chez les prêtres... je t'en supplie... tu perdrais ton père!

Ces derniers mots recommençaient la lutte d'un autre côté, par l'hypocrisie, par la ruse.

Mais Madeleine était une de ces primitives natures, bibliquement trempées, qui, lorsqu'elles ont la foi, lorsqu'elles ont l'amour, ne cèdent pas plus à la prière qu'à la violence.

Elle persévéra donc dans toutes les pratiques religieuses de sa vie passée.

Pailleux n'était pas homme, cependant, à supporter cela. Malgré la tendresse réelle qu'il avait toujours eue pour son enfant, la méchante bile de l'ancien Pailleux commençait à lui remonter singulièrement à la tête, à s'y enfiévrer de toutes les ardeurs de son orgueil humilié, de son ambition qu'il croyait déçue par la trop sainte conduite de sa fille.

Un terrible antagonisme se préparait sourdement dans la maison, la guerre allait assurément y éclater.

Fort heureusement, le sage pasteur de *Fleur-sur-Mer* intervint.

— Obéissez à votre père! dit-il à Madeleine avec une tendre autorité. Faites ce qu'il vous commande, ma fille, et Dieu vous tiendra compte de tout ce que vous vouliez souffrir pour

lui, absolument comme si vous l'aviez souffert. C'est en son nom que je vous autorise à vous abstenir de toute pratique extérieure de religion, c'est au saint nom de Dieu que je vous dis: Jusqu'à ce que votre père lui même vous engage à retourner à l'église, oubliez-en le chemin, mon enfant... n'y reparaissez plus!

Telle était l'influence du vieux curé sur sa jeune pénitente, qu'elle courba la tête sans murmure, et que cette fois enfin elle obéit.

Pailleux ne manqua pas de s'en attribuer toute la gloire... oh! s'il avait su!

C'en était fait désormais de la plus grande partie du peu d'estime, du peu d'affection qu'il avait su jusque-là inspirer à sa fille!

Il n'y eut pas jusqu'à la Souillotte qui n'y perdit quelque chose encore. Elle avait cependant défendu son enfant... Oui, mais elle n'avait pas épousé sa résistance et sa foi, mais elle avait montré trop de tiédeur, trop de *bourgeoisie*, pour une âme aussi énergique, aussi enthousiaste que celle de Madeleine!

La jeune fille s'isola donc encore davantage du foyer paternel. Elle reprit son existence contemplative, vagabonde et sauvage. Mais ni l'Océan ni les forêts ne lui rendirent cette complète joie qui suffisait jadis à la faire heureuse. Elle allait être femme maintenant, il fallait un autre aliment à son cœur!

C'est à cette époque qu'apparut tout à coup à l'horizon de la famille Pailleux la baronne de Follavoine.

Elle venait d'être considérablement appauvrie, comme nous l'avons expliqué plus haut, par la révolution de Juillet; elle cherchait, elle aussi, à remplacer quelque chose qui lui manquait soudainement, mais ce quelque chose-là pour la baronne c'était du luxe, de la représentation, de l'argent.

Pour Madeleine... c'était presque de l'amour.

De même que notre intrigante avait deviné la fortune du père, de même elle pressentit le secret état du cœur de la fille.

Songeant donc aussi à son embarrassant Astolphe, mais sans lui rien révéler encore:

— Cette paysanne aura des millions, se dit-elle. C'est une tête facile à passionner, c'est une femme pour mon fils!

Le plus difficile, la baronne tout d'abord le comprit, c'était la conquête de Pailleux.

Mais le *vieux Nabab normand* était ambitieux.

L'intrigante mère s'en fut à Caen, utilisa quelques anciennes relations, et d'adjoint qu'il était alors, elle le fit nommer maire.

— Mon excellent ami, lui dit-elle en lui remettant de ses propres mains l'écharpe municipale, vous devez comprendre que ce nouveau titre vous impose de nouvelles obligations... surtout à l'égard de votre fille...

— De Madeleine? fit Pailleux étonné.

— Sans doute... il ne faut plus qu'elle soit une simple paysanne...

— Pourquoi donc?

— Quand ce ne serait que pour vous procurer un gendre influent, qui vous épaulerait, qui vous pousserait plus haut encore?

— Au fait... songea tout haut Pailleux... j'ai remarqué que tous les beaux-pères de sous-préfets étaient décorés!

— Un sous-préfet... Fi donc... mon cher! Riche comme on prétend que sera votre fille, rien n'empêche... qu'avec un peu d'éducation... elle ne puisse épouser quelque gros fonctionnaire... mieux encore même, un gentilhomme... qui vous ferait le grand-père d'un petit comte ou d'un jeune baron!

Du premier coup, l'intrigante et l'ambitieux venaient de montrer chacun le bout de l'oreille.

C'est qu'ils croyaient ainsi pouvoir parler l'un et l'autre: Pailleux, parce qu'il ne soupçonnait aucune ambition personnelle à la baronne; la baronne, parce qu'elle savait bien que

Pailleux, ignorait même qu'elle eût un fils d'âge à devenir époux de Madeleine.

Astolphe, effectivement, était élevé à Paris, loin de sa mère, encore coquette alors, et que la présence d'un grand garçon eût vieilli. Quant aux vacances, il allait les passer régulièrement dans une autre province, auprès d'un vieux parent dont on espérait l'héritage, et qui, peu de temps avant l'époque où nous arrivons, ne devait laisser qu'une bénédiction reçue de fort mauvaise grâce.

Pailleux ne put donc pressentir le piège, et durant tout un été prêta l'oreille aux habiles conseils de la baronne de Follavoine.

Le résultat de cette première campagne fut que Madeleine entra dès le commencement de l'hiver suivant dans le premier pensionnat de Caen.

La jeune fille quitta avec un certain regret ses grands bois ombreux, son vieil Océan grondeur; en revanche, mais sans se l'avouer à elle-même, ce fut avec une sorte de contentement amer qu'elle sortit de cette maison, où ni son cœur ni son esprit ne se sentaient plus à l'aise.

Chose étrange! ce qui lui coûta le plus d'abandonner, ce qu'elle regretta peut-être davantage, ce fut son cotillon court et sa blanche cornette de paysanne.

Il le fallut cependant. N'allait-elle pas être *mademoiselle* Pailleux!

Oui, mais elle ne l'était point encore, mais on ne voulut point l'accepter comme telle au pensionnat, où elle eut à vaincre les dédains et les moqueries, voire même les attaques plus directes qu'on croyait pouvoir se permettre impunément avec ce *laideron campagnard*, avec ce *sauvageon maritime*, avec *cette fille des bois*, avec *la Rouge*, et cent autres disgracieux sobriquets sous lesquels la proscrivirent durant toute une année ces *demoiselles de la ville*.

Durant le premier trimestre, Madeleine s'était regimbée vertement, en robuste et fière paysanne qu'elle était. Elle avait eu des révoltes, des ripostes, des *ruades*... comme on disait... à se conquérir les sympathies d'un régiment de dragons, mais non point celles d'un régiment de petites pimbêches provinciales.

La réflexion ensuite lui vint, qu'elle était bien gauche en effet, bien embarrassée, bien ridicule sous ses jupes longues, et sur la capote à rubans dont on la coiffait bon gré mal gré tous les dimanches; qu'elle avait l'air réellement d'une jeune huronne, qu'elle n'était point belle du tout au demeurant, point du tout *demoiselle*, avec ses grosses mains plus rouges encore que n'étaient ses cheveux!

D'un tel aveu, à une étude opiniâtre, à une observation constante d'elle-même, à une réforme rapide et complète, il n'est qu'un pas pour les caractères semblables à celui de Madeleine.

Une visite du bon vieux curé de *Fleur-sur-Mer* fit le reste.

Madeleine aussitôt se calma, comme par enchantement. Elle redevint silencieuse, humble, résignée. Elle sut désarmer ses plus cruelles ennemies à force de patiente douceur; et, si on ne l'aima pas encore, du moins on la prit en pitié.

En même temps, elle s'étudiait à imiter les façons et le langage de ses compagnes, elle s'appliquait à ses devoirs de classe avec un acharnement inouï; de jour en jour enfin elle s'apprivoisait, se civilisait, elle se *demoisellisait*, selon l'expression quelque peu hasardeuse des lionnes du pensionnat.

Bref, lorsqu'elle reparut à *Fleur-sur-Mer*, Madeleine était certainement encore un peu lourde, un peu empruntée, un peu paysanne, mais il y avait cependant déjà chez elle une amélioration notable.

C'est à cette époque que la baronne de Follavoine avait pour la première fois parlé de mariage à M. son fils, en lui disant:

— Je suis en train de vous débarbouiller une héritière du Calvados!

Voyons maintenant de quelle façon l'adroite baronne entendait le débarbouillement complet de la paysanne-demoiselle.

Un Idéal de jeune fille.

Madeleine Pailleux avait revu ses grandes feuillées et ses andes vagues avec un indicible ravissement, avec l'incroyable et fol enthousiasme de ses jeunes années de gaminerie vagabonde.

Mais bientôt, ainsi qu'aux premières heures rêveuses de sa puberté naïve... Océan et forêt... elle retrouva tout vide.

Vide... de ce qui manquait également dans la maison paternelle, également dans son cœur... l'amour!

Dame! Madeleine allait avoir dix-sept ans!

La baronne de Follavoine le savait bien.

Désireuse d'en apprendre davantage, elle observa minutieusement l'héritière, elle la suivit de loin dans ses promenades solitaires, elle la fit longuement causer au bas de la falaise, au pied mousseux des grands chênes...

Bientôt, elle eut tout compris.

— Vous permettez, dit-elle alors à Pailleux, que je prête à votre chère fille quelques bons livres choisis, qui, tout en l'amusant durant ses vacances, contribueront puissamment à lui former l'esprit et le cœur. C'est, du reste, l'usage à l'égard de toutes les demoiselles de bon ton.

Pailleux s'inclina, en signe de consentement.

Or, ces livres si efficaces pour perfectionner les jeunes esprits féminins... au dire toutefois de madame de Follavoine... c'étaient assurément de fort bons livres, fort chastes, fort touchants, mais par cela même, pour une nature semblable à celle de Madeleine, plus dangereux peut-être encore que n'eussent été de francs mauvais livres.

Paul et Virginie... Atala de Chateaubriant... le Werther de Gœthe... Jocelyn qui venait de paraître... et autres divins poèmes du cœur qui charment précisément les âmes enthousiastes, qui les enfièvrent, qui les passionnent, qui leur inspirent la soif ardente des tendresses idéales, des impossibles amours!

Madeleine but avec délices à ces sources enivrantes; elle vécut tour à tour de la vie de tous les chastes amants dont la tendre histoire passait devant ses yeux enchantés; elle fut tour à tour, tant était céleste l'innocente éthérisation de ses rêves, et Virginie et Paul, et Chactas et Atala, et Charlotte et Werther!

O féerique puissance des romans poétiques! Madeleine n'était plus seule maintenant dans les grandes solitudes de la nature! Tous les bruits de la mer étaient des voix maintenant qui parlaient à son âme! Tous les murmures de la forêt devenaient des phrases ailées qui tourbillonnaient en chantant autour de la jeune lectrice en extase! Elle comprenait maintenant, elle vivait, elle aimait!

Mais quelle forme terrestre prendrait son rêve encore incertain?... mais qui aimerait-elle, l'enthousiaste Madeleine?

— Assurément, décidait *in petto* la baronne, il faut que ce soit le baron de Follavoine!

Et Madeleine retourna dans le chef-lieu du Calvados, en murmurant d'une voix éperdue à l'oreille de la baronne:

— Encore des romans! Encore... encore!

— Oui, oui! répliqua sur le même ton la corruptrice intrigante, au comble de ses vœux.

Entre elle et sa future belle-fille, c'était un secret déjà.

Un secret... c'est-à-dire un lien, une influence, presque une amitié!

Ainsi que nous venons de le dire cependant, Madeleine n'aimait encore que l'amour.

Mais la baronne connaissait intimement la maison d'éducation qu'elle avait elle-même choisie en prévision de l'avenir.

Par quels raisonnements spécieux, par quelles promesses convaincantes, engagea-t-elle à ses intérêts cette pétrisseuse patentée de cœurs de jeunes femmes? Nous oserions presque dire, quelle commission, quel tant pour cent lui abandonnait-elle dans l'*affaire?*

Toujours est-il qu'il fut positivement arrêté et convenu entre les deux commères, qu'on condenserait artistiquement, durant cette seconde année, tous les nuages roses que la baronne avait fait voltiger à l'horizon de la riche pensionnaire, qu'on donnerait un corps à cet idéal, et qu'on habillerait ce corps en baron.

Donc, tandis que la baronne continuait à passer soi-disant en cachette à Madeleine les romans de madame Cottin, puis Walter Scot, et même quelques-unes des productions incendiaires de la jeune école romantique, la maîtresse de pension, durant ce temps-là, s'évertuait à lui donner le goût du luxe et de l'aristocratie, à lui persuader qu'il n'y avait au monde de vraiment aimables et de vraiment dignes d'être aimés que les seuls gentilshommes!

L'aventure, des deux parts, tournait au grand succès.

— La fille est à moi!... pensa dès lors la Follavoine, occupons-nous maintenant de conquérir le père!

C'était là qu'allait commencer le véritable siége...

Dès la première batterie que tenta de découvrir l'assiégeante, dès que pour la première fois elle prononça le nom d'Astolphe, le vieil avare aussitôt dressa l'oreille et cligna des yeux.

— Ah! fit-il, madame la baronne a un fils?

— Hélas!... oui... Pailleux!

— Un enfant encore... sans doute... madame la baronne est trop jeune...

— Du tout... du tout... Pailleux... vingt-trois ans!

— Peste... un jeune homme!

Et, le vieux renard de sourire dans sa barbe : il avait compris.

Mais il se garda bien, nonobstant, de le laisser voir; mais il se tint coi, ne voulant pas répondre encore au feu de l'ennemi.

La baronne continua sa ligne de circonvallation, ouvrit tranchées sur tranchées, et fit tonner courtines et bastions, mais sans que la place investie parût s'apercevoir encore que c'était à elle que précisément on en voulait.

— Tentons l'assaut! se dit enfin la baronne.

Un certain jour donc, brusquement, franchement, inopinément :

— Pailleux, si nous mariions nos enfants?... éclata-t-elle.

— Nos enfants? fit Pailleux d'un air ingénu. Ah! c'est juste... je me rappelle... Madame la baronne a un fils...

— Qui n'est pas sous-préfet... Pailleux... mais qui est baron!

— Joli titre!

— N'est-ce pas?... Eh bien... ma proposition?...

— Quelle proposition?

— Le mariage.

— Oh! madame la baronne veut plaisanter...

— Mais non... Pailleux... mais non!

— Ce serait trop d'honneur pour nous, assurément. Ce serait bien trop de l'honneur!

Et il fallut tout un grand mois pour convaincre Pailleux que la baronne parlait sérieusement.

Alors seulement il parut touché, flatté, enchanté; alors seulement, en définitive, il répliqua :

— Je ne dis pas non.

Ce soir-là, la Follavoine écrivit à son cher Astolphe.

Pailleux cependant ne reparlait plus de rien.

Au bout d'un autre mois, la baronne lui en fit le reproche.

— Ce n'est pas à moi qu'il appartenait de revenir là-dessus, se récria le faux bonhomme. Je suis trop reconnaissant, trop délicat, trop pénétré...

— Bien... très bien... Pailleux... mais c'est moi qui vous en reparle... Voyons... à quand la noce?

— La noce...

— Oui...

— Quant à moi, je ne dis pas non... assurément... mais,

— Mais?

— M'est avis qu'il faudrait avant tout prendre le sentiment de mademoiselle Pailleux... C'est elle surtout que regarde...

— Parfait! c'est trop juste. Je vais de suite écrire à Paris. Astolphe viendra de même... Faites également venir Madeleine. Ah! quelle joie me donne d'avance la simple idée de présenter l'un à l'autre ces deux chers enfants!

— En effet... je comprends... moi aussi, je suis tout ému...

— N'est-ce pas, Pailleux... n'est-ce pas?

— Oui... mais, pour que cette joie soit plus complète encore, faut attendre jusqu'aux vacances de Pâques.

— Pourquoi donc?

— Notre Madeleine est bien paysanne encore... Attendons qu'elle soit un peu plus demoiselle... J'aurais trop craint d'abord... moi... que monsieur le baron n'en *voulusse* point pour femme!

— N'ayez point cette appréhension-là... Pailleux... Ne retardons point, croyez-moi, la présentation...

— Jusqu'aux vacances seulement... C'est ma première idée, j'y tiens... Je supplie madame la baronne de m'accorder ce délai, de ne point insister davantage... Ce ne serait pas à madame la baronne, d'ailleurs, à se montrer impatiente.

La Follavoine aussitôt se mordit les lèvres, sentant qu'elle allait trop loin.

Bien plus, elle résolut d'attendre Pailleux.

Mais, ainsi qu'en plusieurs circonstances déjà, le malin paysan se pressa si peu, que force fut bien à la baronne de revenir elle-même à la charge.

— Je n'ai pas encore écrit à mon fils... vous savez? dut-elle dire enfin à Pailleux vers le quatrième ou cinquième jour du congé de Pâques.

— Vraiment! fit d'un air tout contristé le père de Madeleine. Quel dommage! Il ne serait plus temps maintenant... Faut remettre l'entrevue aux grandes vacances de septembre...

— Mais aussi pourquoi ne pas me l'avoir rappelé assez tôt?

— Madame la baronne avait donc oublié?...

— Non... certainement non... n'est-ce pas une chose convenue?

— Convenue... Je n'ai pas dit non... mais avant de dire oui... faudra voir...

— Si les enfants se conviennent... sans aucun doute...

— Si ma fille est digne de monsieur le baron... voilà le vrai mot... Aussi je ne suis pas fâché du retard, à vous parler franc... afin surtout qu'elle puisse être plus forte sur la musique.

— Vrai?

— Je l'y pousse de tout mon pauvre argent... Demandez plutôt à Madeleine.

— Inutile... mon cher Pailleux... Dès les premiers jours d'août prochain, Astolphe sera ici.

— Ah! se contenta de répondre Pailleux, M. le baron s'appelle Astolphe!...

Durant l'été qui suivit, Madeleine dévora tous les romans plus ou moins permis aux jeunes personnes, Madeleine fut plus que jamais endoctrinée de cette foi, que l'idéal qu'elle rêvait n'était réalisable que dans la seule classe où se trouvent les barons.

Septembre arriva.

Cette fois ce fut Pailleux qui, le premier, alla trouver la baronne.

— Avant de faire venir M. le baron, débuta-t-il du ton le plus gracieux, il serait peut-être sage de causer un peu en chiffres.

— Chiffres...

— J'aime ma fille, et compte lui donner, en la mariant, une belle dot.

— Excellent père !

— Mais j'ai la ferme volonté que son mari lui apporte autant au moins qu'elle apportera. Si c'était plus, ça m'est égal...

— D'argent comptant?

— Ou de valeurs représentant de l'argent... Que voulez-vous, je suis homme d'affaires !

— Mais mon fils est baron, monsieur Pailleux !

— Je fais grand cas de ce titre, madame la baronne, et nous estimerons ce qu'il vaut. Restera ensuite à compléter la différence.

— Astolphe est précisément à cette heure chez l'un de nos parents... parent éloigné, il est vrai... mais qui doit lui laisser un fort joli patrimoine, et qui se trouve présentement à la dernière extrémité...

— Parfait! conclut Pailleux. Vous me tiendrez au courant de la santé du cousin !...

Huit jours après, le baron de Follavoine écrivait que le cousin était mort, en lui laissant une solennelle bénédiction pour tout héritage.

Comment allait se retourner notre maîtresse intrigante !

Bien que l'indifférence lui eût déjà médiocrement réussi, pour se donner au moins le loisir de la réflexion, elle essaya d'une feinte rupture.

Lorsque Pailleux revint de lui-même demander des nouvelles de l'héritage, auquel, au fond du cœur, il s'intéressait effectivement assez fort, la Follavoine prit tout à coup de grands airs révoltés. Spéculer ainsi sur la mort d'un parent, d'un ami, quelle horreur ! Faire dépendre l'union de deux cœurs d'une question d'argent... quel manque de délicatesse ! Ah !... lorsque la baronne de Follavoine eut la sotte grandeur d'âme de vouloir condescendre à accepter mademoiselle Pailleux pour belle-fille, elle s'attendait à lui trouver des parents plus nobles de sentiments, plus dignes de s'entendre avec elle !

Et cent autres phrases à l'avenant, pour compléter l'effet de cette fulgurante apostrophe.

Quelque perspicace que fût Pailleux, il n'y comprit, cette fois, rien du tout, et se retira tout abasourdi.

Néanmoins, la baronne attendit et bouda vainement toute une quinzaine; Pailleux ne revenait pas.

Que résoudre?... que décider?...

Astolphe, d'un autre côté, commençait à perdre patience, et ses créanciers aussi. Le mariage pressait !

Madeleine attendait bien son idéal baron, ainsi que les juifs attendent encore le Messie; et chaque fois qu'un nouveau roman allumait l'orage dans sa jeune imagination, elle ouvrait bien vite à deux battants toutes les fenêtres de son cœur.

Fallait-il faire venir enfin l'impatient Astolphe, et l'exhiber tout à coup, de quelque dramatique façon, aux regards prévenus en sa faveur de la jeune héroïne en quête de son roman.

La Follavoine connaissait bien Madeleine; elle savait que, lorsque l'héritière aurait au cœur un réel et robuste amour, on aurait en elle le plus puissant, le plus victorieux des auxiliaires.

Oui... mais Astolphe, par malheur, ne réalisait aucunement les conditions du personnage principal. Il était petit, il était laid, il était sot. Pour qu'on l'acceptât comme héros de roman, il fallait qu'il restât sagement dans son nuage; pour le faire aimer, il était essentiel qu'on ne le connût que de très loin; pour qu'il inspirât une forte passion, il était nécessaire qu'on ne le vît pas.

Tout cela devenait, comme on pense, assez difficile.

La baronne chercha nonobstant, et trouva.

Sitôt que *mademoiselle Pailleux* fut réintégrée au pensionnat, notre intrigante alla rendre visite à la pédagogue, sa complice, et *par hasard* rencontra Madeleine au parloir.

Comme d'habitude, la jeune fille s'empressa vers elle.

La *Follavoine* détourna vivement la tête, et feignit de vouloir l'éviter.

— O mon Dieu ! demanda la jeune pensionnaire en lui prenant les mains. Est-ce que vous m'en voulez? Est-ce que vous ne m'aimez plus?

— T'en vouloir, chère enfant ! se récria la baronne avec toutes les apparences de la plus douloureuse contrainte. Ne plus t'aimer... bien au contraire ! et d'ailleurs ce n'est pas ta faute... à toi !

— Ma faute... De quoi s'agit-il donc?

— Sans l'avoir voulu, ma bonne Madeleine, sans le savoir, peut-être... tu me rends la plus infortunée de toutes les mères !

— Moi !

— C'est un mystère que j'ai promis à tes parents de ne point te dévoiler.

— Un mystère?

— Plus un mot !... j'ai juré... Non... non... ne m'interroge pas, ma fille !

Naturellement, Madeleine insista, câlina, supplia.

Le désespoir parut arracher enfin à la baronne un aveu.

— Eh bien!... fit-elle avec effort. Eh bien!... sache donc ce secret!... Mon fils le baron...

— Le baron?

— Le baron Astolphe ! Madeleine. Le noble baron de Follavoine.

A ces trois habiles *baron*, la jeune romanesque avait soudain dressé l'oreille.

— Enfin? demanda-t-elle, déjà d'avance palpitante.

— Il t'aime !

— Grand Dieu !

— Il t'adore... il en devient fou... il en mourra !

Quelque savamment porté que fût le coup qu'elle venait de recevoir en plein cœur, quelque flatteusement émue qu'elle se ressentit dans tout son être, Madeleine eut le bon sens de demander cependant :

— Mais comment cela se peut-il?... Madame... je ne le connais pas...

— Il te connaît, lui ! reprit la baronne, en essuyant une fausse larme. Il t'a vue... mon enfant... partout, il suivait tes pas...

— Où cela?... Quand donc cela? fit naïvement la jeune fille.

— O mon Dieu... mon Dieu ! sanglota spontanément la machiavélique comédienne. Pauvre baron! malheureux fils... Elle ne t'a pas même remarqué...

— Mais où donc?

— Partout ! A la campagne, derrière les haies en fleurs... Au bord de la mer, blotti dans les rochers de la falaise... Mais le soir seulement... toujours la nuit ! Il est si timidement poétique, mon Astolphe !

— Astolphe?

— Dans cette ville enfin... chaque dimanche... à l'église... caché dans l'ombre d'un pilier... devant Dieu!... Madeleine... c'est devant Dieu qu'il osait seulement t'aimer !

— Ah !

Et la jeune fille, les yeux levés vers la voûte, porta subitement la main à son cœur.

La préface était finie; elle tenait enfin le premier chapitre de son roman !

— Sitôt qu'il eut la parfaite conviction de cette passion fatale, continua notre feuilleton vivant, sans remettre la suite au prochain numéro, sitôt que cet invisible sylphe qui voltigeait sur ses pas sentit qu'à tout jamais c'en était fait de son cœur... loin de se montrer a toi, comme eût fait un amant vulgaire... il vint chevaleresquement me trouver, et me dit...

Ici, la Follavoine prit un temps, plus perfide encore que n'eussent été d'immédiates paroles.

— Que dit-il? ne tarda pas effectivement à demander l'écouteuse suspendue à ses lèvres.

« — Noble et tendre mère, mon âme s'est éprise d'un de ces amours qu'on prétend ne plus être de notre époque... J'aime pour la vie... Allez trouver les parents de cette jeune fille aux cheveux d'or, et demandez-la-moi pour femme!... »

— Et... vous?

— J'y fus! car on a pieusement conservé dans nos vieilles familles ces patriarcales et franches coutumes, qui seules s'harmonisent avec le véritable et saint amour.

— Oui... oui...

— Oui!... Malgré la distance qui te sépare d'Astolphe... ô trop funeste jeune fille! entraînée par la propre sympathie que tu m'inspirais, convaincue d'ailleurs qu'il y allait des jours de mon malheureux fils, je fus loyalement trouver M. Pailleux.

— Eh bien?

— Ton père n'est pas ce que tu penses. O Madeleine! ton père est riche, très riche, trop riche!... Et nous, de toutes nos splendeurs englouties dans l'abîme des révolutions, il ne nous reste plus que le titre illustre, que le nom sans tache de nos aïeux! Madeleine, ton père refusa...

— Ciel!

— Il refusa de façon à ne permettre aucun retour, à ne nous laisser aucune espérance!

— Il se pourrait!

— Il se peut! Je ne me prononcerai pas ici sur cet impitoyable et sordide orgueil... M. Pailleux est votre père, Madeleine, vous devez le respecter jusque dans ses égarements, jusque dans ses turpitudes...

— Madame la baronne?

— Si ce n'était que cela... mon Dieu!... Mais il fit plus encore!...

— Quoi donc, madame... quoi?

— Abusant de notre trop exquise chevalerie, de notre désintéressement par trop oublieux de soi-même...

— Expliquez-vous... de grâce...

— Il sut arracher au baron de Follavoine la douloureuse promesse de s'éloigner à l'instant, de partir, de renoncer même à l'innocente consolation de t'entrevoir parfois, ô Madeleine! de te suivre de loin, de t'aimer en silence!

— Pauvre baron! ne put se défendre de murmurer à demi-voix la jeune fille attendrie. Pauvre Astolphe!

L'astucieuse mère comprima un mouvement de satisfaction, et de plus belle poursuivit:

— Quant à moi, chère et pauvre enfant, il exigea que je lui fisse le serment de ne plus te revoir. Et voilà pourquoi je voulais t'éviter! surtout de ne rien te révéler de cette malheureuse passion, que tu ignorais encore... Madeleine... que tu eusses ignorée toujours... si tu ne m'avais arrêtée, suppliée, forcée de te tout dire... Mais tais-toi du moins!... Tais-toi vis-à-vis de ton cruel père, qui m'accuserait d'avoir manqué à ma parole... Onoques cela ne s'est dit de la parole des Follavoine! Tais-toi même avec ta mère, un bon cœur; celle-là... mais trop simple pour nous comprendre... Avec tout le monde, tais-toi... Madeleine... Il faut me le promettre, il faut me le jurer à ton tour... Oh! tais-toi!

La jeune fille éplorée promit sincèrement, jura tout ce qu'on voulut.

— Adieu! lui dit solennellement alors la baronne. Ainsi qu'un preux des anciens jours, le baron de Follavoine a déjà fui, emportant dans son cœur le trait mortel qui l'a blessé!... Je vais le joindre, mais sans espoir de le guérir... je pars à mon tour... et je ne reviendrai jamais... Non... jamais... Adieu, toi qu'il ne m'est plus permis de nommer ma fille... adieu! Garde du moins un pieux souvenir aux deux exilés qui tu auras

faits, et qui ne cesseront de s'entretenir de toi sur la terre étrangère! Pense parfois au tendre et malheureux baron qui tu ne dois jamais connaître! Adieu... Madeleine... adieu! Prie pour Astolphe!

Et c'est là-dessus qu'elle sortit!

Puis, sitôt qu'elle eut entendu la porte se refermer sur elle, avec quelle soudaine transformation de physionomie, avec quelle hilarante et triomphante grimace, elle se dit:

— Bien joué, baronne! Le Pailleux n'a qu'à se tenir maintenant... Sa fille est prise... bien prise! Et, s'il fallait un dernier coup de langue, la maîtresse de pension le donnera!

Pauvre Madeleine! Ce surcroît de féminine rouerie était superflu pour t'accaparer le cœur!

Et qu'on n'accuse pas ici notre héroïne de trop de naïveté, de crédulité, de sensibilité.

En premier lieu, la baronne de Follavoine avait toutes les apparences d'une véritable grande dame et passait incontestablement comme telle dans tout le département.

Puis, Madeleine avait été si bien étudiée, si parfaitement préparée, si merveilleusement intéressée, captivée, enivrée par le suprême coup de maître de la baronne.

A partir de cette heure-là, si son idéal, si son héros n'eut pas une forme bien précise encore, il eut du moins un nom; il s'appela Astolphe!

Astolphe... c'était un nom de roman. Il prit immédiatement la place de tous les héros amoureux qu'avait alternativement adorés Madeleine. Il réunit en lui seul, en lui seul il résuma toutes leurs tendresses, toutes leurs dévoûments, toutes leurs fidélités. L'enthousiaste rêveuse s'en fit un compagnon invisible... assidu... un sylphe, comme avait dit la baronne. Elle lui parlait tout bas dans une sorte de recueillement religieux, elle l'encourageait, elle le consolait, elle en rêva... (Il faut bien, bon gré mal gré, qu'on en arrive à nous croire.) Elle finit par l'aimer... N'avait-elle pas commencé par le plaindre?

D'ailleurs, l'institutrice n'était-elle pas toujours là, répétant à propos de tout:

— Astolphe a fait ceci!... Astolphe disait cela!... Astolphe avait coutume d'agir ainsi!... Voilà une pensée, un trait, des vers dignes d'Astolphe!... Spirituel Astolphe! délicat Astolphe! généreux Astolphe! intrépide Astolphe! chevaleresque Astolphe! ô malheureux!... ô idéal Astolphe!...

Je vous dis, moi, que si tout cela eût été dit et fait ouvertement, tout haut, il ne se fût pas trouvé dans tout le pensionnat une seule pensionnaire qui ne fût devenue passionnément amoureuse de cet invisible prince Charmant, sous lequel se cachait un Riquet à la Houppe, de cet Amadis inconnu, de ce Lauzun, de cet oiseau bleu qui se nommait Astolphe!

Quelqu'un cependant eût pu désabuser Madeleine, objectera-t-on?... La désillusionner à temps? l'éclairer?

Mais qui?... sa maîtresse? elle était dans le complot. Des amies? elles y fussent toutes entrées le plus innocemment du monde. Son père? sa mère?... elle avait juré de ne leur rien dire... et d'ailleurs, quelque exclusivement qu'elle se sût aimée par eux... hélas!... nous l'avons établi plus haut, ce n'était pas là que pouvaient s'épancher ses confidences de jeune fille!

La baronne, enfin, reparut encore une fois.

Toujours *par hasard*, chez une des amies de la maîtresse de pension chez laquelle celle-ci avait mené *par hasard* Madeleine...

— Eh bien?... demanda-t-elle vivement... Astolphe?

— Il existe encore... mais il a failli mourir! Je tremble toujours de le perdre... Ah! si du moins, Madeleine, il pouvait parfois te voir... fût-ce même de très loin... mon pauvre fils serait sauvé!

— Que ne revient-il ici?

— Y songez-vous, mademoiselle, il a promis à votre père, le baron de Follavoine a juré!

— C'est vrai!

— D'ailleurs... ici... dans une ville de province... à Caen...

mpossible... Ah!... si tu pouvais venir à Paris, Madeleine !
— A Paris...
— Là, tout reste secret... là, je saurais trouver un moyen... seulement, tu peux me rendre mon fils !...
— Et vous me répondez ?
— De tout !
— Et vous êtes certaine qu'Astolphe ?...
— Foi de mère !
— Eh bien ! fit Madeleine après un silence. Eh bien !... comptez sur moi... j'irai...

La Follavoine n'en demanda pas davantage ; l'accent résolu de Madeleine, l'énergique éclair dont avaient brillé ses grands yeux noirs, garantissaient le succès.

Mais, en revanche, le moment épineux arrivait où il allait falloir absolument montrer Astolphe.

— Bah ! bah ! se dit la baronne. Nous avons dit de *très loin*... On aura soin que l'entrevue ait lieu toujours au crépuscule. Idem plus tard, lors de la présentation officielle. L'imagination de la péronelle suppléera, je le gage, à toutes les réalités qui manqueront à son idéal !

A quelque temps de là, le Pailleux et la Follavoine se rencontrèrent.

L'un et l'autre, ils avaient forte envie de renouer. Car, il faudrait bien se garder de le croire, Pailleux n'était nullement antipathique à l'alliance projetée. Le titre de baronne lui agréait énormément pour sa fille, l'influence de la Follavoine l'avait déjà puissamment secondé dans son ambition, et dans tous les cas, tout en longeant la courroie, il comptait bien s'en servir encore. Comme tout le monde, enfin, il lui supposait une certaine aisance, et visait principalement à ce qu'elle s'en dessaisît le plus possible en faveur des jeunes époux. Bref, il faisait une affaire, il marchandait, il allait prêter une dot et voulait ses garanties. En attendant, avare de sa fille non moins que de ses écus, il ne montrait ni ses écus ni sa fille. Si elle allait trouver le baron trop à son goût, si elle s'avisait de l'aimer... Peste ! Pailleux connaissait trop sa Madeleine pour ne pas éviter la lutte... Non... non... pas d'imprudence !... *L'affaire* avantageusement conclue d'abord, le contrat moralement signé entre les parents. Ensuite, seulement, la première rencontre, l'entrevue expérimentale, et, comme dans les mariages orientaux, le *dévoilement* de la fiancée. Voilà tout uniment ce que voulait Pailleux !

La Follavoine s'en doutait bien, hélas ! Or, comme elle n'avait point d'argent à exhiber, elle exhibait d'abord son baron... à l'insu bien entendu du vieil Harpagon... et spéculait sur une romanesque passion, sur l'indomptable volonté de Madeleine, pour contraindre ces diables de chiffres à reculer devant les amours.

Là était toute la question, toute la partie entre la Follavoine et le Pailleux.

Ce fut lui qui, de son masque le plus avenant, entama le premier l'entretien.

— Madame la baronne, dit-il, a témoigné tant d'intérêt pour ma fille, pour son éducation, que je crois de mon devoir de la prévenir d'un changement de pensionnat, d'un déplacement même... assez coûteux...

— Où va donc mademoiselle Pailleux ? demanda la Follavoine d'un air quelque peu pincé...

— A Paris !

— Ah !

— C'est l'enfant qui me l'a demandé, qui l'a voulu... par amour pour la musique, pour le piano, sur lequel elle devient en effet d'une force très brillante. Dans quelques jours, elle part.

— Très bien, Pailleux... Vous avez eu grandement raison... Paris... Il faut Paris, telle a toujours été mon opinion... Cette chère Madeleine, du reste, n'y sera pas seule... puisque j'y suis ! J'irai la voir, et toutefois vous le permettez, je puis même la faire sortir chez moi...

— Pardon ! interrompit vivement Pailleux...

— Quoi ? fit la Follavoine qui restait en suspens, la bouche en cœur, le regard en flèche.

— Pardon, madame la baronne... mille pardons ! ma fille ne va passer que quelques mois dans la capitale, elle doit y travailler beaucoup, et n'aura pas le temps de sortir pour aller chez personne...

— Soit... monsieur... j'aurais cru...

Et la bouche en cœur devint une bouche en accent circonflexe...

— Surtout chez vous, madame la baronne, osa ajouter M. Pailleux avec un sourire en accent aigu.

— Que craignez-vous donc pour elle chez moi, monsieur Pailleux ?...

— Eh mon Dieu !... madame la baronne... tout simplement et tout franchement la rencontre de monsieur votre fils. Or, vous le savez, je suis jaloux d'être présent à la première présentation, je me fais un vrai plaisir paternel d'assister aux tendres émotions de ces deux jeunes cœurs destinés l'un pour l'autre, et dont... s'il plaît à Dieu !... nous ferons le bonheur !

— Il se pourrait !... comment !... Pailleux !... vous consentiriez !...

— Je n'ai jamais dit non... madame la baronne... et ce soir, quand ce ne serait que pour répondre à l'honneur que vous voulez bien me faire... je dis presque oui...

— Ah ! fit en dedans la Follavoine, qui néanmoins comprenait fort bien que ce n'était encore absolument que la même chose...

Puis, après un silence, durant lequel les deux joueurs s'étaient observés en dessous :

— Pailleux, reprit-elle, il y a bientôt une élection dans l'arrondissement.

— Oui ! dit tout à fait cette fois, et souffla l'ambiteux du pl profond de son âme.

— Si mon fils Astolphe se mettait en campagne pour votre élection... si le baron de Follavoine vous faisait nommer conseiller général ?

— Dame ! madame la baronne... Dame !... c'est encore une de ces valeurs que j'accepte en compte... On additionnerait, et l'on ferait la balance... comme de juste...

— Entendu !

A partir de ce dernier mot, le lecteur peut suivre lui-même, durant près de six mois, le cours de cette histoire, pour peu qu'il veuille prendre la peine de remonter de quelques chapitres dans ses souvenirs.

Il se rappellera surtout que la baronne de Follavoine, n'ayant pu tirer de Pailleux le nom du pensionnat parisien, s'était retournée fort à propos pour l'obtenir vers madame Pailleux.

On comprendra sans peine (car on la connaît maintenant) qu'elle partit aussitôt pour Paris sans que Pailleux soupçonnât ce voyage, que huit jours tout au plus après elle était de retour, assez à temps pour jeter ces quelques mots à l'oreille de Madeleine, qui précisément montait en voiture :

— Regarde au fond du jardin de la pension... à droite... une grande muraille sans yeux... une seule fenêtre isolée... il est là !

On sait encore comment allaient être bouleversées, pour un instant, toutes les machinations de notre intrigante.

Grande fut sa stupéfaction, sa colère, lorsqu'elle apprit la folle et sotte imagination d'Astolphe.

Mais qu'aurait-il pu faire autrement ?

La baronne se calma donc, réfléchit longuement, et après une douzaine de grimaces pour ou contre, résuma les conclusions à peu près en ces termes :

— Au fait... la distance est grande, et notre doublure... est un assez loyal garçon pour ne jamais se faire voir de trop près... De plus, il est très beau, cet Arthur Campagne... doit faire de loin surtout un effet superbe. Je connais son style, la correspondance sera bien autrement entraînante qu'aux mains de monsieur mon fils... Bref, notre romanesque millionnaire ne s'en éprendra que plus passionnément... Oui... mais si elle allait s'en éprendre par trop personnellement, si elle allait se récrier par trop haut en se retrouvant face à face avec mon criquet d'Astolphe?... Bah! bah... je saurai bien imaginer quelque histoire, et la persuader que c'est nous, bien nous, nous seuls qu'elle adore! D'ailleurs, c'est au nom du baron de Follavoine qu'elle se sera compromise... très compromise, je m'en charge... et il faudra bien, bon gré, ma gré, qu'elle devienne la baronne de Follavoine! Victoire!

Les choses, effectivement, allèrent ainsi.

En arrivant au pensionnat, Madeleine saisit avec empressement la première occasion de courir au fond du jardin, elle se tourna d'elle-même vers la droite, ainsi que certaines fleurs vers le soleil levant, elle leva les yeux... elle jeta un cri...

Il était là!

Tout au loin, et comme dans le brumeux horizon, qui sied si bien à la poésie des amours!

Tout en haut, presque planant dans le ciel!

Quelque vagues cependant que fussent ses traits, quelque indécise qu'apparût seulement encore la forme de l'idéal, Arthur Campagne était taillé de façon à réaliser les rêves les plus exigeants d'une jeune fille, d'avance amoureuse.

Fidèle au rôle de timide amant qui lui avait été tracé, le faux baron de Follavoine se contenta le premier jour d'un seul geste de joie, d'un simple salut qui voulait dire :

— Je t'attendais... ange... enfin te voilà!

Madeleine aussitôt chancela, et, portant la main à son pauvre cœur frappé du dernier coup, elle s'enfuit.

Mais elle venait d'éprouver la plus délicieuse émotion qui puisse jamais inonder une femme... Mais elle se savait aimée... elle aimait!...

Comme elle revint légère et souriante à la maison! Comme elle retourna s'asseoir à son piano, heureuse et fière! Des chants harmonieux ruissellèrent sous ses doigts qui lui semblaient à chaque note lever des gerbes d'étincelles!... Comme tout lui paraissait sourire et s'illuminer sous chacun de ses pas! Comme elle était triomphante! comme elle était radieusement belle! Oui... belle... Le mot est lâché... nous nous garderons bien de le reprendre.

En effet, durant ses trois années d'études à Caen, la transformation, la transfiguration de Madeleine s'étaient accomplies. Elle avait entièrement dépouillé la gousse rugueuse de la Souillotte, elle s'était épanouie dans toute l'élançante floraison de celle de ses deux mères, ou plutôt de ses deux nourrices, qu'elle ne connaissait pas, qu'elle semblait ne devoir jamais connaître. Le lait de Marie-Rose reprenait le dessus partout en elle. C'était une de ces éclosions mystérieuses, une de ces incompréhensibles métamorphoses, qui sont beaucoup plus fréquentes qu'on ne croirait dans la nature, et que la fable a mises sur le compte des fées. De la chenille hideuse s'élança le ravissant papillon; Cendrillon et Peau d'Ane cachent de grandes vérités. Madeleine appartenait évidemment à la même famille. Cette petite laideronnette qui jadis était la risée de tous les galopins de son village, cette sauvage paysanne qui avait épouvanté, au premier aspect, tout un essaim de jeunes provinciales, celles-ci la jalousaient maintenant, ceux-là ne l'eussent pas même reconnue! Regardez-la plutôt. Voyez, maintenant, notre Madeleine! elle n'est plus rouge comme à *Fleur-sur-Mer*, elle n'est plus rousse comme on disait encore à Caen pour les Parisiens; elle est blonde... blonde de ce beau blond fauve, ardent, doré, dont le paganisme coiffait ses déesses, dont l'amour aime à coiffer encore aujourd'hui les impératrices. A cause cela son éclatante blancheur, ses lèvres qui brillent du même vermillon dont le soleil colore les cerises, surtout ses yeux brillants et veloutés, ses grands yeux noirs qu'on ne trouve plus ni trop noirs ni trop grands à Paris!

Quant au détail de ses traits, peut-être vous sembleraient-ils pécher quelque peu au point de vue de la régularité classique? Peut-être diriez-vous que son front est trop large, sous

nez trop fortement arqué, ses lèvres trop épanouies, de même pour ses épaules romaines et pour ses hanches espagnoles. Elle n'a pas une main minuscule, ni un imperceptible pied, mais elle est grande, élancée, svelte; mais elle est remarquable surtout par l'originalité, par l'étrangeté, par le mélange de civilisation et de rusticité qui se heurtent à chaque instant chez elle. Elle a des impatiences, des airs de tête, des aspirations qui sentent encore la fille sauvage, apprivoisée seulement à demi; mais il y a tant de bonté dans tout cela, tant de franchise, tant de vaillance, et tant de retenue en même temps, tant de naïveté, tant de vraie pudeur! Elle a comme un parfum de foins fraîchement coupés, elle sent bon le pain bis, elle a les arômes salés de la mer. Bref, un bon bourgeois ne s'y fierait pas trop; un artiste, un paysan, un soldat, la trouveraient sublime!

Et cependant elle touche du piano!... Mais monsieur son père a raison, elle en joue maintenant en artiste; et, lorsque sa pensée trop rêveuse, lorsque sa passion débordante ne peuvent plus trouver de mots, elles chantent mélodieusement avec l'instrument auquel ses agiles mains savent donner une âme!

C'est là que nous avons quitté tout à l'heure Madeleine; c'est là que nous allons la reprendre, s'il vous plaît, le lendemain même de son installation au pensionnat parisien.

Ecoutez!... comme les pauvres touches d'ivoire languissent et se débattent tour à tour sous la fiévreuse main de la jeune exécutante! Quelles hésitations! quels élans interrompus tout à coup! Quelle impatiente anxiété! Pauvre piano! va... je te plains... tu sers de champ de bataille à un rude combat!

Mais la porte s'ouvre... une autre pensionnaire vient étudier à son tour... La question musicale est résolue pour Madeleine!

Elle court au fond du jardin...

Le jeune homme l'attendait déjà!

L'Arthur?

Non pas... s'il vous plaît... l'Astolphe!

Déjà ce second jour, elle osa le regarder plus longtemps.

Ah! baronne de Follavoine... baronne de Follavoine... prenez garde! La distance et la hauteur sont pour vous... c'est vrai. Mais les yeux noirs de Madeleine sont bien grands... Madeleine doit avoir de bien bons yeux!

Sans compter qu'Arthur Campagne ne porte pas non plus de lunettes...

Bien qu'il n'ait accepté son emploi de Raton qu'avec une répugnance déjà constatée plus haut, bien qu'il soit très loyalement résolu à ne tirer du feu que les tendres œillades et les billets doux que pour Bertrand-Astolphe, bien même qu'il poursuive l'aventure avec une indifférence assez rassurante, il n'a pas su se défendre de remarquer dès le premier jour que Madeleine était fort belle, il ne peut pas s'empêcher de murmurer déjà tout bas :

— Il est vraiment par trop heureux, ce chafouin, cet imbécile de Follavoine!

Durant toute une semaine, on s'en tint aux regards; la plus grande circonspection ayant été recommandée au prétendu baron, eu égard aux grands principes religieux de Madeleine.

Les gestes, timides encore, occupèrent rigoureusement toute la seconde semaine.

Vint cependant le jour où *le jeune homme de la fenêtre* montra d'une main la cordelière, de l'autre main une lettre.

Madeleine eut tout d'abord un superbe geste de refus.

On pria en pantomime, on supplia de la fenêtre durant toute la troisième semaine.

Puis, la tentatrice cordelière se hasarda à descendre, avec le poulet tentateur au bout.

C'était le premier chapitre du roman par lettres!

La future répondante hésita durant plusieurs jours encore à s'approcher... à prendre... à décacheter... à lire!

Le soir du quatrième dimanche enfin, à l'heure où toutes les pensionnaires, au dortoir, étaient couchées déjà, la pauvre Madeleine dénoua la périlleuse rosette de la cordelière !

Franchement... là... voyons, mesdames et mesdemoiselles... mettez-vous à la place de notre héroïne... supposez-vous circonvenues, intéressées, enfiévrées, comme elle l'avait été par la damnée Follavoine !... Figurez-vous surtout un beau jeune homme de vingt-cinq ans à l'autre extrémité de la cordelière... et dites-nous... sans crainte aucune... allez... nous savons que madame Eve est votre grand'mère... dites-nous sincèrement si vous n'eussiez pas cédé plus vite encore que Madeleine !

Voici donc le poulet dévoré !

La baronne avait eu raison de bien augurer de la littérature de son *cher* filleul ; c'était un appétissant ragoût, digne en tout point du fameux cuisinier Lovelace.

Madeleine eut assez de force sur elle-même, assez de vertu... (là... vrai... c'est le mot) pour ne répondre que le surlendemain !

Mais aussi... quelle réponse !

Campagne fils en fut stupéfié, charmé, enthousiasmé, lui qu'on avait induit à ne considérer sa fausse Julie que comme une simple millionnaire... une Agnès normande... une niaise de village !

Le Saint-Preux de contrebande se trouva face à face avec une réponse, c'est vrai, mais à la fois tendre et fière... une réponse de vraie femme aux prises avec un véritable amour !

Georges Sand à vingt ans, madame Desbordes, amoureuses, n'eussent pas autrement répondu.

— Pauvre jeune fille ! fit Arthur, en songeant au vrai baron, qui sans aucun doute à cette heure bétifiait, fumait, buvait ou ronflait à Sainte-Pélagie. Pauvre Madeleine... C'est dommage !

Et piqué néanmoins par une aussi poétique adversaire, il lui répondit une seconde lettre digne d'elle.

Celle-là... oh ! celle-là... dès la seule apparition de la cordelière... elle fut prise !

Nouvelle réponse plus noble encore, plus attendrissante que la première et plus adorable...

Cette fois... oh ! cette fois, Campagne fils fut fortement tenté d'obéir à son premier mouvement, d'écrire loyalement à Madeleine la vérité, toute la vérité, rien que la vérité.

Mais Astolphe était là, qui avait lu aussi... Mais surtout la satanée Follavoine !

Arthur, d'ailleurs, connaissait de réputation Pailleux, il savait que c'était un abominable homme, il en vint à se dire :

— Au fait... tant mieux... Astolphe vengera les autres !

Nul doute effectivement que, si Astolphe devenait le mari de Madeleine, surtout s'il parvenait à continuer l'illusion de cette âme ardente, si sa femme l'aimait, nul doute qu'Astolphe, aidé bien entendu de noble mère, ne croquât jusqu'au dernier des écus du nabab Pailleux.

Relancé donc par cette pensée, moins encore que par l'instinctif remords de l'action qu'il allait commettre, Arthur se précipita tête et plume baissées dans le drame palpitant de la correspondance.

Les lettres devinrent quotidiennes ; elles se familiarisèrent, elles s'échevelèrent...

Mais, de la part de Madeleine surtout, sans jamais tomber dans la fausse exagération, dans le matérialisme, ni dans le ridicule du sentiment.

Non... non... c'était quelque chose d'épuré, de religieux, de spiritualiste, dont les anges eussent aimé la lecture, et que Dieu devait regarder écrire en souriant... Mais enfin c'était de l'amour !

Que voulez-vous ?... Depuis trois années déjà la Follavoine entourait, enduisait, imprégnait le cœur et l'esprit de Madeleine de toute espèce de matières combustibles... et maintenant Arthur y mettait le feu... Tout brûlait, c'est bien simple !...

Chère Madeleine ! comme elle était cependant heureuse alors ! comme elle jouissait avec ivresse de cette presque entière liberté des pensionnaires en chambre dans ces demi-couvents mondains où se forment les femmes d'avoués et d'agents de change ! Tout le jour, à sa rêverie où se préparait la lettre, à son pupitre où la lettre s'écrivait, à son piano où la lettre se mettait en musique !... Le soir, à sa fenêtre, l'œil errant vers le fond du jardin, où tout à coup aussi, à une heure dite, scintillait une autre lumière, perdue dans l'éloignement ; dans la nuit, dans le ciel... une étoile !

Sitôt cette étoile allumée par Arthur, Arthur s'en retournait à ses affaires, à ses plaisirs, ou bien dormait. Quelquefois même, lorsqu'il était par trop agréablement retenu au dehors, c'était un ami complaisant, un Tartempion quelconque, qui se dérangeait un instant du bastringue ou de l'estaminet, pour venir allumer l'étoile...

Oh !... oh !.. pauvre Madeleine !

Pauvre Arthur aussi... allez ! car bien qu'il affectât une indifférence exagérée, bien que parfois même il raillât, au fond du cœur il était triste, et surtout impatient d'en finir !...

Aussi pressait-il le dénoûment avec une sorte de fièvre, de brutalité, de rage.

Néanmoins, ce ne fut qu'après six semaines d'une correspondance digne de rencontrer un J.-J. Rousseau, ce fut seulement après deux ou trois cents lettres échangées de part et d'autre, qu'il en arriva enfin une dernière qui consentait à l'enlèvement, à la fuite !

C'est celle qu'on a vue pêchée par Tartempion au lendemain d'une orgie ; c'est celle qui causa tant de joie triomphante au noble Bertrand, qui sentait enfin venir à lui les marrons du feu !

Effectivement, quelques jours encore, et notre fugitive Clarisse allait être reçue par Arthur Lovelace à la petite porte du pensionnat, pour se retrouver au jour renaissant, face à face dans une chaise de poste, avec le beaucoup moins séducteur Astolphe de Follavoine !

Mais admirez un peu comme la Providence se plaît parfois à jeter des bâtons dans les roues des plus petites coquineries.

Un certain soir, la *directrice* qui avait reçu l'ordre de traiter Madeleine plutôt en jeune lady, qu'il faut initier à la vie parisienne, qu'en simple pensionnaire grammaticale, la directrice conduisit Madeleine à l'Opéra.

Et voici qu'au retour...

Franchement j'aurais bien voulu vous épargner... les chevaux fougueux, la voiture prête à se briser, l'héroïque jeune homme qui s'élance tout à coup du sein de la foule palpitante d'effroi, l'amant libérateur.

Mais le cours tout naturel de cette simple histoire m'oblige à vous en esquisser d'un coup de crayon cette vérité capitale.

Madeleine s'est évanouie.

On dira bien qu'elle n'a pu voir les traits de son libérateur ; Astolphe assurément le croira... peut-être aussi la baronne.

Mais vous, cher lecteur... et surtout chère lectrice... vous savez bien qu'une jeune fille sauvée par le héros de son roman, ne s'évanouit jamais que d'un œil.

De plus, Arthur est blessé !

— Mortellement ! assurent toutes les amies de Madeleine.

— Légèrement !... dit en secret la cordelière... Rassure-toi... ma bien-aimée... je n'aurai pas le triste bonheur de mourir pour mes amours !

Mais l'enlèvement est fixé précisément pour le lendemain.

Madeleine pouvait-elle désormais hésiter ?

Je m'adresse une fois encore à vous, mesdames et mesdemoiselles ? En conscience... voyons... à la place de Madeleine, qui de vous ne se serait pas envolée plutôt dix fois qu'une avec l'intrépide amant qui viendrait pour vous de risquer ses jours !

Le grand jour enfin se leva.

Madeleine, dans sa chambrette, achève dès le matin ses

derniers apprêts.

Rien ne peut plus l'empêcher de fuir... Le soir même elle fuira...

Mais... tout à coup...

Ecoutez !

Des pas dans le corridor...

La porte s'ouvre...

C'est le papa Pailleux !

C'est notre nouveau conseiller général, qui a voulu se commander, à Paris même, le grave uniforme que vient de conquérir son ambition, le premier habit noir de la vie parlementaire.

Par la même occasion, le jour même, à l'instant il va ramener sa fille à *Fleur-sur-Mer.*

Contre-temps !

Naturellement, Pailleux, qui n'est point un sot, remarque l'embarras de Madeleine.

La *directrice* raconte la *catastrophe* de la veille.

A ce tragique récit, le malaise évident de la jeune fille augmente encore.

— C'est un courageux gentilhomme qui nous a sauvées, termine la duègne-omnibus ; c'est un de nos jeunes voisins !...

Déjà le regard de Madeleine s'est tristement relevé vers la fenêtre, d'où descendra le soir inutilement l'infortunée cordelière.

Pailleux l'observe en dessous, ses petits yeux verts ont suivi les grands yeux noirs.

— Ah ! grimace-t-il en même temps. Ah ! vous avez pour voisins de jeunes gentilshommes, madame.

— J'ai dû prendre des renseignements... le remercier...

— Très bien !

Là-dessus, troisième regard, mais échangé cette fois entre la directrice et le père.

— Mon enfant, dit celle-là, allez faire vos adieux à vos compagnes, puis revenez toute prête à partir avec M. Pailleux... Laissez-nous... Allez !

Il faut bien que Madeleine obéisse.

Sitôt qu'elle a disparu, Pailleux étend le bras vers le fond du jardin, et, clignant de l'œil vers la fameuse fenêtre, il dit :

— C'est là, n'est-ce pas, que demeure notre gentilhomme sauveur ?

— Là précisément.

— Il se nomme ?

— Je l'ignore.

— Madame... que savez-vous donc ?

A vrai dire, la rusée femelle n'a presque rien remarqué.

Mais avertie, éclairée tout à coup par l'instinct communicatif de Pailleux, mais ambitieuse de faire parade d'une *perspicacissime* vigilance, elle improvise alertement un petit rapport anodin, qui n'est que bien peu de chose auprès du roman de Madeleine.

Notre vieux finaud de paysan a déjà repris sa canne et son chapeau.

Il court, il tourne, il cherche, il flaire, il découvre la maison en question.

Il entre chez le concierge, il exhibe de sa bourse un louis d'or.

Vingt francs !... O Pailleux !... Décidément tu es un vrai père !

Moyennant cet *à force d'or*, chez un concierge parisien, bien vite on sait tout.

Pailleux, cependant, ne pouvait apprendre qu'une partie de la vérité, admise comme vérité par sa fille.

A savoir : que le jeune sauveur était locataire de la fenêtre en question, depuis la veille même du jour où Madeleine était entrée au pensionnat ; qu'il devait deux termes déjà de l'appartement dont dépendait la susdite fenêtre, enfin, qu'il se nommait le baron Astolphe de Follavoine.

Pour le concierge lui-même, il y avait substitution, mensonge.

Il y eut donc mensonge et substitution pour le père, tout aussi bien que pour sa fille.

Persuadé néanmoins qu'il connaissait tout le gros de la vérité, Pailleux s'en revint au pensionnat sans rien faire apparaître.

Sans rien faire paraître, toujours, mais avec Madeleine désormais à ses côtés, il s'en retourna à *Fleur-sur-Mer*, en ricanant dans sa barbiche de vieux renard :

— C'était bien l'Astolphe !... Je m'en doutais... Bien joué, ma commère. Mais le bonhomme Pailleux n'est pas tout à fait aussi novice que vous l'avez supposé, monsieur votre fils et vous ! Rira bien qui rira le dernier, je vous le jure. A nous deux maintenant, madame la baronne de Follavoine... à nous deux !

www.ingramcontent.com/pod-product-compliance
Lightning Source LLC
Chambersburg PA
CBHW060802180626
46818CB00002B/669